不思議カフェNEKOMIMI

村山早紀

Murayama Saki

小学館

不思議カフェNEKOMIMI

目　次

Contents

装画・本文挿絵
くらはしれい

装幀
岡本歌織
（next door design）

序章

魔法の始まり

1

晩秋の雨は、静かに銀色に降りしきる。

駅前の商店街のその裏手に続く狭く小さな路地には、いびつなかたちの水たまりがそこここにでき、いくつもの波紋が生まれては消えていた。

しんと冷えた空気は、雨と濡《ぬ》れたアスファルトの匂いに満ちている。

いつもなら好きな匂いなのに、今日はこめかみあたりに響く気がする。――朝からの頭痛が続いているからだろうか、と律子《りつこ》は思う。

いつもなら、濃いミルクティーでも飲めば魔法の薬でも飲んだように楽になるのに、今日は駄目だった。――会社の電気ポットで、仕事の合間に手抜きして淹《い》れた紅茶だったから、効きが悪かったのだろうか？　牛乳で丁寧に煮出すのじゃなく、ティーバッグに粉末のクリームでぱぱっと作ったからかも。

家に帰ってきちんと淹れ直そう。何か静かな音楽でも聴きながら、熱いミルクティーを。

お気に入りのキーマン紅茶を小さなミルクパンで、汲《く》みたての水と美味《おい》しい牛乳でふわりと煮出して、お砂糖も入れて甘くして。白い湯気が立つ、甘い香りのするお茶を、今日はあたためたマグカップ――いやこんなときは、カフェオレボウルに入れて。たっぷりと。

想像したら、鼻の奥に良い香りを感じて、少しだけ痛みが楽になった。

古い長屋の、でも長年使っていて気に入っている小さな台所の、出窓のレース越しにいま入っているだろう、黄昏《たそがれ》の光。雨の夕方の静かな灰色の光に包まれているだろう台所が、自分の帰りを待っているような気がした。

細い路地に他に行き交うひとはなく、彼女ひとりだった。傘を差していても、静かな雨に薄手のコートの肩の辺りが冷たく濡れている。こんな風に冷えるのも良くないのだろう。

「あいたたた……。困っちゃうなあ、もう」

ひとりごちながら、足を進める。頭痛持ちはどうも亡き父からの遺伝で、若かりし日の父も雨の日には頭を抱えていたような記憶がある。残された写真で見る父は、長身のハンサムで、頭痛を抱えて眉間《みけん》に皺《しわ》を寄せても、絵になったろうという感じがある。――どうせ受け継ぐなら頭痛じゃなく、美しい顔立ちとか、綺麗《きれい》な声とか、人前に出るのに物おじしない勇気とか、その辺を受け継ぎたかった。とにかく父というひとは、人間が大好きで、笑顔でひとの輪の中に入って行くタイプだったらしい。一方そのひとり娘の律子ときたら、子どもの頃から楽しげな輪の外で立ち止まり、中に入れない。長縄跳びの中に入れない、ああいう感じ。遠慮して、ごめんなさい、と、ザリガニのように後ろに下がっていってしまう。

（わたしも人間大好きなんだけどなあ）

若い日に世を去った父の年齢はとうに超えたけれど——何なら、あの頃の父の親といってもいいような年齢になったけれど、いまだに思う。もうちょっと違うところが似れば良かったのに、と。

ミュージカルスターを夢見て海外に渡った父は、夢を叶《かな》える一歩手前で客死してしまった。生きながらえていたらあるいは、後世に名を残す人物になれたかも、と思うのは血縁のひいき目だろうか。誰にも知られないままに、世界から消えてしまった。

のびやかな歌声や、家で何か話している会話や、笑い声を録音したテープが家にたくさんある。亡き祖父母が、よく再生して、懐かしそうにしていた。

父の声の質はきっと自分と似ている。しゃべり方も抑揚も、ときどき。けれど、その声の、明るさと強さを律子は受け継がなかった。

父のことを思うと、律子は、世界にはどれだけの数の、孵《かえ》らないままに終わった夢があるのだろうと思う。夢を叶えないままに世を去ったひとびとが、どれほどいるのだろうと。

そして、いまも通りを歩くひとたちの中に、大きな夢を抱えているひとがいるのだろうな、と想像すると、つい愛《いと》しくなってしまうのだ。——いや、通りすがりの自分のようなおばちゃんに、勝手に愛しくなられても困るだろうと思うけれど、そっと応援したくなるというか、その夢が叶うようにひと知れず祈りたいというか……。

世界にたぶん魔法はないけれど、もしかしたら、神様とかそういうものは存在しなくて、何かに懸命に祈っても叶うことはないのかも知れないけれど——もし魔法があるのなら、そうして誰かのために願う思いが叶うとしたら、律子は通りすがりの誰かのために祈りたいと思う。この世界のあちこちで、夢を抱いた誰かを、ひっそりと応援できたら。祝福して、幸運のおまじないみたいなものをかけてあげることができたら。

たぶんそれは、シンデレラの善《よ》き魔法使いみたいな気持ちなんだろうな、と思う。魔法の杖《つえ》の一振りで、誰かを幸せにできたら。そんな魔法が使えたら。子どものときに絵本で読んで以来、律子が憧れたのはシンデレラではなく、魔法使いのおばあさんの方だった。

「——まあいまは、魔法が使えるとしたら、自分のこの頭痛を止めたいんだけどねえ」

痛み続ける頭を持て余しながら、唇で小さく笑いながら、雨の道を歩く。

もともとこの辺りはあまりひとが多くない。いや昔、商店街が賑《にぎ》わっていた頃は、その裏手のこの辺りも、ひとの気配で満ちていた。もはや遠い昔のことである戦後の焼け跡に開かれ、店や住宅地ができあがった場所なので、子どもたちも多く、いまくらいの時間は、学校から帰ってきた子どもたちが鍵盤ハーモニカを吹きながら歩いていたり、野球をしに公園に行ったり、ピアノの練習をする音も聞こえたりしていた。律子もまた、そういう子どものひとりだった。

いまは住民はみんな年寄りになり、あるいはいなくなり。近くに大型の商業施設ができて以来、商店街はシャッター街になってしまった。繁華街に移転した市場の跡地も含めて、この数年の間に再開発される予定になっていて、店や市場でご飯をもらっていた野良猫たちが、すっかり痩せて、ひとけのない市場にうずくまっている様子を見ることがある。

何もかも変わっていき、過ぎ去って、なくなっていってしまうなあ、とときどき思う。

古いものが全て良い、なくなってしまったものだけが美しいという気はないけれど、それでもふと寂しくなることはある。


(いまの時期の雨は好きだけど……)

律子は、細い肩を落として、ふう、とため息をつく。今日の雨は、頭痛のせいか、冷たさがひどく身に染みるような気がする。

いつもなら、降る雨の中に光を探せる。雨音の中に、かすかな古い曲の旋律を聴いたり、癒《い》やされたりするのは得意だ。急に降り出した雨なら、濡れたまま歩くのも悪くない。シンギン・イン・ザ・レイン、なんて口ずさみながら。水たまりも嫌いじゃない。

「けど、なんだか今日は調子が出ないわ」

生え際が白髪《しらが》交じりの髪(そろそろ染めなければ)が、吹きすぎた風で、薄い頬に貼りついた。すっかり冷えた細い指でそっとはがしながら、ふと思い出したことがあった。

くせっ毛の淡い色の髪を、小学生の頃、担任の若い先生に、

「可愛《かわい》い猫っ毛ね」

と褒められたことがあったなあ、と。

あたたかなその手で撫《な》でてもらって以来、自分の髪の毛が密《ひそ》かにお気に入りだった。ひとり

で鏡の前に立つときは、そっと見とれて、お姫様のような笑みを浮かべたりした。

けれど、自慢の愛らしい髪も、いまではめっきり薄くなり、頼りない巻き毛になった。

(年寄り猫の猫っ毛、って感じかしら)

ふっと、おかしくなって笑ってしまう。

律子ももう五十代。

先生が遠くの学校に移ってしまわれたあと、自分なんかが年賀状を送ってもいいのだろうかとためらい、送らなかった。先生からは届いていたのに。『あなたはとても絵が上手。将来はきっと画家さんね。ずっと絵を描いていてくださいね』と書いてくださっていた。

風の噂《うわさ》で、少し前に亡くなられたと聞いた。年が年だったろうし、長生きされたのだと思う。でもその幸せだったろう生涯のうちに、やはり自分は一度くらいは先生に年賀状を出すべきだった——何より先生の言葉が嬉《うれ》しかったと、あの年賀状はいまも宝物で、絵はいまも描いています、と伝えるべきだったのでは、と思う。画家にはならなかったけれど、描くことは変わらず大好きで、ひとりでずっと描いています、と。

いや、こんなこと、律子が勝手に気にしていただけで、ずっと昔に担任していた子どものことなんか、忘れ去っていてくれたのなら良いのだけれど。そうであったことを祈りたい。

水たまりを見下ろしながら、深いため息をついた。わたしはいつも、後悔ばかりだ。そのときそのときは一生懸命するべきことを考えているつもりなのに、時が経《た》ってから、選んだ道は違っていたかも知れない、と思う。

「――わたし、このまま、人生終わっちゃうのかなあ」

道を選び間違えたままで。

違う道を行けば良かったと、いくつも、結び目のように思い出の中に後悔を抱えたままで。

お気に入りの古い傘の、少し褪《あ》せたアラベスク模様の柄を透かして感じる空は、黄昏の暗さを帯びてきた。じきに、夜になる。銀色の柄《え》を通して伝わる雨の冷たさが、体も心もいっそう冷やしていきそうで、気が滅入《めい》った。

部屋に帰ったら、ミルクティーを淹れる準備をしながら、熱い風呂も入れようと思った。買い置きしていたドイツの入浴剤かフランスのバスソルトを入れて、今夜はその香りに包まれて、ぐっすり眠ろう。冷えた肩と首筋を温めれば、この頑固な頭痛も消えるのじゃないかしら。

夕食は、今日はいまひとつ食欲がないし、作るのも面倒だから、近所のスーパーで巻き寿司《ずし》でも買って帰ろうかと思う。古い地場のスーパーが商店街の端っこでまだ続いていて、そこもいずれ閉まってしまうのだろうけれど(オーナー兼店長は、老いたりといえど元気で、町のためにまだまだ頑張るつもりだけれど、悲しいかな跡継ぎがいないと聞いた)、この辺りの住人たちの最後の砦《とりで》になっていた。

だから、そのスーパーに行くのは、ちょっと使命感にかられて、というところもある。心意気を買って、この砦を守る力にならねば、みたいな。

特に長く会話しなくても、近所の住人たちが、律子と同じような気持ちでスーパーに足を運んでいる――それが以心伝心というか、互いに目と目でわかる。今日もそんな同志の誰かと会うかも知れない。目が合えば会釈したり、棚の前では譲り合ったりするような、淡い人間関係が律子は好きだった。お互い近所に住んでいて、でもどこで暮らしているかは知らない、そんな関係が心地よかった。若いお母さんが小さい子を連れていたりすると、そっと遠くから手を振ったり、笑顔であやしたりする、そんなのも楽しかった。

律子は家庭を持ったことがない。子どもを育てたこともないけれど、年格好から、子育て経験者に見えるのだろうか。お母さんたちから時に信頼のまなざしを向けられるのが、ちょっとばかり嬉しくこそばゆく——そんなことはないだろうけれど、もしいま大地震が起こったりしたら、我が身を挺《てい》してこの幼子を守ろうと密かに誓ったりするのだった。

そうだ。砦の維持のためにも、店に寄ろう、と律子はうなずく。リプトンの黄色い箱のティーバッグもそろそろ切れそうだったから、買って帰るか。高価な紅茶でなくとも、昔から飲んでいるものはやはり落ち着く。朝出かける前や、疲れているときにさっと淹れたいときは、昔ながらのティーバッグが向いている。ティーバッグにはティーバッグの淹れ方がある。それに則《のっと》って、きちんと淹れれば充分に楽しめるのだった。やかんでしゅんしゅんと沸かした熱いお湯で淹れて、甘いお菓子といただくと、日向《ひなた》の光のような味がする飲み物になる。

ちょうど会社で社長にお土産《みやげ》でもらった、と思い出す。ジャムやドライフルーツが飾られた昔風のクッキーだ。ロシアケーキの箱があった、と思い出す。近く会社が閉まることが決まってから、社長は何かとお菓子やら雑貨やら、出先で買ってきてくれるようになった。詫《わ》びるような気持ちなのかも知れない。気にしなくてもいいのにな、といつも思ってしまう。時節柄仕方がないし、律子は大丈夫、多少の蓄えもある。少しばかり定年が早くなっただけだと思うつもりだし。そんな思いを告げたいけれど、うまく言葉にならなくて、だからせめて、と精一杯の嬉しそうな笑顔でいろんな贈り物を受け取ってしまう。そうすると、社長がほっとしたような、でも泣きそうな目で笑ってくれるので。

若い頃から長く勤めたそこは、地元の小さな、けれど歴史のある印刷会社。先代の社長は亡き祖父母の幼なじみで、高校を卒業したあと、自然な流れで就職したのだった。描くことを学びたくて、遠くの美大への進学も考えたのだけれど、大好きな祖父母が衰えてしまい、律子がそばで面倒を見るしかなかったのだ。ずっと昔に父は亡くなり、母は遠くで働いていた。律子を慈《いつく》しみ、古い喫茶店を営みながら、大切に育ててくれたのは老いたふたりだった。その喫茶店も老いと病で畳み、すっかり気落ちしたふたりを置いて、都会に出る気にはなれなかった。

その印刷会社は、昭和の頃からある会社だった。綺麗な紙の見本が木の棚や箱に入っていたり、ガラスケースの中に名刺のサンプルが並んでいたり、白い壁には古今東西の名画のポスターがずらりと並んでいて、ライトに照らされる様子は、色彩が溢《あふ》れ、洪水のようだった。お客様への見本として置かれた、自費出版の画集や絵本、写真集のサンプルは、紙でできた宝石箱のようだった。

その美しい空間に、毎日通えて働けることが、律子は幸せだった。

その会社は、いろんな美しいものを町のひとたちのために長年印刷してきた。律子は若い頃からそれを見てきたけれど、いまの代までで、その歴史が終わることになった。昭和の時代には、近隣の町の新聞にはさむような広告を一手に引き受けて印刷していたような、立派な会社だった。街中の書店やコンビニに並んでいた、流行《はや》りのタウン誌を発行していたこともあるような、勢いのある会社だった。

あの頃、新しい店や食べ物屋さんが街にできるといえば、そのタウン誌が取材に行った。イベントの予告もタウン誌に掲載されたし、投稿コーナーもにぎわった。タウン誌は飛ぶように売れて、みんなが情報を手に、それぞれのお店やイベントに出かけたものだ。

いまはもう、あの頃のように新聞は読まれていない。はさまれたチラシもたぶん見てもらえなくなっている。タウン誌はずいぶん前に廃刊になった。昔はたくさんいた社員もアルバイトのひとびとも、気がつくと櫛《くし》の歯が欠けるようにいなくなっていた。

律子はいまも昔も印刷の現場ではなく、事務の仕事をしているけれど、当時はそのタウン誌の編集室が、壁を隔てた同じフロアにあって（その部屋は、いまは物置になっている）、楽しそうにわいわい賑わう編集会議の様子を、そっとドア越しにうかがうのが好きだった。

あの頃あの部屋にいた若いひとたちは、いまはどこで何をしているのだろう。雑誌を手にしていた街の若者たちは、当時好きだった雑誌のことを、覚えてくれているだろうか。記事で紹介されていたあのお店もこのお店も、いまもその場所にあるのだろうか。そのうちのいくつかはすでにないと知っている。賑やかなイベントはあれもこれもなくなってしまった。

（ロシアケーキ、あの頃も社長さん、よく差し入れに買ってきてくださってたっけ）

デパ地下にある、老舗《しにせ》の洋菓子店のそれは、昔はともかく、いまの会社にとっては、高価なものだろうとほろ苦く思う。

そうだ。あのロシアケーキの箱を開けて、食後のデザートにしよう。紅茶はペンフレンドから以前にもらった舶来物のジャムを入れてロシアンティーにするのもいい。――けど、ロシアケーキと一緒だと甘すぎるかしら？

（今日みたいに、冷えて気分が落ち込んでるときは、甘々なのもいいかもね）

幸か不幸か、律子は太る体質ではなかった。自分としては、年齢相応の、たっぷりとした果物のような体型に憧れがあったのだけれど。洋品店でいちばん小さなサイズの服しか買えないことが、昔から寂しかった。いや、小柄でも細身なのも、その姿が美しく、素敵なひとがいるのは知っている。けれど我が身のそれは、ただただ貧相だと思っていた。

遠くで暮らしていた亡き母が、やはり細身で小柄だったのだけれど、律子とは違って、エネルギッシュなひとだったので――ああ自分は母からも、似なくていいところだけ受け継いでいるなあ、と思う。元気で強気で前向きで、賢いところを受け継ぎたかった。母は医師で、若い頃から僻地《へきち》医療に携わっていた。日本の僻地だけではなく、海外までも足を延ばして、冒険者のように生きたひとだった。

白衣と白髪を風になびかせ、海外のどこかの山に山羊《やぎ》のように立つ母の写真を見たことがある。空に近いところにいるその写真は、母の人生そのもののようで。命を守って大地に立つ生き方そのもののようで。わずかしかともに暮らせなかった最愛の連れ合いを亡くした母だからこそ、その生き方を選んだのだろうと思うと、ただかっこよかったなあと思ってしまうのだった。ヒーローのような人生だった、と。

父と母は幼なじみで、長い長い友人のような恋人のような付き合いのまま、高校を出てすぐに結婚したそうだ。母が医学部に進学したのは、律子が生まれた後、海外で父が思わぬ病で急に亡くなった後。幼い律子を抱えて、泣いて泣き明かして、死んだひとはもう帰ってこないから、もう誰も死なせないために、自分が医者になる、と医学部を受験して医師になったと、そういうひとだった。

（我が母ながら、ドラマチックなひとだったよねえ）

律子は母の強さも賢さも、それから底なしの体力も受け継がず、山の上に立つ母の幻を見上げながら、故郷の地で静かに凡庸に生きる。

そんな自分を嫌いではないし、こうして、日々を静かにひたむきに生きるひとびとの中で暮らすことも好きだけれど――時折、母のような生き方もあったのだな、と憧れるように思うことはある。

母は運転免許もいつの間にか取得していて、砂漠をジープで走っていたらしい。アフリカでキリンと競走したこともあったとかなんとか。

そんな自慢話は母からのたよりで読んだ。愛車とともに撮った笑顔の写真が同封されていた。

ヒーローみたいな母だったのに、ふとした病をこじらせて、遠い異国の空の下、あっけなく世を去ってしまった。葬式は日本で律子があげたけれど、死を看取《みと》ったわけではないからか、いまも母はどこかで生きているような気がしている。世界をジープで駆けているような。

（わたしも免許、取ればよかったな）

若くて記憶力がまだ元気だった頃に。

祖父母の介護と仕事の忙しさに、気がつくと時間が経ってしまった。

律子は、けっして運動神経がいい方ではなく（その辺も両親から受け継ぎたかったところだ）、免許を取ったとて、華麗なドライビングテクニックなんて発揮できなかったろうとは思うけれど、自分の乗り慣れた可愛い車がいつもそばにあって、それさえあれば、自由にどこまででも行けるとしたら、どんなに楽しかったろうと夢想することはある。

たとえば、自分の車があれば、写真や映像や文章でしか知らないような、美しい海や遠い街へ、ひとりでふらりと行けたのだろうか。遠くの街の図書館を訪ねたり、知らない街の美術館でしか見ることのできない絵を見に行くこともできたのだろうか。

その気になれば、どこかの国や町で働く母を訪ねていって、美味しいお茶を淹れコーヒーを淹れて、お菓子やあたたかなできたての料理を用意してあげるなんてことも、できたのだろうか、と思う。お疲れさまといってあげられたのかな、と。

たまにそんな旅を夢想して、スケッチブックに描いてみることもあった。透明水彩で空や大地の色を淡く塗って乾かして、その上に色鉛筆でくっきりと風景や建物、人物を描きこんでいく。旅姿（小洒落《こじゃれ》て軽やかな短めの丈のワンピースに、レギンスをはいて、薄手のコートを羽織って。肩には軽い素材のショルダーバッグ。それにサングラスもかけたい。そんなものひとつも持ってないけれど）の自分を立たせ、その横に、空想の愛車を。

（ミゼットⅡとか、昔よく見たフォルクスワーゲンみたいな感じで、ちょっと変わった、可愛い車がいいなあ。でもワゴン車もいいな。キャンピングカーとか。小さなキッチンがついていて、お茶を入れたりお料理作ったりできるの。テーブルと椅子も積んでいて、誰かにご馳走《ちそう》するときは、それを外に出すの。青空や星空の下で、お茶やお食事をしてもらうんだわ）

いっそ空飛ぶ車ならいいのに、なんて律子は想像して笑う。想像するだけならなんだって自由だ。

律子はスケッチブックに、この世には存在しないような車を描いた。

可愛くて、素敵な相棒、理想の、夢の車を。青い車がいいなと思う。空の色、そして幸せの青い鳥の羽の色だ。この車で、律子はどこまでも遠く旅をする。いろんな場所に行き、誰にでも会いに行く。それから、いろんなひとに、美味しいお茶やささやかな料理を作ってあげるのだ。喉が渇いているひとの渇きは癒やしてあげるし、空腹で倒れそうなひとはおなかいっぱいにしてあげる。夢を抱えたひとには、元気が出るものを何か作ってあげて、頑張って、と送り出すのだ。

いまはない祖父母の喫茶店が、そんな感じのお店だったなあ、と、懐かしく律子は思い出す。祖父母が若い頃から続けていた店は、けっして有名ではなく、小さなひなびた店だったけれど、町中のひとに愛されて、大切にされていた。時を経てもいろんなひとの思い出に残り続けているような喫茶店だった。

お茶もお菓子も、ちょっとした料理も、いっぱいに愛情が込められていて、手間もかかっていて、美味しかった。――そう、いまの律子が作るものはみんな、子どもの頃に店でその味を覚え、淹れ方やレシピを教えられたものだ。

ほんとうをいうと、律子は閉店には反対だった。そう言葉にできなかったけれど、自分が跡を継ぎたかった。

いまはお店のあった場所は、駐車場になってしまった。アスファルトの隙間から、かつて店の中庭に生えていた木香薔薇《もっこうばら》が、細々と枝と葉を伸ばし、季節ごとに黄色い花を咲かせている。

その色を思い出しながら、律子は木香薔薇を描いた。車を包み込むように。

そして、車と自分のそばには、愛らしい猫たちを描いた。寝そべっていたり、律子を見上げていたり、風に揺れる草花にじゃれていたり。いままでにともに暮らした猫たちを。

律子の肩に立ち、空へと首を伸ばしているのは、十代の頃、可愛がっていた若い黒猫だ。病気がちで、長く生きられなかった猫だった。

(絵の中では、ずっと一緒だから)

さよならするときに、生まれ変わってまたおいで、とお願いしたのに、あの猫はまだ戻ってきていない。だからたぶん、死んだ猫がいつかまた地上に戻ってくるというのは、優しいお伽《とぎ》話《ばなし》なのだろうと律子は思う。

とりとめもなく考えながら歩いていると、少しずつ、気持ちが復調してきた。そうだ。多少波があろうとも、律子はずっと沈み込んでいるたちではない。母の百分の一くらいは強気だし、元気で前向きでもある。

雨降る街角に、遠く、スーパーの灯《あか》りが見えてきた。知らず、足が速まった。


――と。


灰色のアスファルトの上、路地沿いの家の前の、枯れた観葉植物が植わった鉢が転がっているそのあたりに、小さな黒い影がなかば丸くなるようにして、横たわっているのに気づいた。

ひとつまばたきをして、そっと近づく。

街灯に照らされて、まるでアスファルトの上の黒い染みのように力なく倒れているのは、黒猫だった。小さくか細く見えるので、まだ半分子猫のような、若い猫なのかも知れない。首輪はしていない。家のない猫なのだろうか。

哀れだと思ったのは、濡れたチラシに小さな頭と背中を寄せて、なかばくるまるようにしていたからで――寒さのあまり、せめてもと思ったのかと思うと、胸が痛くなった。

チラシにはハッピーハロウィンの文字と、黒猫とお化けの絵が描いてあった。十月終わりのその日の頃にどこかで撒《ま》かれたチラシだったのだろう。楽しげなロゴと、踊るようなポーズをとって笑っている黒猫とお化けの絵が、あまりにも明るすぎ、残酷に見えた。

律子は、スカートの裾《すそ》が濡れるのもかまわずに、しゃがみこんだ。

黒猫に傘を差し掛けてやりながら、そっと手を伸ばす。指先で撫でるように、ふれた。

ひやりと氷のような冷たさが返ってきた。

可哀想《かわいそう》に、と思う。泣きたくなった。――もっと前に見つけていたら、助けられたかしら。

けれど、そのときわずかに猫が身をよじるようにし、小さな首をもたげようとした。

薄く瞳が開く。葡萄《ぶどう》のような緑色だった。

どきりとしたのは、昔に亡くした黒猫も、同じ色の瞳だったからで――帰ってきてくれたのかしら、とつい思ったからだった。そんなことあるわけないと、打ち消しながらも。

「ああ、良かった。生きてる……」

そう呟《つぶや》いたときには、傘を地面に落とすように置いて、コートを脱いでいた。

お気に入りのコートだったけれど、ためらいもなく濡れた黒猫を包み込んだ。

猫を抱き上げ、傘を差し直して、こつこつと濡れた路地を蹴るようにして、以前から懇意にしている動物病院の方へと歩き始めたときには、自分が映画の主人公のような気分になっていた。何かかっこいい、幼子を抱いて戦うヒロインのような。そう、『グロリア』あたり。いや別に銃を持ってるわけじゃないけど。『レオン』みたいな。殺し屋じゃないけど。

腕の中の濡れた猫は冷え切っていて、律子は小さな体を抱きしめながら、道を急いだ。

「頑張れ、頑張れ。死ぬんじゃないよ。死んじゃったら終わりだからね」

死んじゃったら、この世界とお別れなんだからね。

この猫が、野良猫だとしてもどこかに家のある猫だとしても、雨の日に路地の物陰で、誰にも知られずに、ひっそりと死んでいくところだったなんて、そんなのだめだと思った。

その動物病院は、商店街の端っこに、ぽつりと電球を灯《とも》している。

律子が猫を抱き、傘を畳みながら、

「こんばんは」

と誰もいない待合室から声をかけると、

「お、なんだ。律子ちゃんか。どうした？　また猫か」

けど久しぶりだな、といいながら、古びた白衣を肩にかけた白髪の先生が、診察室からひょいと顔を出した。テレビの音がする。夕方のローカルニュースだと思った。

律子がそちらをうかがうのを感じたのか、言い訳のように先生は笑う。

「や、今日はもう誰も来ないかな、と思いつつ、まだ閉めるには早いかな、と、ひまつぶしにテレビ見てたのさ」

そして、どれどれ、と身をかがめて、律子の腕の中の猫の様子を見た。

若い日に三代目の主《あるじ》としてこの病院を継いだ先生は、律子の目にはその頃と変わらずにハンサムなお兄さんに見えるけれど、実のところは、もう小さな孫のいるおじいちゃんで、この病院もそろそろ終わりにしようと思っている、なんて話を、いつだったか聞かせてくれた。

この辺りの住人の数もめっきり減ってしまった。すると犬猫もいなくなる。そのわずかな数の飼い主たちが、少し遠くにできた大きな動物病院に、みんな行くようになってしまった。ではこの病院もさまざまな器具を入れて新しくして、と考えないでもなかったけれど、そうまでして病院の設備を整えても、跡継ぎがいないから、ということらしい。

病院に限らず、よく聞く話だった。そんな風にして、ひとつまたひとつと、律子の好きだった小さな古い商店街のお店はなくなってしまい、町から灯りが消えてゆく。

律子がこの病院にたまに顔を出していたのも、そのことに関係があった。

商店街から消えたお店のひとにご飯をもらっていた猫たちや、仕事を変えるために引っ越すことになった住人に置き去りにされた猫たち。律子はそういう取り残された猫たちを見つけると、引き取り、世話をせずにいられなかったのだった。

律子の住む長屋は、猫が出入りしていても許された。そもそもこの辺りの長屋にはどこも空き部屋が多く、猫の数が多少増えても、文句をいう住人もいなかったのだ。

幸い、というべきなのか、そういった猫たちはもう老いていることが多く、あるいは過酷な野外生活故にすでに病を得ていたりもして、看取りには手がかかったものの、いずれ風が吹き去るようにこの世を離れていった。

そんなこんなで、律子は残された猫たちの守護者のように、この動物病院の常連になっていたのだけれど、今回来たのは、思えば最後に面倒を見た大きなとら猫が心臓病で逝って以来のことだった。さて、あれは何年前だったろう、と思う。介護の日々の辛《つら》さと、別れの哀《かな》しみはいまも新しく、ついこの間のようだけれど、そう、気がつけば三年経った。

長屋の仏間には、祖父母や父親の位牌《いはい》のある仏壇と並べて、猫たちの骨壺《こつつぼ》も置いてある。

ペット霊園に預けることを考えないでもなかったけれど、そこは町からずいぶん遠い山の中だった。商店街や路地で、町のひとたちに愛され、見守られて暮らした猫たちだったので、見知らぬ場所に連れて行くのも可哀想な気がして、みんな手元に残してしまった。

毎日、人間の仏壇の世話をし、猫たちの骨壺のためのそれをするたびに、自分は墓守《はかもり》のようだな、と思う。祖父母や父母の、そしてこの土地の思い出を守る墓守のようだ、と。

この辺りの土地は、別に歴史上重要な場所だったということもなく、著名な人物が出た地というわけでもない。おそらくは、この国の多くの場所がそうであるように、普通のひとびとが暮らし、そのささやかな、けれど尊い人生が、日々の喜怒哀楽が続いてきた場所のひとつに過ぎない。そして、いずれ静かに地上から消えていこうとする、そんな土地のひとつでしかない。

いつかこの先の未来には、住んでいたひとびとの記憶の中にだけしか存在しない場所になり、やがてそのひとびとがいなくなれば、ほんとうにこの世界から消えてしまうのだろう。


診察室で猫のことを話し、預けた後、ひとり待合室にいると、雨の音を聴いているしかなかった。頭痛はいよいよひどくなって、気晴らしになるかとスマートフォンを手にしたものの、SNSや電子書籍の、その画面を見る気にもなれなかった。

待合室の独特な匂い——それは時を経た建物そのものの匂いと、染みついてきた犬猫や薬の匂いだろう。律子には懐かしさを感じる、落ち着く匂いだった。

ふっと懐かしくなった。律子がまだ十代の頃、やはり雨の日に黒猫を抱えて、この病院に来た。子猫のときに道ばたで拾い、妹のように可愛がっていた猫が、具合が悪くなったのだ。

その頃は、まだ先代の先生だった。横でまだ獣医学生だった、いまの先生が手伝っていた。猫は助からないとふたりの先生は律子の目を見て、ごめん、と頭を下げた。この病気を治す薬はないんだよ、と。ごめんね、と。ふたりの目は潤んでいた。

律子は涙をこぼしながら、黒猫を連れて家に帰った。猫は最後まで愛らしく律子に甘え、律子を心配するような優しい目をして、少しだけ苦しそうな息をすると、静かに世を去った。

「戻っておいで」

律子は泣きながら猫の亡骸《なきがら》にいった。

「今度はきっと助けるから。もう一度帰っておいで」

生まれ変わって、帰っておいで。

雨の日に出会った黒猫は、先生がいうには若い雌猫で可哀想に状態があまり良くないらしかった。ひどく脱水症状があったそうで、とりあえずは点滴をしてもらい、キャリーバッグを借りて、律子の家へと連れて帰ることになった。いろんな検査をするにしても、弱りすぎていて今日は何もできない、といわれた。生き延びるかどうかは運なのだろうと先生の表情から読み取った。それならば、先生に預けて入院させるより、家に連れて帰ってやりたいと思った。

猫が入ったバッグを受け取り、体の弱った猫用の缶詰もいくつか買って、会計のために、待合室で呼ばれるのを待った。猫の入ったバッグを膝《ひざ》に乗せ、半ば放心して、うなだれた。運といえば、そもそもいまの律子と出会い、拾われたことが、この猫にとって幸運かどうかはわからないのだった。この先、猫が命をつなぎ、健康になれたとしても、律子は近々職を失い、貯金を切り崩しての生活に入るところだ。祖父母や両親から受け継いだものに、自分の貯《た》めたお金があれば、つましく生きていけると思っていたけれど、まだ若い猫を一匹抱えて生きていけるものだろうか。猫と暮らすのは意外と物入りだ。

律子はひとつ大きなため息をつくと、顔を上げた。手の甲で、額の汗を拭《ぬぐ》う。唇を噛《か》む。

（だめだ、元気を出さないと――）

帰ったら非常用にとってある上等な羊羹《ようかん》を一切れ切ろう。お茶と甘いものをお腹《なか》に入れて、前向きにならなくては。同時にお風呂も入れる。身も心もあたためるのだ。ぽかぽかにあたためよう。

五十代だろうと、じきに還暦だろうと、無職が目の前だろうと、律子はまだ生きている。死神にとりつかれたわけでもない。持病もいまのところはないはずだ。――まあ頭痛持ちではあるけれど。でもこれくらいの頭痛、いつものように、熱くて甘いミルクティーで治るはず。だから、大丈夫。まだ死なない。まだまだ元気。

（いざというときは、バイトでも探すわよ）

もういい年だし少し早い定年退職のつもりで、働く生活からは引退しようと思っていたけれど、働くことは嫌いではない。祖父母の介護生活が続いたし、いい職場にいたからどこにも動かなかっただけ。雇ってくれるところを探してみよう。機械だって苦手じゃないし、早起きも夜更かしもできるし、なんとかなるさ。

(――ひとと話すことはあんまり得意じゃないけど。機転も利く方じゃないけど)

そういうのは、根性でなんとかしようと思った。この年になれば、もはや失敗なんて怖くもない。恥をかいたって、笑われたって、死ぬわけじゃないと知っている。

猫を拾ってしまったからには、仕方がないのだ。

(ああ、まだまだ引退はできないか)

口元に笑みが浮かぶ。

消えていく商店街のそばの、ゴーストタウンになろうとする町の古い長屋で、ひとの仏壇と猫の骨壺の面倒を見て、草花が枯れるように、自然と年老い、いつか静かに息絶えていこうと思っていたけれど、立ち上がらなければいけないのだった。

小さな命を背負ってしまったからには。

そのときだった。不思議な声が聞こえたのは。

『――帰ってきたよ。ねえ、帰ってきたんだよ。ただいま。ただいま。「お帰り」っていって』

細い、甲高《かんだか》い声だった。愛らしい、優しい声だった。それは膝の上から聞こえた。

はっとして、バッグの中を見る。キャリーバッグの上に張られた網越しに、緑色の澄んだ瞳が、じっと律子を見上げていた。

「――いま、なんていったの?」

もしかして、と思う。

けれど、小さな黒い猫は、口を開けて、にゃあ、と鳴くだけだった。

頭痛のせいで、聞き間違えたのだろう。

(そうだよね。そんなことあるわけないよね)

猫が喋《しゃべ》るなんて。

でもちょっとがっかり、なんて思いながら、かすかに笑うと、先生に呼ばれた。お会計だ。

猫入りのバッグをソファに置いて、受付までふらふらと歩く。手持ちの鞄《かばん》から、手探りでお財布を出す。通りすがりに見つけた猫だと話したので、先生は負けてくれようとしたのだけれど、律子は遠慮した。するど先生は棚から高価な栄養剤を出して、渡してくれた。

そんなこんなのやりとりのあと、先生が、

「大丈夫かい? なんだい、律子ちゃんもどこか、具合悪いの?」

心配そうに訊《き》いた。

「ちょっと頭痛が」

こめかみをもみながら笑って答えると、

「気をつけなよ」

「父親譲りの体質ですし」

先生が律子をじっと見ていった。

「それが怖いんだよ。お父さんも、ずいぶん若くに血管の病気で亡くなってるだろう? 今夜のうちにでも、人間の病院に行った方がいい。行きなさい」

はは、と律子は笑い、猫入りのバッグを提《さ》げて、動物病院を出たのだった。

(——考えないようにしてたのにな)

いつもよりひどい頭痛に思えるけど、きっと気のせいだと思いたかった。

熱いミルクティーで治らなかったら、いつもは飲まない効き目の強い頭痛薬を飲もう、と心に決めて、傘を差し、ゆらゆらと雨の中へと足を踏み出した。痩せた小さな猫が、とても重く感じられた。一歩歩くごとに、ずきりと頭が痛む。

今日はもうスーパーに寄る体力はさすがになさそうだ、と思う。だけど、薬を飲まなきゃいけないから、何か胃に入れないと。そうだ。冷凍庫に冷凍したおにぎりが入っていたはず。あれをあたためて、味噌《みそ》と醬油《しょうゆ》、ごま油をつけてオーブントースターで焼こう。もし、食欲が出たら、冷蔵庫にコンビニで買った、だし巻き卵があるから、あれも食べよう。

大丈夫。何か食べたらきっと、元気になる。大丈夫。わたしは死なない。まだ、死なない。

濡れた路地が、街灯の光で光る。その中を、猫の入ったバッグをなるべく濡らさないように気をつけながら、一歩一歩歩く。

(大丈夫……)

だって、こんなあっけない人生なんてないだろうと思う。

律子は何者にもなれなかった。何の努力も、正しい行いもしなかった。ただ生きただけ。良いものを何も残さず、誰の記憶にも残らずに、この世界からただ消えていくだけだ。

若くして夢の途上で息絶えた父のようにドラマチックに、老いてなおたくさんのひとびとの命を守るために世界を駆けた母のように英雄的に、とまではいわないけれど、何か小さなことでも、誰かのためになる人生を送りたかった。ひとかけらでも誰かの記憶に残るような、小さな偉業を成し遂げたかった。

誰かに優しくしたかった。

誰かを幸せにしたかった。

笑わせてあげたかった。

自分ができることを何か、誰かにしてあげたかった。たとえば、熱いお茶や、美味しいお菓子や、ささやかな食事を出してあげたかった。

(――まだ過去形にする気はないけれど)

だってわたしは死なないし。

ぐい、と律子は顔を上げる。

長屋の――懐かしい我が家のシルエットが見えてきた。玄関に小さな灯りが灯っているのは、いつも家を出るとき、そうしているからだ。祖父が、追って祖母が亡くなって、お帰りと迎えてくれるひとがいなくなってから、そうするようになった。

小さな灯りは、家を包む植物たちをそっと照らしている。たくさんの緑に包まれ、生い茂る葉や枝に守られているような、そんな我が家。遅い秋の風に揺れ、雨粒を受ける葉や枝の音が、潮騒のような音をたてて、優しくお帰りと迎えてくれた。

古い玄関の鍵を開け、引き戸をからからと開ける。ただいま、と声をかけるのは、玄関の中にも、植物たちの鉢があるからだ。緑たちは言葉を話すわけではないけれど、いつも世話をして話しかけ、その成長を見守っていると、可愛くなる。律子の帰りを喜び、お帰り、お疲れ様、と迎えてくれるような気がするのだ。

亡くなった祖父母がもともと緑が好きだった。いつも緑がそばにあるのが当たり前だった。なので、緑をもらうことも多かった。

町内のひとびとが何らかの事情でこの辺りを去るとき、受け継いだ緑も多かったのだ。去って行くひとたちは、思い出や猫たちだけでなく、緑たちも置いて行く。

「――しっかりしなきゃね」

家に辿《たど》り着き、玄関で濡れた傘を畳むと、ほっとしたせいか、頭痛が少し軽くなった。

律子が倒れれば、今夜救ったはずの猫も路頭に迷うし、いっぱいの緑たちも枯れてしまう。

（明日になっても痛かったら、病院、行こうかな……。人間の病院に）

午前中、会社を休むと連絡しても、社長は駄目だとはいわないだろう。それは大変だ、すぐに行きなさい、と送り出してくれそうだ。なんなら、一日二日休みなさい、と。悲しいかな、律子がいなくても回るくらいに、仕事は少ないのだから。

（本音をいうと、病院行って検査して、もし悪いところが見つかったら困るから、行きたくないんだけど）

だから、気が進まないところもある。

ひとに聞かれたら呆《あき》れられるか叱られそうな本音だとはわかっている。特に母親に知れたら、激怒されそうだ。もう亡くなっているけれど、だから余計に。

脳内の母が、白衣姿で腕組みをしたような気がして、律子はごめんなさい、と手を合わせる。

「治らなかったら病院行くから。約束する」

いたた、と頭を抱えながら、猫の入ったキャリーバッグを床に置き、身をかがめてバッグの扉を開けた。猫は点滴で元気が出たのだろうか、黒い影のように滑らかに、外に出てきた。

顔を上げて律子を見て、可愛い声で、にゃあ、と鳴いた。とても元気そうに見えたけれど、そこまでで力尽きたのか、その場にぐにゃりと座り込んでしまった。

律子はそのそばに膝をつき、そっと背中を撫でてやった。細い体はずいぶん痩せていて、ごつごつと背骨をてのひらに感じた。ずっと昔の黒猫の、その死の間際の頃の姿を思い出して、胸の奥から深いため息が出た。

「今日から、ここがあなたのおうちよ。もう寒いことはないから、元気になろうね。美味しいものをたくさん食べて、丸くてふくふくした、つやつやの猫におなり」

わたしも一緒に元気になるから、と心の中で言葉を続ける。そのときふと、目が合うものがあった。翼を持ち、その頭に王冠をいただいたペルシャ猫の姿だ。そのふたつの瞳が、じっと律子を見つめていた。そんな気がした。

「ただいま。今日は疲れちゃった」

なんとか笑いながら、その猫に話しかけて、律子はゆっくりと身を起こした。

それは正確にいうと古く大きな真鍮《しんちゅう》のランプに彫り込まれた、美しい猫の姿なのだった。アラビアンナイトに出てくるようなランプだ。絵本やお伽話に出てきそうなランプ。

玄関のたくさんの緑の中に、その、抱えるほどに大きなランプを飾っていた。そうするとまるで、緑の中に、羊歯《しだ》や蘭《らん》の葉の陰に、綺麗な猫が佇《たたず》んでいるように見えて、律子は気に入っていた。帰宅するたびに、ランプの中の猫に迎えられているような気になるからだった。最後の猫が死んで三年。猫がいないことが寂しかったのかも知れない。それまで猫たちに話してきたように、その日あったことや思ったことを、あれこれ話しかけたりもした。ランプに彫られた猫は、同じく彫刻された唐草模様の花々や、絵のような外国の文字に囲まれ、ゆったりと翼を広げながら、ふむふむと律子の話を聞いてくれているような気がした。——そんなことありえない、と思いながら、そう想像すると、楽しかった。

このランプもまた、町からいなくなったひとから譲り受けたものだ。長屋の近所に、少し前まで、占い師のおばあさんが住んでいたのだけれど、そのひとが町を去るとき、お線香や怪しげな絵の描かれたカード、パワーストーンの数珠《じゅず》なんかと一緒に譲り渡された。

引っ越しの邪魔になるのかな、と思い受け取ったけれど、どれも楽しげなものだったので、むしろ宝物を譲られたようで嬉しかったかも知れない。

思い出になるものを譲り渡されるのは、寂しさが少しだけ紛れる気がした。

「友達のことは占わないんだよ」

以前、おばあさんはそういっていた。そのひとの未来に不吉なことが見えたとき、辛くて、悲しくて、困ってしまうからだそうだ。

「一度見えた不幸な未来は、願ったところで、なかなか変えようがないからね」

だからなのか、律子のことを占ってはくれなかったのだけれど、去っていくその日、律子の家の玄関に挨拶《あいさつ》に来てくれて、予言めいた言葉を口にした。

「あんたは旅人に生まれついたね。どうも、この先、遠くに行くことになる予感がする。ずっと遠くへ行くだろう」

「旅人、ですか？」

律子はきょとんとした。旅人どころか、遠くの街へもほとんど出かけたことがなかったし、この先もそんな予定はなかった。

そうだよ、と、おばあさんはなぜか目をそらして、言葉を続けた。

「もう一生会うことはないだろう。今日でお別れになる。いつも親切にしてくれて、ありがとうね。あんたは、いいご近所さんだった。あんたと挨拶やなんてことない会話をしたりするの、好きだった。──いつだったか、手作りのおせちを分けてくれたよね。ひと品ひと品、みんな美味しかったけど、黒豆がつやつやして甘くてとても美味しかったの、忘れないよ。優しい味だった。子どもの頃に食べた黒豆みたいだった」

律子は大げさだなあ、と思いながら、それでも嬉しくて、笑った。

「たぶんずっとこの家にいますから、いつでも訪ねてきてください。お待ちしています。おせちもいつも作りすぎるんです。またご一緒しましょう。黒豆も煮ておきますよ」

おばあさんは黙って首を横に振った。

そして、大きな金色の真鍮のランプを、よいしょ、と、律子に差し出したのだ。

「これは、あたしが若い頃、海の向こうの遠い国で、旅の商人から譲ってもらった魔法のランプさ。正真正銘の本物の、魔法のランプ。これをあんたにあげよう。大切にしなさい。きっとあんたを守ってくれるだろう」

「え、なんですって、魔法の――?」

「魔法のランプだよ。中に魔神が棲《す》んでいて、こすると出てきて、願い事を叶えてくれる」

ちょっと待った、と思った。

というとそれは、アラビアンナイトのあれだろうか? 律子は何気なく受け取ったランプの重さに一瞬驚き、落としそうになった。ひんやりとしたランプは、不思議になめらかな感触で、律子の手と腕の中に、吸い付くように馴染《なじ》んだ。

古い金属の匂いが、ふわりと漂った。

冗談ですよね、と笑みを浮かべようとしたとき、おばあさんがとても真面目《まじめ》な顔で、自分を見つめていることに気づいた。

いままでに誰かのそんな視線を見たことがない、と思った、それほどの真剣なまなざしだった。

「――あの、魔神に願い事、聞いて貰《もら》ったんですか」

つい、訊《たず》ねてしまった。

胸がどきどきした。自分が現実の世界を離れ、ありえない魔法の世界に踏み込んでしまったような気がして。

いいや、とおばあさんは苦笑しながら、首を横に振った。優しい目で、ランプを見た。

「そのランプに棲んでいるのは、猫の魔神だそうでね。何しろ猫だから、昼も夜も、いつまでもその中でずっと寝ているし、気まぐれだから、あたしが呼んでも一度も出てきてくれなかったんだ。仕方がないよ、魔神だけれど、猫だもの」

「はあ」

おばあさんはにっこりと笑った。

「でもあんたなら、猫に好かれそうだしさ。呼んだらきっと出てきてくれるよ。困ったことがあったら、ランプの魔神に願いを聞いて貰うといい。——それじゃあね」


それきり、占い師のおばあさんとは会っていない。連絡先も聞かなかったし、付き合いは切れてしまった。律子の方では、黒豆を煮るたびに、おばあさんのことを思い、魔神のランプを大切にしようと思うのだけれど。

大切にして愛《め》でつつも、ランプをこすって、中にいる魔神を呼び出してみようとしたことはなかった。何というのか、よほどの願い事がない限り、魔神なんて呼び出してはいけないような気がしたし、呼び出してみて、何もなかったら（たぶんそうなると思った）、寂しいような気がしたからだった。


「——でも、こんなに頭痛がひどいなら、猫の魔神様を呼び出してみようかな」

冗談交じりにそう呟いた。

彫刻の中の猫の目が、光が当たった加減だろうか、きらりと光ったような気がした。彫り込まれた口元が面白そうに笑ったような。

「いやまさか……」

気のせいだよね。

律子は苦笑し、額に滲《にじ》む汗を拭うと、雨に濡れたコートをコート掛けに掛けた。

2

痛む頭を抱えながら、それでも馴染んだ台所に立ち、流しで手を洗うと、ちょっと生き返ったような気がした。とっておきのいただきものの羊羹を一切れ、厚めに切って、以前近所の教会のバザーで買った、綺麗な有田《ありた》焼の小皿に載せる。端っこを少し口に入れる。甘さが痛みに効く気がした。

流しの下の物入れから小さな琺瑯《ほうろう》のミルクパンを出し、食器棚からは砂糖と紅茶の葉、冷蔵庫からは牛乳を出して、ミルクティーを淹れる準備をする。

黒猫が長い尾をなびかせるようにして台所にやってきたので、お皿に水を汲《く》んで、身をかがめ、

「飲む？」

そっと差し出した。

黒猫はお皿の前に腰を落とし、水の匂いを嗅いで軽くくしゃみをすると、桜色の舌を出して、水を飲んだ。時間が経つごとに元気になってゆくように見えた。

「一休みしたら、お食事にしようか？」

食べてくれると良いなあ、と思いながら、軽く手を打つ。――そうだった。ミルクティーよりも羊羹よりも先に、まずは猫ちゃんのために、寝床やトイレの準備をしなくては。何より大切なことだったのに、呆《ほう》けていたわ。軽く拳《こぶし》を作って頭を叩《たた》くようにすると、頭痛に響いて、

「あいたたた……」

と、床にしゃがみ込んだ。

黒猫が心配そうに寄ってきて、顔を見上げ、小さく鳴いた。

「――ありがとう。大丈夫よ、メロディ」

無意識のうちに、遠い日に別れた黒猫の名前で呼んでしまい、けれど猫は優しく目を細めて、小さな頭を律子の膝の辺りにこすりつけるようにした。

「メロディって呼んでもいいの？　そっか」

どうせ名前は考えないといけない。死んだ猫の名前をまたつけるなんて、とは思ったけれど、他の名前を思いつかなかった。昔に死んだ猫も、この猫も雌猫で、年も近い。前の猫は三歳でいなくなり、この子は一歳になるかならないかくらいだろう、と獣医の先生は教えてくれた。

「ほんとうに、この名前で良いの？」

目と目を合わせて、もう一度その名を呼ぶと、猫は緑色の瞳でまっすぐに律子を見て、

「にゃあ」

と、愛らしい声で答えてくれた。

どこか誇らしげに、胸を張ったような、そんな様子で。

昔のメロディが——元気だった頃の、若い日のメロディが、そこに座っているようだった。

あの猫の肖像画を置いたように、そこにいる。

（まさかねえ）

動物病院で、幻聴のように、

『帰ってきたよ』『ただいま』

と、この子がひとの言葉でいうのを聞いたような気がするけれど、まさかねえ……。

古びてはいても、独り暮らしには贅沢《ぜいたく》なほどに部屋数が多い家なので、一部屋をそのまま代々の猫用にあてていた。扉を開け放した古い三段ケージの中を軽く掃除して（今夜は頭痛に響くので、本格的な掃除は元気になってからにするからね、と猫に断りつつ）、最後に掃除したときにトイレに薄く入れたままにしていた猫砂に、買い置きして部屋に置いたままになっていた猫砂を足し、猫用のベッドに敷いたままにしていた毛布を換えた。猫砂も毛布も、前の猫がいなくなったからといって、すっきりと片付けて、綺麗にできるものではなかった。だから

そのままに、うっすらと埃《ほこり》が積もっていたのだった。このケージの先代の主がいなくなってからの三年という月日は、風が吹きすぎるように、あっという間に過ぎ去っていた。

（だってもし、猫の魂が帰ってきて、自分の部屋が何もかも綺麗になっちゃってたら、悲しくなるじゃない？）

猫との別れを思い切れない律子自身が、悲しくて手をつけられず、そのままにしていたのだけれど、猫のお化け（もしそんなものがこの世に存在するとしたら）の気持ちを想像すると、やはりそれが何よりも辛く、たまらなかった。

浴槽にお湯を張る。溜《た》まってゆくその音を台所で聞きながら、ミルクパンに水を入れてあたためる。お茶の葉を今日は二杯分入れて、小さな砂時計の砂が落ちるまで待って、お湯の中で踊るお茶の葉に注ぎ込むように、牛乳を入れる。沸騰する前にふわりと吹き上がってきたところで火を止めて、蓋をする。――今日は特に甘くしたかったので、砂糖をたっぷり入れてから蓋をした。よく溶けるように。

お茶ができあがる時間を計るために、また砂時計をひっくり返す。

なくても勘でわかるのだけれど、美味しいお茶を淹れるためのおまじないのように、十代の頃から、いつも使っていた。いまはもうない、祖父母の店で使っていた砂時計のうちのひとつだ。お店では、琺瑯の小さなポットでお茶を作り、そのままトレイに載せて、席に運んで出していた。砂時計の砂が落ちたら、お客様の手でカップに注《つ》いで、飲んでいただいていた。そうすると、いちばん美味しいできたてのミルクティーを飲んでいただくことができる。カップに注ぐときの、色の美しさも、心地よい音も、ふわりと立ち上る良い香りも楽しんでいただける。

お茶が出るのを待って、幸せそうな笑みを浮かべたり、同席の友人や家族たちとおしゃべりしながら楽しそうに砂時計を見つめている、そんなお客様の様子が懐かしく思い出せた。

もうあの店はないけれど、古い店内に満ちていた窓からの日差しの色も、光に照らされてつややかに光る床の古びた木の色も、いまでもありありと思い出せる。祖父母が好きで静かにかけていた、クラシックやオペラのアリアや、ミュージカルの曲の数々も、いつのまにか、耳の中で聞こえてくるようで。

おや、黒猫はどこに行ったろうとふと振り返ると、彼女は台所に置いてある椅子に上がって、丸くなっていた。背もたれにかけた、律子のカーディガンに寄り添うようにして、心地よさそうに目を閉じていた。ゆっくりお腹が動いている。さっきよりも具合が良さそうだ。

(良かった)

守るべき小さな者がいれば、頑張れるような気がした。

軽い吐き気がしていたけれど、ミルクティーができあがったので、器に注いで、口にした。慣れた味は、とてもまろやかでこっくりとしていて、まずは心によく効きそうに思えた。

夕食をとる気分にはなれなかったけれど、頭痛薬は飲みたかったので、ロシアケーキの箱を出してきて、ジャムが載ったのとチョコが載ったのとを一枚ずつ小皿に出した。バターの甘い香りと懐かしい歯触りが優しかった。

お腹があたたまると、少しだけほっとした。流しに寄りかかって、冷たい水で、普段は飲まない強めの頭痛薬を飲んだ。

軽く息をつく。

黒猫はまだ眠っていて、そうだ、この子のご飯を用意しなきゃ、と思ったけれど、目が覚めてからで良いか、と思い直した。すやすやと眠っていて、寝顔は辛そうではなかった。

(うちにすぐ馴染んでくれて、良かった)

初めて来た家なのに、まるでもともとこの家の猫だったように、怖がる様子も見せずに好きなように歩き、くつろいで、眠ってくれていた。

床に膝をつき、起こさないように気をつけながら、そっと黒猫の小さな頭を撫でた。猫は、目を閉じたまま、甘えるようにてのひらに頭をこすりつけた。かすかに喉が鳴り始めた。

椅子に寄りかかって、そっとそっと撫でてやっているうちに、眠気が差してきた。頭痛薬のせいもあったのかも知れない。

(大丈夫……きっとすぐに良くなる)

細く愛らしい猫の足の裏の肉球は、黒豆のように、つやつやとしていた。さっき動物病院で、先生が丁寧に拭いてくれたのだろう、泥ひとつついていなかった。

猫の足の裏は、ちょっと香ばしい、ポップコーンのような匂いがする。

懐かしいその香りを嗅ぎながら、律子は自分の腕に顔を伏せ、そっと目を閉じた。

『——律子ちゃん』

誰かが名前を呼んだ。甲高くて細い、小鳥のさえずりのような声だった。

『ごめんね。もっと早く、帰ってくることができなくて。約束を守れなくて』

声は耳元で聞こえた。

『すぐに帰ってこようと思ったの。でもあたしちょっとお馬鹿さんだったんだね。生まれ変わってくるたびに、大切なことを忘れてしまっていたの。約束も、自分の名前も。あたしには帰らなきゃいけないところがある、大切なお友達が待っているって、それは覚えていても、おうちの場所や、律子ちゃんのことを、ぼんやりとしか思い出せなくて。何回も生まれて、死んで、何回も生まれて、死んで。それを繰り返して、今回やっとはっきりと、思い出せたの。あたしは、メロディは、律子ちゃんの猫で、きっと帰るって約束したから、あの家に帰らなきゃいけないいんだって。

でも、猫の足には、世界はとても広いのね。捜すのが大変で、大変で。あたしね、あのね、ちょっとだけ、疲れちゃって』

小さな声は、ため息をつく。

『でも、律子ちゃんがあたしを見つけてくれた。だから、また会えた。もう離れない。これからは、ずっと一緒にいようね』

あたたかいものが、律子の手を舐《な》めた。ぞりぞりと音がする、少しだけ痛いそれは、懐かしい、猫のざらざらした舌の感触だと思った。

「――メロディ」

顔を上げて、猫を見つめる。

緑色の目の猫も、手を舐めるのをやめて、じっと律子を見つめ返してきた。小さく鳴いた。

「――ありがとう、メロディ」

黒猫は優しい表情で目を細めた。

いま聞いた言葉が、錯覚でも、幻聴でもかまわないと思った。

この小さな、あたたかい猫が目の前にいてくれることをありがたいと思った。

だから、頑張らなくてはいけないと思った。元気になって、この黒猫を養わなければ。一緒に暮らしていかなくては。

昔に、そう約束したから。黒猫と再会したら、そうしたいと願ったから。

(――でも、ちょっとやばいかも)

どうにも頭が重かった。何か考えようとしても、動くのに抵抗がある感じ。そう、パソコンが重い、ちょうどあんな感じで。昔のWindowsなら、砂時計のアイコンが表示されて回ってる感じだ、と思う。

それにしても、どれほどの時間、うたた寝をしていたのだろう。首をもたげ、古い鳩時計《はとどけい》の針の位置を見て、ぎょっとした。

――十一時を過ぎている。

家に帰ってきた頃は、まだ七時になるかならないか、それくらいだったはずなのに。

一瞬しか寝ていないような気がするのに、飛ぶように時間が過ぎ去っていた。

頭痛薬が効きすぎたのかも知れない、と思ったけれど、その割に痛みの方はもとのままだった。いや、いっそうひどくなったようで、痛みが雨雲のように、額の辺りに垂れ込めている感じだった。吐き気も強くなっている。

「さすがに、病院に行かなきゃかなあ……」

この時間だと、普通の病院は開いていない。

夜間診療をしている施設の場所は知っている。歩いてゆけるくらい近所にある。ずっと以前、インフルエンザにかかったときに、咳《せき》が止まらずに苦しくて、夜にひとりで辿り着いたことがある。真夜中だったのに、施設の前に乗用車やタクシーが並び、たくさんのひとの気配があって、律子は夜の闇の中で、明るいそちらを遠くから見て、結局そこには行かないままに、家に帰ったのだった。自分は咳が辛いだけ、他にもっと具合が悪いひとがいるだろう、と思って。

でも今夜は、さすがに行ってもいいかも、と思った。この頭痛は何だかまずい気がする。

救急車を呼ぼうか、と一瞬思ったけれど、いや、今夜はやめておこう、と思い直した。救急車を呼ぶほどではないのだ、きっと。だって頭痛が酷《ひど》いだけなのだから。

どうもうまく頭がまとまらなかった。けれどなんとか立ち上がり、手探りで、通勤用のバッグを捜した。お財布の中に健康保険証は入れてある。お金も夜間診療にかかれるくらいの金額は入っていたはず。

「――夜間診療所、近所で良かったわ」

どうも目眩《めまい》がする。頭も相変わらず重いけれど、なんとか歩いていけるだろうと思った。

気がつくと、黒猫が目を開けていた。椅子から飛びおりて、心配そうに床から見上げる。

「大丈夫よ、メロディ。ちょっと出かけてくるから、お留守番しててね」

声をかけてから、ああ、この子に夕食を出していなかった、と思い出した。可哀想に。律子が眠っていた間、空腹だったのではないかしら。

痛む頭を抱えて、さっき病院で買ってきた、弱った猫用の、消化の良い、栄養豊富な猫缶を開け、肉の甘い香りのするそれをお皿に出した。律子には懐かしい香りだった。今夜はその匂いさえ、生臭く感じるけれど。これを食べてくれれば、もっと元気になるだろうと思う。

台所の一角の、前までの猫たちにご飯をあげていた場所に、新聞紙を敷き、お皿を置くと、黒猫は迷いもなく尻尾《しっぽ》を上げて、お皿に駆け寄り、フードに口をつけた。

大丈夫だ、と思った。この猫は生きるつもりで、前向きに頑張っているのだ。

さっきの幻聴がほんとうならば、この子は生まれ変わりを繰り返して、律子のもとへとやっと帰ってきたのだから、余計にまた死ぬつもりはないのだろう。

律子は、微笑《ほほえ》んだ。

それなら自分も死ぬわけにはいかない。


いつも思っていることがあった。

孤独死、って酷い言葉だと。

ひとりで家で死ぬと、どうしてそんなに悲しい言葉で生涯を締めくくられなければいけないのだろうと、いつも思っていた。

それまでどれほど誰かに愛されていようと、たくさんの愛するものがあろうと、友人や恋人、仕事に恵まれ、幸せに生きていようと、それこそ死のその瞬間まで、ご機嫌でうたったり映画を見たり、楽しく暮らしていて、人生に満足していようと、ひとりで生きてひとりで死んだ、というそれだけで、他人に人生の価値を決められてしまう。

静かな義憤のようなものを感じていたかも知れなかった。自分もこうしてひとりで暮らしている以上、いつかの未来には、そんな死を遂げるのだろうと受け入れていたからかも知れない。一方で、自分はそういう死に方をすることになるとしても、後悔はするまい、と心に決めてもいた。その瞬間も、さばさばと開き直って、これでいいと思える自分でありたいと。静かに笑っていたい、と。

今日のこのひどい頭痛で、初めて自らの死をリアルに、間近に感じて、どうやらそれは難しそうだと思った。今更のように、自分の往生際の悪さを知った、ともいえる。とてもじゃない、笑ってなんか死ねない。

けれど同時に、もし、この黒猫がいなければ、自分はこの運命に文句をいいながらも、無理には生きようとしなかったかも、とも気づいていた。

そうだ。ひとりきりのことならば、いきなりの今生《こんじょう》との別れも、きっと諦めがつく。何事もなし得なかった人生は悲しいし、惜しいけれど、だからこそ、このまま世界から去っていっても良いか、とも思えただろう。

でも、こんなちっぽけな自分でも、いまこの腕には、守らなくてはいけない命がある。自分が出会い、拾い上げ、責任を持って引き受けてしまった命だ。

おまけに、その猫は、もしかしたら、過去の律子との約束を守るために、何回も生まれ直して、戻ってきてくれたけなげな猫なのかも知れないのだ。

(そんな不思議なこと、あるかどうかはわからないけど)

だけど、万分の一でも、そんな不思議があるとすれば、頑張らなくてはいけない。

そこは人間の意地として。

だから、律子は生きるのだ。——もしかして、自分が死のさだめにあるとしても、その運命に爪を立て、あらがおうと思った。

少女の頃、黒猫と交わした約束のために。


「メロディ、それ食べて、待っててね。すぐに帰ってくるから」

どうにも視界がぶれる。けれど律子は猫に優しく声をかけると、玄関に向かった。

さっき脱いでコート掛けに吊《つる》したままの薄いコートをとろうとする。勘が狂って、うまくとれずにハンガーから滑り落ちた。濡れてひんやりとするコートをなんとか拾い上げ、腕を袖《そで》に通した。床に置いたバッグを拾おうとして、ふいに足から力が抜けた。尻餅をついてしまって、うまく立てなかった。身を起こそうとすると、脈打つように、頭痛が酷くなった。目の前が点滅するようで、うまく見えない。妙に眩《まぶ》しかったり、暗くなったりもする。

黒猫が、駆け寄ってきた。小さな足音が懐かしく、愛らしかった。——猫は足音がしないと俗にいうけれど、それはあくまで、猫が足音を潜める気分のときと、歩いているときだけで、走っている猫は爪で床を蹴るので、意外なほど、高く足音が響くものだった。

律子のそばで、心配そうに見守る黒猫の髭《ひげ》の辺りにはキャットフードの欠片《かけら》がついていた。食べかけのところで、慌てて走ってきたのだろう。舌先で舐め回し、前足で洗おうとする仕草が可愛らしかった。

「——大丈夫よ、大丈夫だから」

律子は手を床に突き、身を起こそうとした。

妙に感覚が鋭敏になっているのか、それとも幻覚、錯覚なのか、不思議なほどに、植物たちの「視線」を感じた。「みんな」が心配してくれている、と思った。

玄関に並べられた、観葉植物たち——ゴムの木にポトスにフィロデンドロンに、さまざまな種類の椰子《やし》たちに、春蘭に桜蘭に。

みんなが静かに、律子を見守っている。いつも話しかけながら水を与え、栄養をあげ、植え替えをしたりして見守ってきた緑たちが、こちらを見ているような気がした。

植物には、目も、心もないはずなのに。ただ静かに葉を茂らせ、光合成を繰り返しているだけの存在のはずなのに。そんなの、常識以前の当たり前のことなのに。

立ち上がろうとした弾みで転び、鉢たちが並ぶ中に倒れた。

「いたたた」

お寺の鐘でも打ち鳴らすように、ぐわんぐわんと鳴り響く頭痛に翻弄《ほんろう》されつつ、律子はどうにか身を起こそうとした。なんとか植木鉢が倒れずに済み、どの枝も葉も傷ついていないように見えたので、ほっとしながら。

そのときはっきりと、声が聞こえた。

『呼べばいいのに』

細かいガラスの欠片をこすり合わせたような声だった。果てしなく繊細で、かすかな声。

声は合唱のように、そこここで聞こえた。同じメロディを追いかける、輪唱だ。

『呼べばいいのに』

『呼べばいいのに』

『ランプの魔神を、呼べばいいのに』

緑たちがうたっていた。そう聞こえた。

そんな馬鹿な、と思った瞬間、輪唱はぴたりと止《や》んだ。

気がつくと、すぐそばに、緑たちの中に、あの金色の「魔法のランプ」があった。抱えるほどの大きさの古い真鍮の、その表面に彫られた翼あるペルシャ猫の瞳が輝いて、すぐそばで、律子を見つめていた。——金属に彫られただけの存在のはずなのに、不思議なほどに視線を感じる目で、見つめてくる。頭に載せた王冠も、その背の翼も、光を放つようだった。

律子はそっと、その猫の額の辺りを撫でた。というより、立ち上がろうとする弾みに、うっ

かり触れてしまった。真鍮の、ひんやりとする感触が気持ち良かった。なのでつい、

「そうね、もしこのランプにほんとうに魔神が棲んでいるとしたら、会ってみたいかも」

無意識のうちに、ささやいてしまった。


『あなたの願い、叶えてあげましょう』

凜《りん》とした声が響いた。

どこか見えない場所から、渦巻くように良い香りの風が吹き寄せ、それは、そう、かぐわしい薔薇の花と薄荷《はっか》の香りで、それも道理、玄関に竜巻のように渦を巻いて吹き寄せた風には、無数の赤い薔薇の花びらと薄荷の葉が巻き込まれていたのだった。

あまりのことにまばたきしながら、律子は両手を床に突いたまま、呆然《ぼうぜん》として、薔薇と薄荷の小さな嵐を見上げ、見下ろしていた。

かぐわしい香りの風が止むと、花びらの赤と葉の緑は、敷物のように床一面に舞い落ちた。

そのただ中に、白い翼を広げ、金の王冠をいただき、長く美しい被毛をなびかせた、人間ほどの大きさのペルシャ猫が一匹、佇んでいたのだった。海のように青い瞳がひた、と律子を見つめた。それは、紛《まご》う方なき、ランプに描かれていた猫の姿で――そちらに目をやると、真鍮のランプに彫られていた猫の姿は、最初からなかったように消えてしまっているのだった。

『こんばんは、頭痛持ちのお嬢さん』

猫は――美しくよく響く声で、流暢《りゅうちょう》な日本語で、挨拶をした。つややかな、うたうような、

落ち着いた女性の声だった。

『わたし、もう長いことランプの中で暮らしていて、持ち主の手から手へと、世界をさすらってきたわ。だけど、いまだかつて、「会ってみたい」なんて、素朴で単純極まる願いごとを叶えるために呼び出されたことはなかったのよね。ねえ、願いごとはそれだけでいいのかしら？』

大きな白い猫は、首をかしげるようにした。その目がきらきらとして、ほんとうに楽しそうだった。

「いや、ええと、その……」

律子は金魚のように口をぱくぱくと開けたり閉じたりを繰り返した。

「わたしはその、お嬢さんなんて呼ばれるような年じゃ……」

『わたしから見れば、あなたはほんのお嬢ちゃんですよ。こう見えて、わたし、とってもとっても、長生きなんですもの』

王冠をいただいた猫は、白い前足を口元にあてて、楽しげに笑う。

頭痛のせいもあって、律子はただただ混乱した。額に汗を滲ませながら、猫に訊ねた。

「――もしかして、その、あなたはこのランプの中にいた、魔神さんなのでしょうか？」

『いかにもそうよ。あなたが、さっき呼んでくれた、そのランプの中にいた古き魔神。――ねえ、どう？　わたしに会えて嬉しかった？』

猫の姿の自称魔神はにっこりと（機嫌の良いときの猫の笑顔で）笑って見せた。

ふたつの青い目は、どこか甘えたいときの猫のそれのようで、はしゃいで見えた。普通の猫ならば、じゃれかかったり、跳ねて身をくねらせそうな、そんな感じで――どういうわけか、この大きな猫の姿をしたものは、律子と会い、こうして話せることが、嬉しくて楽しくて仕方がないようなのだった。

「いや、あの、日本語お上手なんですね」

目の前にいる生き物が、もし魔神だとして、こうして普通に会話ができる辺り、これは絶対に夢だと思った。ご都合主義が過ぎる。

『まあ、褒めていただけて嬉しいわ』

猫の姿の魔神は、輝く青い目を細めて、いよいよ楽しそうに笑った。

『昔々、遠い砂漠の国の、雨季に咲いた、子猫の胸毛のような花の綿毛に、気まぐれにこの命が宿って以来、わたしは千年も二千年も、この世界で遊んでいるの。ランプの中でうたた寝をして、いろんな世界のいろんな街で、ひとの子と出会い、願いを叶えてあげたりしながら。そんなわたしですもの。ひとの子の使う言葉くらい、たやすく話せなくてどうします？　そもそもわたしたち魔神は、古《いにしえ》より、詩と音楽を愛する一族。こと言葉に関しては、ひとの子の使う、ひとつの民の言語を、この耳で一言二言聞くだけで、瞬く間に単語や文法のそのすべてを知り、覚えてしまう。華麗に使いこなせるようになる。そういう素敵な生まれなのだもの』

そして猫の姿の魔神は、得意そうにふかふかした胸を張った。

『あのね。わたしは特にこの国の、あなたの使う言葉は得意なの。なぜって？　ひとの子のお嬢さん、あなたが毎日のように、わたしにいろんなことを話して聞かせてくれていたからよ。

おはようやおやすみの挨拶も、出かけるときの行ってきますも、帰ってきたときのただいまも、みんなわたしはこの玄関で聞いていたのよ。楽しみに聞いていたの。

あなた、話してくれたわよね。街で見かけたささやかに素敵なことのあれこれを。今年はつばめがもうやって来たとか、すずめたちがさえずりながら楽しそうに飛んでいったとか。ケーキ屋さんで美味しいレモンパイを買ったとか。レシピも教えて貰ったの、とか。テレビドラマや小説や、漫画や映画の感想も聞いたわね。そんなこんなで、日本語はあなたから聞いた話で、こうしてばっちり完璧《かんぺき》に覚えたんだから』

だからね、あなたと一度こうしてお話ししてみたかったのよ、と魔神は笑う。

もしかして、魔神の言葉遣いが、そこはかとなく律子のそれに似ているのは、こういう理由なのかと考えると、ちょっと楽しい夢だと思った。うん。ご都合主義でも、整合性がとれている。

『やあね。夢じゃないわよ』

見抜いたように、魔神が楽しそうに笑う。

(わたし、もしかして、頭痛が凄《すご》すぎて朦朧《もうろう》として、幻覚を見ているのかしら?)とも思ったけれど、こんなに面白い幻覚ならば、いくらでも堪能《たんのう》したいものだ、と律子は思い返した。幻覚でも面白いし、万が一本当なら最高に素敵じゃないか。いったいこの世界に、生きている間にランプの魔神(それも猫形の)に遭遇して会話ができる人間が、何人いるというのだろうか。滅多《めった》にいないだろうし、いても多くて一桁《けた》に違いない、と思った。

玄関には薔薇と薄荷の香りが満ちて、その中に、美しい猫は佇み、青い目で興味深げに律子を見つめていた。長い髭は、ぴんと上に張って、羽箒《はぼうき》のような尻尾が、ふさふさ、ゆらゆらと動いていた。魔神といえど、猫の姿をしているからには、好奇心旺盛《おうせい》なのかも知れない。

黒猫は律子の体に隠れるようにして、夢中になって大きな猫を見上げているようだった。こちらも興味津々、といった様子だった。


『——それで、願いごとは？　よっぽど難しいことでなければ、わたしが何でも叶えてあげる。お伽話の昔から、ランプや壺に入っている魔神は、呼び出したひとの子の願いを叶えることって、そう決まっているんだから』

魔神はそこでふと、物思うようなため息をついた。

独り言のように、寂しげに付け加えた。

『——たったひとつ、魔神には叶えられない願いごと以外なら、きっと叶えてあげましょう』

再度促されて、律子はやっと我に返った。

これが現実でも夢でもとにかく、叶えて欲しい願いが、ひとつあった。

「頭痛を——あの、わたしのこの、ひどい頭痛を治していただけたら、と」

そばにいた黒猫が、律子を見上げて、うんうん、とうなずいたような気がした。

胸がどきどきした。これでほんとうに、この頭痛から救われるのだろうか？　そんな不思議な出来事が、この世にあるのだろうか？

『そんな簡単なことでいいの？』

魔神は長く白い睫毛《まつげ》を揺らして、大きくひとつ、まばたきをした。

「はい、それが何よりも……」

と、言い終わるよりも早く、そう、魔神がその白い前足を宙に伸ばし、一言二言うたうような言葉を呟いた、と思った途端、拭い去られたように、あのひどい頭痛は消えていた。

あまりに突然痛みが消え去ったので、律子はその場で、よろめいたほどだった。

「ああ」

ありがとうございます、と律子は軽くなった頭を抱え、こみあげてきた涙さえ浮かべて、魔神にお礼をいっていた。——大丈夫だ。首を振っても痛くない。頭の中はすっきりとして、砂時計の幻は見えない。いつものように元気になった。これで死なないで済む。いままでのように、穏やかな日常の続きを生きて、黒猫と一緒に暮らせるのだ。

——ということは。

(目の前のこの大きな猫は、本物の、魔神なんだ……)

どんな不思議な出来事だって、夢か幻じゃないとあり得ないと思えることだって、こうしてわが身に起こってみれば、これが現実の出来事なのだと信じるしかなかった。

(っていうか、なんて、なんて素敵な)

なんて楽しいことだろうと思った。

こんな夜があるなんて。

こんな奇跡が、自分に訪れる日が来るなんて。

子どもの頃から、物語を読んだりするたびに、どこかで、自分にもこんな不思議なことが起こらないかと思っていた。

一面雪が降り積もる世界に通じる扉が、洋服だんすの中にあったり。豆粒ほどの大きさの犬や、それを連れた小さなひとたちと出会って友達になったり。自分が小さくなって、鵞鳥《がちょう》の背に乗って、雁《がん》の群れとともに、はるかラップランドへ飛び立ったり。ドリトル先生みたいに、動物とお話ができたら、なんてことにも憧れた。

世界のどこかに、自分のための魔法の扉が用意してあるんじゃないかと、ひそかに夢見ていた。日常から一歩だけ、違う世界へと踏み出せる、そんなときが、魔法の始まりがいつか訪れるのではないかと。

それから律子が子どもだったのは、ちょうど、魔法少女たちがテレビアニメの中で活躍するようになった時代の、その始まりの頃で、遠い日の律子も、ある日自分も変身できる魔法のコンパクトを手に入れられるんじゃないかとか、お隣に魔法の国の王女様が引っ越してくるんじゃないかとか、胸をときめかせて夢見たものだった。そんなことあるわけないよね、なんて思いながらも、どこかで魔法の国の使者との出会いの日が来ることを信じていたかったのだ。

でも実際は、魔法との出会いはないままに、穏やかに平凡な日常が過ぎて、律子はおとなになり、年をとっていって、気がつけば、世界には不思議なことも、奇跡も何もない、あるはずがないと思うようになっていた。

けれど――。

まるで顔を上げればそこに青い空があり、眩しい日が差していたように、魔法の世界はどうやらこの世に存在していたし、今夜の律子はそれに出会うことができたのだと思った。

(ちょっとばかり、出会いが遅かったような気もしなくはないけど)

そっと笑う。

子どもの頃とか、もうちょっと若い頃ならお話やアニメの主人公になれたような気がして、もっと楽しかったかも、とか。いまの五十代の姿だと、それも小さくて痩せっぽちな律子では貧相だし、性格は内気だし、絵にならないかも、なんてつい思ってしまう。

だけど、おとなになってからだって、この年になってからだって、魔法と出会えたのは、やっぱり素敵なことだと思った。

「ありがとうございます、ほんとうに」

目の前が、世界が明るくなったような気がした。古い長屋の、小さな灯りだけ灯した、緑でいっぱいの玄関が、魔法の粉でも撒いたように、きらめいて見えるような気がした。

律子は軽くなった体で立ち上がり、美しい猫の姿の魔神に、心からお礼をいった。

「わたし、ほんとうに、もうこのまま死んじゃうんじゃないかと思ってたので……」

明るい表情でそういう律子から、魔神はふと、目をそらすようにした、そんな気がした。

『いったでしょう、頭痛を治すなんて簡単なことだって』

だけど、と、付け加えた。

『さっきもいったように、魔神にも叶えられない願いはあるの。――あのね。とってもいいづらいんだけど、わたしはあなたの頭痛を治すことはできるけれど、寿命を延ばすことまではできないの。ひとの命の長さを決めるのは、たぶん、天界にいらっしゃるという神様のお仕事で、魔神ごときが触れられる領域のことではないから』

「――ええと、それは、あの、どういう？」

『あなたの命は今夜まで。今日で、あなたの人生は終わるっていうことが、決まっているの。悲しいかな、わたしにはわかってしまうのよ。今夜あなたは眠ったら、二度と目覚めることはない。夜明けを迎えることはない』

淡々とした声で、魔神はそう告げた。

『でもね、わたしはあなたのことをとても気に入っているから、そのときも、苦しまないで済むようにしてあげるから。あとね、人間って世界中でどんどん死んで、どんどん生まれてくるのね。だからその、死ぬって思ってるよりも悲しいことじゃないわよ。たぶんね。あの、落ち込まないで欲しいの。いまの人生は今夜で終わってしまうけど、あなたきっとまたすぐに、世界のどこかに、元気に、幸せに、生まれてこられると思うから』

そう呟く魔神の髭は下がり、顔はうつむいていて、突然の死の宣告にただ驚いている自分よりもよほど落ち込んでいるようだ、と律子は思った。

少しずつ、魔神の言葉が胸に染みこんでくるうちに、逃れようもない哀しみといくばくかの不安と恐怖が心に湧《わ》いてきたけれど、目の前でみるみるうちにしょげてゆく魔神の姿が、猫の姿をしているからだろうか、なんだか愛らしく思えてきていた。さっきまで楽しそうで、うきうきしているように見えたのに、いまはほんとうにしょんぼりしていて。

(ああ、そういえば)

魔神は大きな力を持つけれど、自然から生まれた純粋な魂で、喜怒哀楽が激しいのだと、何かの本で読んだような気がする。

目の前の魔神は、ほんとうに心の底から、律子の運命を悲しんでいるように見えた。大きな体なのに、小さく縮んで見えた。無力なひとりぼっちの子猫のように。

「そっか。わたし、死んじゃうのね」

律子は笑った。笑って見せた。

そして無意識のうちに、魔神の王冠を載せた大きな頭に触れていた。そうしてしばらくそっと撫でてやっていた。白く長い被毛は、つやつやとして滑らかで、あたたかかった。魔神は嫌がらず、ただ撫でられていた。かすかに喉が鳴った。

(ほんとうに、もっと前に、魔法と出会えていたら良かったのにな)

こんなに魔神に悲しい顔をさせないで済む、そんな出会いなら良かったのに。

律子はそっと笑った。——だけどやっぱり、たとえそれが人生最後の夜にでも、こうして魔法と出会えて良かった。

世界には不思議も奇跡もあるのだと、そう信じてこの世とお別れできるのなら、きっと素敵な夢を見て、穏やかに永久の眠りにつけるだろう。

（そうだ、それに――）

こうして魂の存在を知った以上、人生が終わったあとの時間のどこかで、先に逝った大好きな祖父母や、若くして世を去った父、そして母に会えるのだろう。看取ってきた猫たちにも会えるのだ。もっと愛してやりたかった猫たちに、助けてあげられなかった猫たちに、詫びることができるのだと思った。

それならば、寂しくはない。むしろ、ちょっと楽しみになってきた。


「魔神さん、ひとつだけ、お願いがあるの」

律子は猫の姿の魔神に、そっと語りかけた。

「もしわたしが今夜限りで死んでしまうとしたら、メロディが――わたしと一緒にいるこの黒猫がひとりぼっちになってしまうの。この子がどこかで元気に生きていけるように、誰か優しいひとと出会えて、ずっと一緒にいられるように守ってあげていただけませんか？」

黒猫は口をぽっかりと開けた。何をいうんだ、というように、律子の顔を見上げた。

律子は身をかがめて、猫に語りかけた。

「ごめんね、メロディ。わたし、あなたと一緒に生きていくことはできないみたい。だけど、お別れすることになったとしても、どこかでずっと、あなたのことを見守っているから」

黒猫は、きゅっと口を結んだ。そして魔法のランプにその身をこすりつけ、叫んだ。

ひとの言葉で、はっきりとこういった。

『魔神さん、あなたは、人間だけじゃなく、猫の願いも聞いてくれますか？』

猫の姿の魔神は、おや、というように青い目を見開いた。興味深い、そんな表情を見せた。

『わたしは猫の魔神だもの。このかたちに生まれついた以上、猫たちのことも、ひとの子と同じくらいに好きで可愛いと思ってるわ。——叶えて欲しい願いごとがあるの？』

『あります』

黒猫は顔を上げた。緑色の瞳を燃えるように輝かせて、叫んだ。

『律子ちゃんの代わりにあたしが死ぬのじゃだめですか？　そういうことはできませんか？

律子ちゃんは、優しい良いひとだから、こんな風に急に死んだらいけないと思います。もっと長生きするべきだと思います』

緑色の瞳から、涙が流れた。

『猫は寿命が短いから、人間よりもっと多く、たくさんたくさん生まれ変わってくるって、昔、誰かから聞きました。そのたくさんの命を全部、律子ちゃんに譲ってあげたい。あたしはもう二度とこの世界に生まれてこなくて良いの。だからあたしの願いを叶えてください』

魔神は、驚いたように青い目を見開いた。

ため息交じりに、呟いた。

『これは困ったわねえ。どうしようかしら』

「どうしようもこうしようも……」

律子は途方に暮れて、魔神と黒猫にいった。

「この子の命はこの子のものです。わたしは今夜がわたしの寿命なら、それでもう良いんです。——あの、わたしもう充分に生きたような気がするんです。正直、地味で平凡な、めだつこともない、路傍の石みたいな人生でしたけど、でも——振り返ってみると、楽しいことも嬉しいこともたくさんあったし、自分なりに、頑張って生きてきたかなと」

魔神に話しかけつつ、黒猫を説得するためにいった言葉なのに、口にすると、静かに思いが胸に満ちてきた。

ありふれた人生だったけれど、そう、たぶん誰の記憶にも残らないような、儚《はかな》い人生だったかも知れないけれど、良い人生を生きてきたような気がした。

贅沢はできなかったけれど、自分なりに美味しいものも作って食べてきたし、飲んでもきた。朝晩の綺麗な空も見た。素敵な音楽も聴いた。近所のひとたちと他愛のない話をするのも好きだったし、会社で仕事として、美しいものを形にして世に残すことにわずかでも関わることもできて、良かったと思う。世界の片隅で、きらきら光るものを見つけ、見上げて、人知れずそっと拍手しているような人生だったけれど、そんな自分も嫌いじゃなかった。

(うん。わたしはわたしが好きだったのよ)

聖人じゃないから、そりゃ思い残しや、もっと欲しいものもあった。若い頃はそれなりに夢見たこともあり、失恋だってしてきたし。——でも、だけど。

(頑張ったんだから、いいや)

何よりも自分を認めてあげたいと思った。

(少なくとも)

目の前にいる猫の姿をした魔神と、足下にいる小さな黒猫に、こんなに愛され、案じてもらえる存在――自分がそういう者ならば、もう充分だ、と思った。誰も知らないお伽話のような、そんな素敵な人生だったじゃないか、と思う。

(この世界、大好きだったな)

自分が生きてきた世界が好きだった。この時代に生まれ合わせ、多くのひとびとともに生きていることが、好きだった。そんな世界から自分だけ、切り取られるように去っていかなくてはいけないのは寂しい。もうちょっとこの世界の未来を見ていたいような気はするけれど、でも、贅沢はいうまい、と思った。

自分は充分、幸せに生きたのだ。この世界で今日まで生きていることができたのだ。

(そのことを、喜ぼう。大丈夫、喜べる)

だって、幸せだったもの。

そう思うと、明るく、にこやかに笑うことができた。

緑色の瞳から、涙をこぼし続けている小さな黒猫の頭を撫で、抱き上げて抱きしめてやりながら、律子はいった。

「ありがとう。ありがとうね。でももう、わたしはいいから。――ていうか、メロディとこんな風にお話ができるって、嬉しいなあ」

『あたしも』

べそべそと泣きながら、猫は答えた。

『あたしはいつも、ずっとずっと猫の言葉で律子ちゃんに話しかけてきたんだけど、律子ちゃんの耳には聞こえないみたいだった。でも、いまはいっぱいお話しできて、嬉しい』

黒猫は目を閉じ、喉を鳴らしながら、律子の胸元に小さな頭をこすりつけた。

猫の姿の魔神が、静かにいった。

『世界には時々、魔法じみた、不思議なことが起きるものなの。黒猫のお嬢さん、あなたがそのお嬢さんのことを大好きで、命を投げだしても良いくらいに好きだったから、運命がおまけしてくれたのかも知れないわ。純粋で優しい心には、いつだってきっと、優しい見返りがあるものよ。天界の神様が見守ってくださっているのかもね』

そして魔神は何やら長いこと思案にふけった。やがて、胸の奥から深いため息をついた。そのため息に、美しい胸毛がふわりと揺れた。

魔神は優しい声で、けれど厳《おごそ》かに、律子と黒猫にいった。

『繰り返しになるけれど、ひとの子の寿命の長さは、魔神には変えられないの。黒猫のお嬢さんはこの世界にとりのこされて、ひとりぼっちになってしまう。だけど、ひとの子のお嬢さんの願い通り、幸せに生きられるように、このわたしが手を貸してあげるから……』

『そんなのやだ』

黒猫は爪を立てて、律子の体にしがみついた。もう絶対に離れない、そんな様子で。

『ひとりで生きるなら、もう生きてなくていい。あたしは律子ちゃんと一緒がいいの』

律子は言葉もなく、黒猫を抱きしめてやっていた。小さな爪が肩や腕に食い込む痛みも、ただ愛しくて、切なかった。

しょうがないわねえ、と魔神が呟いた。

『ひとつ提案があるけれど、ひとの子のお嬢さん、こんなのはどうかしら？

寿命を延ばしてあげることはできないけれど、新しい命として、生き直させることなら、魔神にもできる。――ねえ、お嬢さん、あなた、ひとならぬものになる覚悟はある？』

「――ひとならぬもの、といいますと？」

『あなたたちの魂は、ひとの子と猫と、違う生き物のはずなのに、とても結びつきが強いの。だから――ふたりでひとつの存在にならなれるかも知れない。でもそれは、ひとでも猫でもない、魔神に近い存在になるということだから、ひとの子としても猫としても、もう、生きられなくなる。互いに、一度命を終えるから、年をとらなくなる。もう二度と死なない。この世の生き物の理《ことわり》を外れた魂になってしまうから。だからね、人間の社会の中で暮らすことはできない、寂しい存在になるかも知れない。住み慣れた町を離れ、旅を繰り返すことになる。そんな存在になっても良いのなら、わたしが魔法をかけてあげる』

律子は、黒猫を抱きしめながら、魔神に問いかけた。

「人間の社会の中で暮らせない、旅から旅の日々を生きることになる、といっても、たとえば、誰かをそっと見守っていることはできるんですか？　その幸せを祈っていることは」

ひとではなくなったとしても、それが許されるならば――。

魔神はうなずいた。優しいまなざしをした。

『あなたは人間が大好きだったものね。ひとの中で生きていることが好きだった。そうね。じゃあ、ひとつわたしから、祝福を与えましょう。優しいひとの子に、贈り物を与えてあげる。魔神から見ればささやかな魔法、けれどひとの子から見れば奇跡のような、大きな魔法の力が使えるようにしてあげましょう。

もしあなたが、この先、誰かと出会い、助けてあげたい、幸福にしてあげたいと思ったときに、それができるだけの力を。その手が触れる誰かを救い、幸せにできる魔法の力を』

律子は自分のてのひらを見つめた。

（誰かを幸せにできる、力――）

この老いて痩せた、小さなてのひらに、そんな力が宿るとしたら――。

魔神の声が、静かに言葉を続ける。

『今宵《こよい》、ひととして安らかに眠るなら、ひととしての寿命は終わる。遠い空の国へと、魂は旅立つでしょう。でもそれが本来のあなたの人生。けれど、眠ることを選ばないなら、永遠に眠ることのない命を得ることになる。――ねえ、どちらが良いかしら？』

律子はうつむいた。深く息をして、そして、落ち着いて、冷静に考えた。

その上で、答えた。

「魔法の力を、与えてください」

ぎゅっと黒猫を抱きしめながら。

そう、律子はずっと魔法使いになりたかったのだ。善い魔法使いに。

魔法使いとして、生きられるのなら。誰かの幸せを祈り、守れるのならば。

(寂しい生き方には、きっとならない)

ひとつところにいられない生き方になるとしても、この世界をさすらうことになるとしても、それでいいと思った。きっと楽しい日々になる。楽しく生きてみせる。

不敵に、律子は笑う。

物語の主人公になったような気分で。

そう、自分はこの、誰も知らない物語の主人公になるのだと思った。人知れず誰かを救い、言祝《ことほ》ぎ、守ることのできる存在に。

3

『それでは、数えても尽きぬ海の砂ほどの長き年月を生きる、偉大なる魔神、このわたしの名において、あなたと、そしてあなたの黒猫に新しい命を与えましょう』

猫の姿をした魔神は、白い翼を広げ、厳かな声でそういった。

古い長屋の、さほど広くもない玄関に、王冠をいただいた古の魔神がいて、いましも自分と愛猫にその魔法の祝福を授けようとしている――物語の本のページの間に入り込んでしまったような、夢か幻覚を見ているような奇跡の情景に、律子は腕の中の黒猫を抱きしめたまま、ただ見入っていた。

まさか、五十数年生きた人生最後の夜に、自分がこんな魔法に出会うとは思っていなかった。

魔神は、白い前足を――ふさふさとした片方の手を上げると、ひらりと翻すようにした。

まるでその手が金銀の砂を撒いたように、玄関に光が散り、柔らかな光の波がゆるゆると広がってゆくと、レースのベールをかぶせるように、律子とその腕の中の黒猫に降りかかり、包み込んでいった。

（ああ、あたたかい……）

春の日差しに包まれているような、陽《ひ》の入る部屋でうたた寝をしているような、そんな優しく懐かしいぬくもりが、頭を首を肩を、そして全身を包み込んでいった。黒猫も心地よかったのだろう。喉を鳴らす音がした。

ごとん、と重く低く響く音がして、まるで夢から覚めるように、律子は目を開けた。

自分の目に映るものが信じられなくて、そのまま目を見開いた。

足下に、律子が――自分が横たわっている。からだを丸くして、動かない小さな黒猫を抱いて、幸せそうな微笑みを浮かべて、転がっている。

「ええっと、これは――」

では、ここにいる、あの律子を見ている自分は誰なのだろう、と思う。

玄関に置いてある、古い姿見を振り返る。腕に黒猫を抱いた律子が、怪訝《けげん》そうな表情で映っている。腕の中の黒猫も不思議そうにまばたきをして、鏡の中からこちらを見ている。

（ああ、そうか――）

律子は腕の中の黒猫を抱きしめ、自分と猫の亡骸を見おろし、ゆるゆると悟った。

まるで蝶《ちょう》や蝉《せみ》が脱皮するように、ひととしての古いからだを脱ぎ捨てて、自分はここにいるのだと思った。ひとでなくなった自分が。

魔神の方を見ると、魔神は、まるで律子の心の中を読んだように、そのとおり、というように空色の瞳で優しく見つめ返してきた。

空色の目に、気遣うような影を感じたので、律子はそっと微笑み返し、ありがとう、と、深い感謝の想《おも》いを込めて、頭を下げた。

律子は、過去の自分の姿のそばに、そっとしゃがみ込んだ。黒猫も腕から抜けて、自分の小さな姿のそばに寄り添うようにした。

いつも着ていた部屋着のニットのワンピースの、その肩の辺りに、ひとつふたつ、小さな毛玉ができているのを見つけた。

「あらあら。気がつかなかったわ」

長く着ていても、お気に入りのワンピースだったから、まめに手入れをして、季節ごとに簞《たん》笥《す》から出して着ていたのだけれど、あちこちほつれたり、布地が薄くなっていた。

古いニットに覆われた、痩せて丸い肩を見て、律子はふと、愛おしさを感じ、その肩をそうっと撫でた。

「――一生懸命、生きてきたのよね」

もう呼吸はしていない、けれどまだあたたかい肩を、何度も撫でた。

よく頑張った、頑張ってきたよね、と、そんな想いを込めて。

過去の自分に小さくさよならをいいながら、立ち上がる。いままでのからだと違い、軽やかにふわりと動けるのが不思議で――ああこれが、ひとではなくなったということなのか、と思った。

首を回してみた。肩も回してみる。

「すごいわ。肩凝りが治ってる」

パソコンを使う仕事だったからなのか、はたまた読書が趣味だったからか。いつも肩が凝っていて、硬く張っていた。――なのに、いまは首も肩も軽い。すごく寝起きが良かった朝か、温泉にゆっくりつかったあとのような。

「なんていうのか、若返ったような感じ」

『あたりまえでしょう』

くすくすと魔神が笑う。『生まれ直したみたいなものなのよ、あなた』

魔神は、長い爪で楽しげに、律子を指さすようにした。

『それどころか、あのね、そのからだには年齢があってないようなものなの。時の呪縛から逃れたからだなんですもの。だから願えば、若くもなれる。年寄りにもなれる。試してご覧なさいな』

律子はきょとんとした。迷いながら、じゃあ、若く、と口の中でつぶやき、軽い気持ちで願ってみた。中学生くらいの頃の、お下げ髪の姿を思いだして。

何の前触れもなく、姿見に映る律子の姿は、十代の頃の少女の姿に戻っていた。メロディが目をぱちくりして、その姿を見つめ、腕の中に飛び込んできた。

前世の彼女が知っている、懐かしい姿だったからだろう。胸に顔を押しつけてきた。

「あらまあ、これは——何というか」

まるっきりテレビアニメの魔法少女だわ、と思った。面白いけれど、気恥ずかしい。

試みに、年をとった姿にと願うと、姿見の中には、白髪の、落ち着いた雰囲気の女性の姿が現れた。知的な雰囲気は亡き母に似て、でももっと穏やかな感じの、優しげな女性だった。

（わたしは、こんな風に年をとるはずだったのね……）

友達になりたいような、そんな女性だった。この姿になった自分を見たかったと思った。白髪になり、のんびりこの町で暮らしている自分を。

もとの姿に戻ると、ちょっとほっとした。姿見に映る、見慣れた年齢の姿はやはりいいものだった。五十代になると、顔にも染みが出るし、眉毛に白髪が交じったりする。時に、若い頃を懐かしく思ったり、たるんだ肌をもの悲しく思ったりすることもあったけれど、それはそれとして、いまの自分の顔もけっこう好きだったのだな、と律子は気づいていた。

黒猫のメロディが何かいいたげな顔をして、小さく口を開けて、律子を見つめた。腕の中のその姿はついさっきまでの黒猫と同じだけれど、緑色の瞳は輝き、毛並みは艶々《つやつや》として、健康そうだった。小さな猫もまた、新しい、健康な、生まれたてのからだを得たのだ。

『律子ちゃん、ずっと一緒だね。お別れすることは、もう二度とないんだね』

メロディの思いを、自分の胸元の辺りで感じることができた。ふわりとした幸福な想いが、あたたかな波のように優しく漂い、寄せてくるのを感じた。これが、この猫とひとつの存在になったということなのかな、と思った。

律子は猫を抱きしめた。喉を鳴らす音を聴き、体温を感じると、自分はこれ以外に欲するものは何もないのかも知れない、と思った。

遠い日に救えなくて、もう一度この腕に抱きしめたいと願い、再会できた小さな命。幸せな人生の最後に、神様から贈り物を貰ったようだと思った。

幸せだと、そう思いながらも、気がかりなことがあった。

「あの――」

律子は、魔神に問いかけた。

「もしかして、あのう、わたしとメロディの、その、死体は、このままになっちゃうのでしょうか?」

微笑みを浮かべ、黒猫を抱いて、玄関に横たわったままの姿で、律子という人間は一生を終えた、ということになるのだろうか。

『そうね。そういうことになるのかもね』

静かに魔神が答える。

『この世に生きる大概の人間は、魔法や奇跡を信じない。亡骸はここにあるけれど、魂は幸せに旅をしている、なんて思いやしないでしょう。一千年の昔から、いまに至るまで、ひとの子というのはそういうものなのよ。死ぬはずだったあなたが、古のランプの魔神に助けられて、永遠の命を得ることになっただなんて、想像できるはずもない』

それはそうだろう、と思う。——だって、

「そもそも、そんなお伽話みたいなこと、普通はないですものねえ」

律子はしみじみうなずいた。ため息をつく。

「——それにしても、これじゃわたしは、まんま、孤独死みたいになっちゃうんですねえ」

気の毒に、可哀想だったね、といわれることになるのだろうか。生前の彼女を知っているひとからも、知らなかったひとたちからも。植物が生い茂る古い長屋で、晩秋の冷たい雨の夜、独り暮らしの寂しい女が、拾ったばかりの猫を抱いて死んで、と。

律子はため息をつき、肩をすくめた。

同情されるのは良い、もしかして笑われても、怒られても、どう思われても良いのだけれど、自分を知るひとたちが悲しい思いをするだろう、それだけは切ないなあ、と思った。

ただひとり、魔法のランプを律子に譲ってくれた占い師——彼女だけはきっと、真相に気づいてくれるだろう。そう思うと、救われるような気がした。世界にひとりだけでも、律子が不幸な死を迎えたわけではなかったと知っていてくれるひとがいるのなら。

（あのひと、何もかも、わかってくれていたのかな……）

あの占い師は。律子の未来も、そのひととしての命の長さも。その先の運命も。

この玄関で別れたときの言葉と、あのときは不思議に聞こえた言葉のひとつひとつを思い出した。救われたのだと思った。

そして律子は途方に暮れた。さて、これから先、どうしよう。どこに行こう、と。

この家をもう離れた方が良いだろう。何しろいまの律子は律子であって律子ではない。

幸いいまは夜。真夜中だ。朝になるまでに、ここを離れれば、誰の目にもとまらないで済むかも知れない。怪しまれずに、そっと、闇に紛れて消えてゆけるかも。

「——何だか、夜逃げでもするみたい」

つい、呟いてしまう。何も悪いことはしてないのにな。

『魔法を使ってみなさいな』

半ば呆れたような声で、魔神がいう。

『ほうきを出して空を飛ぶなり、姿を消して透明人間になるなり、いまのあなたには何だってできるわよ。そうして好きなところに行けばいいんだわ。風の吹くまま、気の向くままにね』

「あ、そうか。そうですね」

魔法のほうきも、透明になるのも、魔法使いらしくて、素敵な気がする。心がふわりと楽しくなった。子どもの頃に好きだった物語の本そのものじゃないか。いよいよ冒険が始まるって感じだ。

同時に、

（わたしがここを離れたら、みんな、ごみになるのかな）

部屋を見渡して、哀しみが募った。

古い家とはいえ、祖父母の代から、長年、気に入って暮らしていた家だ。そのすべてとお別れになるのか。まるで、何もかも捨てていくように。

祖父母が大事にしていて受け継いだ、古いテーブルや椅子や、茶簞笥も。お気に入りのティーポットもミルクパンもフライパンも。若い頃に買った、見上げるほど大きな本棚も。そこにぎっしり詰まったたくさんの本も。CDもレコードもステレオも。十代の頃から聴いている、小さなラジオも。あちこちに飾ってある招き猫たちも、頂き物の赤べこも。

律子が死んだとなれば、みんな誰かに片付けられ、捨てられてしまうのだろうと思った。

いや、雑貨はまだいい。きっといつか、諦めがつく。だって、どのみち永遠にはそばに置いておけないものたちだもの。それに本も音楽も律子の心の中にちゃんと残っている。いくらだって思い出すことができる。だからいいのだ。

だけど——。

（植物たちも、猫たちの骨壺も）

捨てられてしまうのかも知れない。

そう思うと、心がぎゅうっと痛んだ。

玄関に並ぶ植木たちが――観葉植物の緑たちが、静かに自分を見つめているような気がした。

優しい声で、それでいいんだよ、といってくれているような。

『大丈夫だよ、だから、行っておいで』と。

『わたしたちはもし枯れても、いつかまた、世界のどこかで芽吹くから』

『だからまたきっと、どこかで会おう』

『お別れじゃないよ。だってまた、世界のどこかで会えるから』

かすかにささやくような、そんな声が聞こえた気がした。

「だけど、みんなが枯れて良いなんて思えない――」

一鉢一鉢、大切にしてきた緑たちだ。この家で一緒に暮らしてきたのだ。

そして、代々の猫たちの骨壺も、ひとから見れば、ただの色あせた巾着《きんちゃく》に包まれた古い陶器――それに灰や骨の欠片が詰まっているだけのように見えるかも知れないけれど、律子には愛し愛されて日々をともに過ごした、命の名残が詰まっている壺なのだ。

「――みんな連れていけたら良いのに」

呟いたとき、魔神が心底呆れたというように、けれどとても楽しげに、いった。

『連れていけばいいじゃない』

「えっ？」

『もう、仕方ない。おまけしてあげるわ』

うずうずしたような口調で、魔神はいうと、ぱさりと白い翼を広げた。

そして滔々《とうとう》と、詩のような言葉を唱えた。

『ひとたびの命を終え、灰に返りし魂よ。柔らかな毛並みと、きらめく瞳、三日月のような爪を持ちし者たちよ。――汝《なんじ》らの主とともに旅立ちたい者は、いま眠りから覚め、壺より出《い》でて、主のもとへ、疾《と》く帰り来《こ》よ』

雨の音だけが静かに聞こえる夜に、どこからか、かたり、という音が響いた。何かの蓋が開くような音だった。そしてしゅるしゅると、紐《ひも》がほどけるような音と。続けてまた、かたり。ことり。しゅるしゅる。奥の方の部屋、猫たちの骨壺が置いてある部屋の方からだと思った。

静かな、とてもかすかな足音がいくつも、ひたひたと近づいてくるのを感じた。

玄関の方、律子がいるところへと、無数の足音は近づく。静かな、優しい足音のその主は、そして、姿を現した。

猫たちだった。古い写真のように、どこか色褪せた色彩の猫たちが、たくさん並んでいて、律子を懐かしそうに見上げた。

そこにいるのは、いままで見送ってきた猫たちだった。みんな覚えている。匂いも、撫でた感触も。あたたかさも、声も。撫でて抱いて可愛がり、けれどさよならのときが訪れて別れた猫たち――骨壺の中に眠っている猫たちが、みんな蘇《よみがえ》って、そこにいた。

先頭にいたひときわ大きなとら猫が、顔を上げ、どこか得意そうにニャア、と鳴いた。

「そっか、みんな一緒に来てくれるんだ」

目に浮かんだ涙を拭って、律子は微笑んだ。

魂になって一緒に来てくれるのなら、みんな、骨壺はもういらないのだ、と思った。

猫の魔神が、こほんと咳払いをした。

『喜んでくれて良かったわ。わたしはなにしろ猫の魔神だもの。猫と、そのいちばんの友達が幸せになるのは良いことだわ。

気分が良いから、よーし、もうひとつおまけしちゃう』

玄関に並ぶ緑たちの方へ、青い瞳を向けながら、魔神は呪文を唱える。

『土にその根を生やし、まどろみながら、葉を伸ばし、枝を伸ばし、花びらを広げる者たちよ。おまえたちにその手で水を与え、葉の汚れを払いし優しき者とともに旅立つ者があれば、その魂は疾く、土より解き放たれよ』

まるで海のさざなみのように、かすかにざわめく音が、玄関で、家のまわりで、さらさらと響いた。そして、無数の緑たちが、その幻の姿が、ふわりふわりと律子のそばに集まってきた。無数の白い根を足のように動かし、枝や葉をゆらゆらと泳ぐようにそよがせながら、緑たちが律子のまわりに集まったのだった。玄関の観葉植物たちだけではない。小さな庭の住人たち——晩秋に濃い色の花を咲かせた薔薇たちも、プランターで育てていた香草たちもいた。まるで小さな子どもが懐くように、律子を取り巻いて良い香りを辺りに漂わせた。

「まあまあ、みんな一緒に来てくれるのね。ありがとう。とても嬉しいわ」

胸にこみ上げるものがあった。緑たちのことを大好きだったけれど、緑たちも自分のことを好きでいてくれたのだ、と思った。

「ありがとうございます、魔神さん」

お礼をいうと、魔神は笑った。

『それもこれも、あなたの人徳だと思うわ。みんなが一緒に行きたいっていうんですものね』


さて、と改めて律子はまわりを見回した。

みんなが一緒に来てくれるのは嬉しいし、とても楽しい旅になりそうな気がする。

幻の猫たちも、植物の魂たちもみんな楽しそうだし、わくわくしているような気がする。

（だけど、この子たちを連れて歩いたら、正直、百鬼夜行もいいところになっちゃう）

あるいは季節はずれのハロウィンの行列になってしまいそうで、情景を想像するとおかしかった。

（いきなり大所帯になっちゃったけど、さて、どうやってみんなで旅立てば良いものか）

今更のように、閃《ひらめ》くものがあった。子どもの頃好きだった魔女っ子アニメには、そういえば、みんなで乗れる乗り物が出てきたような。

子どもなのになぜか運転できてしまう魔法の車。空も飛べたりするような。

あれか。あれを出せば良いのか。この年で魔女っ子アニメの主人公のような境遇に陥ったのだ。この際、踏襲しても悪くはあるまい。

「わたし、魔法が使えるんですよね？　それってあの、願えば何でも叶うんでしょうか」

『そうよ。あなたが思いつきそうなことならなんでもね』

楽しげに魔神がうなずく。

『なんといっても、偉大なる魔神であるこのわたしが、与えた力なんですもの』

律子はしばし悩む。ついさっきまでただの人間だった律子には、空飛ぶ車を出すなんて魔法、どう使ったら良いかいまひとつわからなかったからだ。お伽話や児童書に出てくる魔女や魔法使いみたいに、魔法の杖やら護符やらを持っているわけじゃないし、アニメの主人公たちのように魔法のステッキを持って、不思議な呪文を知っているわけでもない。

だから、素直に願いを言葉にした。

「ええと、みんなを連れていけるほど、広くて大きくて素敵な車が欲しいです。その車は、空を飛べたり、海を渡れたりするような不思議で便利な車で――運転免許を持っていないわたしでも、自由に運転できる、魔法の車なんです」

律子がスケッチブックに描いていたような、可愛い車がいいなあと思った。広々とした車内にはこの家にあるような古い家具が置かれ、小さなキッチンもある。折りたたみ式のテーブルや椅子が積んであって、お客様にはお茶や料理を出すこともできる、そんな車。作りつけの本棚やベッドもほしいところ。居心地の良い部屋のような、そんな車。

世界の誰も見たことがないような車種で、それでいて、どこかで見たことがあるようにも思えるような、そんな懐かしい姿の車がいい。

ふわん、と、玄関の外で、クラクションを鳴らす音がした。低くあたたかく響くエンジンの音が外から聞こえ、通りに灯りが灯るのが、引き戸の磨《す》りガラスから見えた。

律子はまだ信じられない思い半分で、玄関の引き戸を開けた。猫たちと緑たちが、楽しげに半ば踊るように、律子の後をついてくる。

家の前の細い道路に、大きな車が停《と》まっていた。つややかな青い車だ。運転席には誰もいないのに、雨の中、こちらへとドアを開けて、そこにあった。車の中には灯りが灯り、まばゆいほどの光が、まるで律子たちを招くように、家の方へとあふれ出していた。

雨に濡れる車には、光の色の小さな花が絡みつくように咲いていた。黄色く愛らしい、無数の木香薔薇の花だった。昔、大好きだった祖父母の喫茶店の外壁に咲き、店を包むように覆っていた花が、緑の葉を茂らせ、いま魔法の車を彩っていた。


かくして、とある晩秋の雨の夜、律子は思いがけず、それまでの穏やかで静かな日々と別れ、不思議と魔法に彩られた、新しい生を生きることになったのだった。

(ほんとうに、不思議だこと)

いま魔法の車は夜空を音もなく走って——いや、飛行している。

眼下には雨に煙る町の夜景が広がり、星を鏤《ちりば》めたように光っていた。

律子は飛行機にはほとんど乗ったことがなかったけれど、いま飛んでいるこの高さは、おそらくは飛行機よりはずっと低いだろうと思う。そうしてきっと、雀《すずめ》が飛ぶよりは高い。とんびや鴉《からす》が飛ぶくらいの高さかなあ、と思うと愉快になった。

「きっと、天使が飛ぶのもこれくらいの高さよね。ひとの営みを見守ることができるくらいの高さだもの」

膝に乗せた黒猫、メロディに話しかける。

メロディは膝に立ち、窓に両方の前足の肉球をついて、一心に外の夜景を見つめ、見下ろしていた。車が進むにつれ、後ろへ後ろへと流れ去る夜景から目が離せないようだった。緑色の瞳が小さな子どものように、きらきらと輝いていた。

『ええ、きっとそうね』と、助手席から魔神が答える。

『わたしも空を飛ぶときはこれくらいの高さが好きだもの』

魔神の青い瞳も、メロディと同じように、流れ去る夜景を見つめていた。

しばらく飽きずに見ていたようだけれど、そのうち、魔神はふわりとあくびをした。

『数百年ぶりで外に出て……たくさん喋りすぎたみたい。ちょっと疲れちゃった。おやすみ』

星くずのような光の軌跡を残して、その姿はふうっと消えた。助手席にはあの大きな真鍮の魔法のランプが、いつのまにやらころんと転がり、見えない手が、きちんとシートベルトをしめたので、律子はくすくすと笑った。

猫の姿の魔神は、律子の旅についてくることになった。

『だって、ひとりきりここに残るのなんて嫌よ。話し相手のいない家で留守番なんて』

だそうだ。

『わたしね、この世界で、長く長く生きてきてね、ずっと退屈だったの。ひとりで生きるのも詩を作るのも、うたうのにも遊ぶのにもすっかり飽きたっていうか。毎日延々と続く、朝と夜の繰り返しも四季のめぐりも見飽きたって思ってた。

だって魔神は死なないんですもの。いくらこの世界が美しくても飽きてしまうわ。だからわたし、長い昼寝と暇つぶしを兼ねて、ランプの中に入っていたの。うたた寝している間に、何か楽しいことが起きないかな、いつかとびきり面白いひとの子がランプをこすり、起こしてくれないかな、その日まで寝ていようか、って。猫は寝るのが好きだし、いつまでだって眠れるものね。

だけど、長い長い年月の間、これといって面白いこともなかったわ。ランプに入っている間に、世界のいろんなところを旅してきたのにね。いろんなひとの手に渡ったのに。

ねえ、あなた、優しい日本のひとの子よ。あなたのそばにいさせてくれる？

特別なことはしなくて良いの。これまでどおり――ああそれは無理か。そういう訳にはいかなくても、あなたらしく生きていてくれれば。空の青さに見とれ、綺麗な花を喜んで、美味しいお茶を入れて、音楽に耳を傾けて。そんな姿のまま、旅を続けていてくれれば良いの。

あなたの話す、日々の暮らしが、わたしはとても好きだったの。街のひとたちの様子とか、過去にあったいろんな出来事の思い出話とか、街で見かけたさまざまな風景とか。楽しい、笑える話や、優しい話や、そういうお話を、もっともっと聞いていたいのよ。

わたしに、お話を聞かせてくれる？』

少しだけ切なそうに、悲しそうに、魔神は律子に訊いた。申し訳なさに、長く立派な髭が下がった、そんな表情で。

うふふ、と律子は笑う。

（あらあら、これはまるで、わたしはアラビアンナイトのシェヘラザード姫だわ。あれよりずっと幸せだけど）

お安いご用です、と律子は答え、魔神の髭はぴんと上に上がったのだった。

（楽しい旅になるわ。きっと楽しい旅になる）

律子は微笑む。運転席の広い窓から、前方の夜景だけを見つめて、軽くうなずく。

長く暮らした町も、育った家も、もうずっと後ろに残してきた。振り返るまい。

（わたしは、死ななかったのだから）

生きて、この世に存在しているのだから。大切なものたちを旅の道連れにして、なおもこの先の未来まで生きていける命を与えられたのだから。

代々の猫たち、骨壺から復活した猫たちは、後部座席にいる。みんなもきっと、今頃窓から夜景を見つめたり、眠くなって寝たり——はしないのかな、魂だから、と律子は思い直す——ということは、みんなで飽きずに夜景を見ているだろう。ふんわりとかたまって。植物たちも、興味深く眼下を見ているのかも知れなかった。きっと後部座席には、花と緑の良い香りが溢れているだろうと思う。まるで、お花屋さんのように。

ふと思ったことがあった。ハンドルに手を置いて、魔法のランプに話しかけた。

「ねえ、魔神さん。もしかして、わたしのように、思いがけない魔法と出会う人間って、この世界には、他にもたくさんいるものなのかしら？」

ランプの中から、眠そうな声が返ってきた。

『そうねえ、ひとの子が想像するよりは、不思議な出来事って実は、多いのかもね……』

声はぼわんぼわんとランプの中で反響していた。

「――じゃあ、もしかしたら、街角やひとり住まいの室内で、ひとりぼっちで死んだと思われているようなひとたちの中には、わたしのように、魔法と出会って、いまもひと知れず幸せに生きているひとたちもいるのかしら」

たとえば、噂やニュースで聞いた、悲しい死を遂げたと思われるあのひともこのひとも、実は最期に魔法の手に救われて、世界のどこかを幸せに旅しているとしたら。抜け殻のように地上に亡骸だけを残して、もう寒いことも飢えることもなく、自由の身になれたのなら。いまはどこかで笑えているのなら。

金色のランプの中の魔神は何も答えてくれなかった。

寝てしまったのかな、と思ったとき、

『ひとの子が思うより、世界はずっと優しいものだから――』

ランプから、魔神の声が聞こえた。

『きっとたくさんのたくさんのひとの子が、救われていると思うのよ。――魔法も奇跡も、いつだって、この世界にはあるのだから。ひとの子たちが気づかないだけで』

魔神はあくびを繰り返し、やがてランプからは、寝息が聞こえた。

音楽が聴きたいな、と思った。

「この車、カーラジオとか、聴けるかしら?」

言葉にすると、コンソールに、色とりどりの灯りを灯したラジオが出現した。

昔風のアナログのつまみをいじって、周波数を合わせてゆくと、懐かしい歌声が聞こえた。

日だまりのような、優しい声。ルイ・アームストロングの「What a Wonderful World」だった。

光の粒が降るように、眼下の夜景には透明な雨が降りしきる。もう夜もずいぶん遅い時間だ。夜景の灯りの、そのひとつひとつの光のそばには、まだ働くひとびとや、家のことをするひと、勉強をする学生たちがいるのかも知れない。寝る前にちょっとお酒を、とグラスを用意するひとも。幸せに笑っているひとも、ひとりぼっちでさみしいひとも。

光の粒のひとつひとつを、空の上から、律子は見下ろし、いまはたぶん天使のような表情で、そっと、ひとびとの幸せを祈った。ともに眼下を見下ろす、膝の上の猫を抱いて。

自分はもうあの光のそばで眠ることも、無邪気に日々を生きることもできなくなったけれど、でも、天使の視点で空からこうして美しい街を見守れるのならば――遠く旅していけるのならば、それでいいのだ、と思った。

「わたしは、この街を愛している」

世界を、ひとの営みを愛している。だから。

第一章

黄昏のひなまつり

1

春のうららかな昼下がり。名前も知らない川のそばに空飛ぶ車を停《と》めて、律子は黒猫のメロディとともに、川原に降り立った。

あれから、しばらく行くあてもないままに、気ままに旅を続けてきた。

空を飛ぶことは楽しかったけれど、何だか疲れてきたし（自分が飛んでいるわけでもないし、いまの律子は疲れたりしないはずなのに、なぜか）、見下ろす景色に慣れてきてしまって、少しだけ飽きてきたのかも知れない。喉は渇かないけれど、眼下に見えてきた綺麗《きれい》な川の、そのそばでお茶でも淹《い》れたら素敵かしら、とふと思ったのだった。

考えてみたら、この魔法の車の発想のベースはキャンピングカー。川辺には似合う気がする。

そこでお茶を飲むというのも、絵になる情景というか。

（キャンプ雑誌の中の情景みたいよね。釣り雑誌とかにもありそう）

キャンプにも釣りにも行ったことはなかったけれど、そういう雑誌を読むのは好きだった。

ランプやランタン、野外用の調理器具の写真やカタログを見るのも楽しかった。川縁《かわべり》や山で飲むコーヒーに憧れたりもしたなあ、なんて懐かしく思い出す。律子は家の中で過ごすことが多かったので、活字や映像を通していろんな場所に旅をし、時間を過ごしてきたのだった。

さて、下界に降り立つと、頭上には透明水彩で着色したような、淡い水色の空が広がり、クレヨンで描いたような白い雲がうっすらと広がっていた。高いところを飛行機が飛んでいる。川のせせらぎは日の光を受けて、魚の鱗《うろこ》のように銀に光って綺麗だった。水の流れは澄んでいて、水草が揺れているのが見える。流れはほどほどに速そうで、上流の速さはないけれど、海まではまだ遠い、そんな感じの川だった。

川原には春の野の草が、そこここに緑色の葉を開き、小さな花をつけるなどしている。川の向こう岸に黄色い花の波が見える、あれはきっと菜の花だ。いちめんのなのはな。山村暮鳥の詩のような。

近くにある住宅地の庭に、桃色の花が咲いて見えるのは、きっと色の通りに桃の花。

そして――。

律子は軽く身をかがめて微笑《ほほえ》んだ。足下に色とりどりの小さな星のように咲いている、からすのえんどうも、なずなも、おおいぬのふぐりも、なんて愛らしい。

「昔から、春の花は、何だか一生懸命に咲いているような気がするの。どうしてかしらねえ」

幼稚園や小学校に通い始めたばかりの子どもたちが、精一杯に空に両手を上げているような、いっぱいの笑顔をこちらに向けているような、そんなひたむきさとけなげさを感じる。

柔らかな風に乗って、良い香りが流れてくると思ったら、少し遠くに見える草むらには、おや、雪柳が白い小さな花を咲かせている。雪柳とはよく名付けたもので、手をふれるとひやりとしそうに、枝に雪が積もったように見える。それがふわふわと風に揺れているのだ。

黒猫のメロディが、横から菫《すみれ》の匂いを嗅いで、軽くくしゃみをした。

『猫のあたしにはよくわからないけど、寒い冬をがんばってこえてきたから、ほんとに一生懸命に生えたり咲いたりしてるのかも』

車の後ろのドアが開いて、一緒に旅をしている猫の魂たちが、わらわらと川原に降りてきて、日にあたって寝そべったり、追いかけっこを始めたり、ひらひら飛んできた蝶々《ちょうちょう》に手を伸ばしたりしはじめた。

「まあ、魂になっても、猫は猫なのね」

お日様にあたって昼寝をしたいし、飛ぶものがいれば追いかけたいのだろう。

みんな一度骨になった身、その最後の頃は、老いて痩せ衰えたり、病で臥《ふ》せったりしていたものだけれど、いまはそんな憂いもなく、軽々と楽しげに川原ではしゃいでいた。

それぞれを看取《みと》り、葬式をして、骨壺《こつつぼ》に入れ並べていた律子としては、猫たちが元気そうに空の下で遊んでいるというだけで、胸に迫るものがあった。みな生き返ったわけではないし、早くいうと、お化け、幻のような存在なのだろうけれど、でも、律子にとっては、とても優しい春の夢の中に生きているような、贈り物を貰《もら》ったような気持ちだった。

泣いて泣いて見送った命たちが、春の川原で遊んでいる。そんな情景を見ることがあるなんて思わなかった。もうこれで思い残すことはない。いつ死んでも――。

と、思いかけて、律子は可笑《おか》しくなる。

「もう死んじゃってたんだっけ」

足下の黒猫メロディを抱き上げて、笑う。

気がつくと、川原の緑たちに混じって、ちらほらと薔薇《ばら》が咲き、観葉植物たちが心地よさそうに枝や葉を伸ばして見えるのは、あれは律子の車にともに乗ってきた、緑の魂たちなのだろう。

そして、空飛ぶ車に装飾のようにからみついている木香《もっこう》薔薇が、春風の中で枝を伸ばし、さやさやとまるでゆっくり踊るように揺れていた。

きっと通りすがりに誰かが見れば、緑の中にうもれている、あの車は何だろうと思うだろう。あの川原はあんなに緑が濃かったろうかと不思議に思うかも知れない。

いま、春の風景には、ひとの気配はなく、静かに川の水が流れていくばかりだけれど。

まるで自分たちだけがこの世界の住人になったような気持ちになって、律子はただ川のせせらぎと風の音を聴いていた。腕の中でメロディの黒い耳も同じ音を聴いているようだった。

「――時が止まった世界みたいね」

ほんとうには、時が止まったのは、律子とメロディの方だった。ひとりと一匹は、訳あってあやかしとなり、もはや年をとることも死ぬことすらもないらしい。時の流れは、律子たちだけを取り残すようにして、過ぎていくのだ。川の流れのように。

「――あら、ということは、いつか太陽が年老いて赤色巨星になるときも、わたし、地球でそれを見てなきゃいけないのかしら」

『せきしょくきょせい？』

「ええと、太陽がね、年を取るとぶわっと巨大化して、そのときが地球の最後の日になるっていわれてるの」

『太陽は、年取ったら大きくなるの？』

メロディが首をかしげる。

「そうなんだって。そしたらね、地球に生きている命は、人間も猫も、それから犬も草花も小鳥も魚も、みんな熱くて死んでしまうのよ。その時代に地上に生きる命は可哀想《かわいそう》、どうするんだろう、逃げられるのかなって、思ってたんだけど」

『怖いね。それ、どれくらい未来の話なの？　明日とかあさってとか、それくらい？』

「五十億年くらい先のことだって」

『――ごじゅうおく？』

メロディはいよいよ首をかしげる。

『来週よりも再来週《さ》よりも、もっとずうっと先のこと？　一か月くらい先？』

ずっと未来の人間なら、なんとかして生き延びるんだろうなあと思っていた。宇宙船に乗ってみんなで避難するとか。他の生き物たちもなんとか救ってくれるだろうかとか。ノアの箱船みたいに。いっそ、太陽の膨張をなんとかして食い止めるくらいに科学が発達していたりとか。五十億年もあれば、何でもありな気がする。それまでの間に現行人類及びその文明が滅びていなければの話ではあるけれど。

律子は腕組みをした。

「これはもしかして、遠い未来、そういうSF小説や映画に出てきそうな場面に、このわたしが登場できる可能性が出てきたってことかしら」

本や映画が大好きな律子にしてみれば、その世界の中の登場人物になるようで素敵なことのような気もする。――するけれど。

「まさかとは思うけど、わたしとメロディだけ死なないで、地球が滅びるところの目撃者になるとか、そういう展開は勘弁だわ」

想像すると、げっそりとした。

ふと、すぐそばで誰かが笑ったような気がして、振り返ると、いつの間にか、まるで誰かがそこに置いたように、金色の古い真鍮《しんちゅう》の大きなランプが川原の草波の中にあった。翼あるペルシャ猫と唐草模様の花々が彫り込まれたランプは、何かいいたげな様子で、太陽の光に輝きながら、春の風に吹かれている。

律子は肩をすくめ、少しだけ身をかがめると、そっとランプをなでてやった。

「魔神さん、魔神さん、外は良い風が吹いていますよ。お茶でも飲みましょうか?」

薔薇の花びらと薄荷《はっか》の葉の香りの風とともに、翼ある白い巨大なペルシャ猫が、ふわりと

――まるで空の見えないところから舞い降りてきたかのように、その場に姿を現した。

頭の上で、金色の王冠が光る。

『春の川原でのお茶会、それはなかなか素敵ね。で、わたしとお茶をしたいというのが、今回のあなたの願い事というわけね？』

「そういうことにしましょうか」

律子は微笑む。

『その願いごと、叶《かな》えてあげましょう』

魔神は偉そうなまなざしで青い目を細め、ふさふさと白い毛が生えた胸を反らした。

アラビアの昔話だと、ランプに入っている魔神にはどこかしら悲劇的な要素があるけれど――閉じ込められていて、誰かに呼ばれないと出られない、みたいな――どうもこの猫の魔神は、好きでランプの中に入っていて、楽しみで呼び出されているようなので、これは一種の、「ランプの魔神ごっこ」みたいなものじゃないかと、いまの律子は踏んでいるのだった。

（ランプからだって、実はひとりで好きなときに好きなように出られるんじゃないかしら）

車の中の小さなキッチンで紅茶を淹れた。コンロも冷蔵庫もやかんもすべて、律子がこうであれかしと思うような、使い勝手の良い素敵なものが、そこに用意されているのだった。冷蔵庫を開ければ、使い慣れたちょっと高級なミルクやバターが入っている。バターはちゃんとガラスのバターケースに入っていて、銀のバターナイフが添えてあるのだ。作り付け風の戸棚を開けると、お気に入りのティーポットとカップが入っている。もちろん銀のスプーンだってシュガーポット入りのお砂糖だって、きちんと並んでいる。

少しだけ律子は肩をすくめる。

「魔法って便利なものねえ」

小さな窓には、レースのカーテンがかかり、それは家の台所に残してきた小窓にかけていたカフェカーテンのそのレースと同じもので、律子はそっと微笑んだ。

素敵なエプロンも、着心地のいいお洋服も、こういうものがあるといいなあ、と願えば、車の中に現れた。よさそうなレシピの本も、いつの間にかできた作り付けの小さな本棚に並んでいる。家の台所に残してきた湯呑みが恋しくなればそこにある。まるで見えない誰かの絵筆が、そこにそれらを描き加えたように。

お茶もお菓子も、そして料理も、いまの律子の死なない体には必要のないものだ。けれど、肉体は求めないものでも、心は物足りなく寂しくなり、手は美味《おい》しいものを作りたくて、うずうずするのだった。

川原に小さなテーブルを出して、淹れたての紅茶と昨日焼いたクッキー（くるみ入りでココア風味のもの。当然のように材料も調理器具も、小さくお洒落《しゃれ》なオーブンだって、律子が欲しいと思った次の瞬間には、まるで最初からあったかのように車のキッチンに現れた）をトレイに載せて運んだ。ティーカップは二つ。魔神もお茶やコーヒーを喜ぶものだと、この旅を始めて以来、知っていた。

黒猫のメロディのためにはささみを蒸して裂いたものをお皿に入れて用意したのだけれど、

彼女は二本足ですっくと立ち上がって、

『あたし、自分で持っていく』

小さな前足で器用にお皿を持つと、尻尾《しっぽ》でバランスをとりながら、川原に戻っていった。

「あらあらまあまあ」

大丈夫？　と後ろから声をかけると、春の日差しの中で、黒猫は少しだけ振り返って、

『あのね、前からね、こんな風にお手伝いしてみたかったの。人間みたいに』

緑色の目で、にっこりと笑った。

春の川原に吹く風は、かすかに甘い香りを乗せている。そこここに咲いている、いろんな花の香りなのだろう。木の芽の香りもごくわずかに混じっているような気がした。

翼ある猫の魔神と黒猫と一緒に、柔らかな日差しの下お茶の時間を過ごしていると、律子は、ふと、春休みを楽しんでいるような気がした。

（終わらない、永遠の春休みね）

思いがけず手にした、少しだけもの悲しい、長い休暇のような気がした。

目を上げると、川沿いに続く遊歩道らしき道に植えてある若木の群れはどうやら桜で、あと数週間もすれば咲くのだろうと思われた。ふと、人間として生きていた頃は、生きている間に桜の花を何回見られるだろうと思っていたことを思い出した。

（そうか。エンドレスに満開の桜の花を見ることができるようになったのか）

春が来るごとに。それこそ、地球が滅びるその日まで。

『さっきの話だけど――』

ふかふかの手でティーカップを持ちながら、魔神がふといった。

「さっきの話といいますと？」

『五十億年先の未来の話よ。――もし、太陽が燃えさかって、地球上の生き物が生きていけなくなるような未来が来るとしても、きっとそのときも、したたかに命は生き残るとわたしは思ってるわよ』

ああ、ランプの中で聞いていたのだな、と思った。

魔神はお茶の香りを楽しむように青い目を閉じながら、独り言のようにいった。

『――そのときにもたぶん、世界のどこかに魔神はいるから、魔法や奇跡がみんなを守るでしょうよ。だって、地上にひとの子や、いろんな生き物が元気で生きててくれないとつまらないじゃない？　退屈で死にそうになると思うわ、きっと。わたしは死んだことないけど』

「なるほど」

律子がうなずくと、魔神もうなずき、お茶を飲み干すと、一言付け加えた。

『ま、気が向いたらの話でしょうけどね。魔神ってみんな気ままで気まぐれだから。いつの時代も。きっと五十億年後もね』

春の川原の野草たちはふわふわと風に緑の葉を揺らし、魂だけの猫たちは、その中で、真珠色の光を放ちながら、楽しげにくつろぎ、あるいは追いかけっこをしたり、空を見上げたり。

空飛ぶ車では、車体を覆う木香薔薇がほんとうはその時期には早すぎるはずの花を、黄色い星のように無数に咲かせ、緑の葉に光を受けてつややかに輝いていた。

本来川原に自生しているはずもない、薔薇や観葉植物たちも、そこここで日の光を心地よさそうに浴びている。その中でお茶の時間を楽しみながら、律子は、永遠という本来ならばひとの身には無縁だろうものを手に入れた自分の僥倖《ぎょうこう》について思いをめぐらせ――。

(永遠の春休みも、いいものよね)

こういう生き方を、時の旅人というのかも知れない、と思った。

ずっと先の、本来の人間の寿命の長さでは見ることができなかった未来を、自分は生きることになるのかと思うと、春の風を冷たくも感じたけれど、目を上げて、青い空を見た。


お茶の時間が終わったあと、律子はメロディと一緒に、川沿いをふらふらと散歩した。

ふと、澄んだ水の中の底のあたり、ゆらゆら揺れる水草のそばに、何か動くものがあることに気づいた。最初は魚の群れかな、と思い、実際、小魚たちがきらきらと泳いでいる姿はそこここに見えたのだけれど、何か違う気がする。

律子は立ち止まり、身をかがめて、水の中を覗《のぞ》き込んだ。

色とりどりの鮮やかな布のようなものが、水流に翻っているのが見える。それと――あれは、あの長くたなびく水草のような黒いものは、髪の毛のような……。

「まあ、お人形だわ」

水辺に手をつくと、メロディも興味深げに、水の中を覗き込んだ。

透明な川の水の中を、その水底を、水の流れに背中から押されるようにしながら、小さな、長い黒髪のお人形がひとり、歩いている。お人形は和服を——長い裾《すそ》を引き、袖《そで》のある、十二《じゅうに》単《ひとえ》を着ているようで、ということは——。

「お雛様《ひなさま》だわ。お雛様が歩いてる」

川の水の中を。一生懸命に。女雛《めびな》がひとりで。長い着物と髪を水に揺らしながら。

人形が命があるように動いている、それが不思議だとか思うより先に（何しろ、律子自身がこの世の者ならぬ存在なのだし）、水の流れに揉《も》まれるようにして、春のまだ冷たい水の中を必死に歩いている様子が可哀想だった。——いやお人形なんだし、水が冷たいとかそういうのはないのかも知れないけれど、見ている律子は辛《つら》かった。もともとお人形が好きで、子どもの頃はよく一緒に遊んでいたし、お洋服を縫ってあげたりもしていたから、ということもあったかも知れない。そして、律子の家にも小さな古いお雛様がいた。ガラスケースに入った繊細な細工の美しいお人形で、お内裏《だいり》様の二人だけ。可愛《かわい》らしくて律子は大事にしていた。

女の子にはお雛様は特別なお人形なのだと、律子は思う。

そういえば、お雛様は不思議なお人形だと聞いたことがある。魂が入っているのだとか。月の光に長く晒《さら》されていると、動けるようになって、踊り出したり、ついには歩き出したりもするのだとか——そんな伝説もなかったろうか。だから大切に箱にしまうのだと。

よくよく水の中を見ると、女雛のそばに、似た雰囲気のお人形が三人、彼女たちはどうやら三人官女《さんにんかんじょ》のようで、結った黒髪と着物を水になびかせ、よろめくようにしながら、水の中をどこかに――下流に向かって一心に歩いているようで。

水底を歩くだけで必死なのか、お人形たちはただ前を見つめて歩き続け、水面《みなも》の上から律子やメロディが覗き込んでいることに気づかないようだった。

「あ、ころんだ」

先頭を歩いていた女雛が、長い髪に自分の足を取られ、足を滑らせて水の中でころび、流されそうになった。人形なので、まさか息はしていないだろう、溺れるなんてことはなさそうだけれど、見るに見かねて、律子は川の中に手を入れて、お人形を水から掬《すく》いだそうとした。

一足先に黒い影が水の中に飛び込み、メロディが女雛をくわえて、川岸に飛び上がってきた。

大きさの対比的には、虎やライオンが子どもをくわえて飛び上がるようなもので、女雛は怖かったのか、呆然《ぼうぜん》としたような顔をして、メロディの口にくわえられていた。

メロディは律子の方を見て、得意そうな顔をして胸を張ると、お人形をくわえたまま、体をぷるぷるると振って、水を周囲に散らした。

川の中から、這《は》い出すようにして、ずぶ濡《ぬ》れのお人形たちが――三人官女たちが、よろよろと上がってきた。

そして、彼女たちからは巨大な猛獣に見えるだろうメロディに、手を振り上げ、

『こら、そこの黒猫、姫様を放しなさい』

『それはあなたのご飯じゃありません』

『さあさあ。放さないと髭《ひげ》を引っ張りますよ』

見上げて文句をいうのだった。

メロディは戸惑ったような顔をして、そっと女雛を草むらの上に置いた。

女雛は恐ろしさに腰が抜けたのだろうか、立ち上がれないようだった。

三人官女たちは女雛に駆け寄ろうとして、女雛は彼女たちに向かって何とか立ち上がろうとして——そのときやっと、それぞれが、律子の存在に気づいたようだった。

もとが雛人形なので、みんなが色白だけれど、そのとき人形たちの顔色はさあっと青ざめたように律子には見えた。

お人形たちは、袖を口元にあてたり、小さな手で顔を覆うようにしたりして、

『ああ』

『まあ』

『どうしましょう。動いてるところを人間に見られちゃった』

それぞれに言葉を口にすると、今更のように、わたしたち、言葉なんて話せないんですのよ、だってお人形ですもの、そんな表情になって、ぱたぱたとその場に倒れた。

「——あらまあ」

律子はどこか可笑しくなって、人形たちのそばにしゃがみ込み、メロディと一緒に、動かなくなったお人形たちを見つめた。

メロディが、女雛を軽くつついていった。

『ねえ、律子ちゃん。これ、もしかして、死んだふりしてるの?』

「そうねえ。ほんとそういう感じねえ。これじゃ、わたしたちまるでくまさんみたいねえ」

律子はくすくすと笑った。

『ひどいわ。あたし、水が大嫌いなのに、川の中に飛び込んで、助けてあげたのに』

メロディはちょっと複雑な表情を浮かべて、またぷるぷると体を震わせた。

水しぶきがお雛様たちにかかり、彼女たちは、きゃっと小さく悲鳴を上げて、身を起こそうとして、あわてたように、また動けないふりに戻った。

(それにしても、どういうお雛様たちなのかしら)

律子は首をかしげた。

「お雛様って、普通は、川の中を流されそうになりながら、歩いたりしてはいないわよね」

そもそも、動いたり、しゃべったりはしないだろう。

(なんだか一生懸命なのは、どうしてかしら?)

もしかしたら、どこか行かなければいけないところがあるのかしら、と律子は思った。

夕暮れが近づいてきて、薄青い闇を帯びてきた光の中で見ると、水の中では美しく見えたお雛様たちの着物は汚れ、ほつれていた。千切れているようなところもある。長い黒髪は結ったところが乱れ、落ち武者のようなざんばら髪になっている。それぞれの道具も持っていないようだ。白い頬も綺麗な鼻も泥で汚れている。細い指先はあちこち欠けたり折れたりしているようで、三人官女の一人は、袖ごと片腕がない。一人は片足の先がない。そして、長く長く歩いてきたのだろうか。みんな足袋《たび》も汚れ、破けて、女雛にいたっては両足とも裸足《はだし》だった。もとは、美しく作られ、立派な衣装を身にまとったお人形たちだということがわかるので、余計に痛々しく見えた。

着物の感じといい、髪飾りの細かな作りといい、もしかしたら、豪華な七段飾りの、道具もたくさん添えてあるようなお雛様だったのではないだろうか。十五人くらいのお人形がそろっているはずが、この四人だけなぜかここにいる、そんな風に見える。男雛《おびな》や五人囃子《ごにんばやし》、他のお人形たちは――もしいたとしたら、どこに行ったのだろう？


「ええと、あのね――」

律子は、動けないふりを続けるお雛様たちに話しかけた。

「お雛様たち、怖がらないでほしいの。わたしたち、その、怪しいものじゃないのよ」

あやかしかも知れないけどね、と自分の言葉にツッコミを入れながら、律子は言葉を続ける。

「何か事情がありそうだから、良かったら聞かせてほしいの。なんで川の中を歩いていたのか、とかね。――もしどこか行かなくてはいけない場所があるとしたら、わたし、車に乗せて連れていってあげても良いのよ？」

お雛様たちが、その言葉を聞いて、かすかに身じろぎしているのがわかった。三人官女たちが、どうしましょう、というように、女雛の方をちらちらと気にしている。

そのとき、メロディがくしゃん、とくしゃみをした。そのくしゃみと飛び散った水の雫《しずく》に驚いたように、女雛が体を起こし、律子と目が合うと、はあ、と、もう仕方がないというように肩を落とした。

そして、花が咲くように笑うと、訊《き》いた。

『なぜかしら、不思議な感じのする、そこのあなた。あなたからは魔法や奇跡の匂いがします。作り物の古い人形なのに月の魔法の力を得て、秘密の旅をしているわたくしたちと、とても近い、こう申しては何なのですが、お仲間のような香りが。

あなたは、お人形が歩いていても、驚いたりなさらない、胆力のある方なのですか？　わたくしたちを見ても、気味が悪い、化けものだと怖がったりもなさらないのですか？』

律子はメロディと顔を見合わせて、笑った。

「わたしたちもまあ、ただのひとと猫ではない、いってはなんですが、その、お化けみたいなものですから。——それに」

律子は、女雛と目を合わせるようにして、そっといった。

「わたしは子どもの頃から、お雛様が大好きなんです。こんな風にお話ができたら良いのにな、ってずっと憧れていたかも知れません」

女雛は嬉《うれ》しそうに、そして少し照れたように、ふふっと笑った。

そばに控えていた三人官女たちも、ほっとしたように、それぞれに笑顔を浮かべた。

『——わたくしは、わたくしたちは、大切な大切なお友達の女の子のところに行くために、長い旅を続けてきました。その旅の途中なのです』

女雛が静かにいった。『わたくしたちの小さな足では、まだどれほどかかるかわからない、長い旅。何度も何度も諦めかけた、辛く苦しい旅。もし、それを助けてくれる方があるとしたら――どれほどありがたいことでしょう』

長く乱れた黒髪から水を滴らせながら、女雛はそういい、静かにため息をついた。

川の中を歩いてきたのは、地面を歩いていると、誰かに見つかるから。ひとや獣やからすに見つかることも怖かったし、そうして万が一、誰かに怪しまれたり怖がられたりするのが嫌だったからだと話してくれた。

『だってわたくしたちはお雛様。子どものお友達の、優しいお人形なんですもの。怖がられたり嫌われたりなんて、したくない……』

女雛の濡れて汚れた頬に、水晶のような透明の涙が流れ、そばに控えた三人官女たちはそれぞれに、濡れた袖や汚れた手で、自らの目に浮かんだ涙を押さえるのだった。

お雛様たちはお人形で、きっと寒くもないし、疲れてはいないのだろうけれど、それを見ている律子にはたまらない思いがした。

空飛ぶ車に招き、明るくランプを灯《とも》した部屋の中で、お人形の大きさにいいような美しい湯船を魔法で出し、ふわふわのタオルと良い香りの石鹸《せっけん》を用意して、お雛様たちに顔や体や髪を洗って貰った。汚れた着物は魔法の力も借りて、律子が丁寧に洗い、ふわりと乾かした。ほつれたり破れたりしているところは魔法で繕い、女雛のなくした足袋も、品の良いものを用意した。

綺麗に汚れを落としたお雛様たちは、ほかほかと幸せそうな顔をした。それぞれの着物に袖を通したり、三人官女は女雛に十二単を着せてやったりもした。笑い声さえ上げて互いに着物の乱れを整え、髪を整え合う様子は、まるで女子高生のようで可愛らしかった。

見違えるように美しくなったお雛様たちは、律子の前に並んで、深々と頭を下げた。

金の髪飾りを揺らしながら、女雛が澄んだ声でいった。

『このたびは、わたくしどもをお救いいただき、このようにご親切に世話まで焼いていただいて、ありがとうございました。数え切れないほどの昼と夜をくりかえし、長い時間をかけて、はるか遠くの山里からはるばると川を下り、何度も諦めそうになりながらも、今日まで旅を続けてきて良かった、と――心から思っております。この場にいない、失われた他の人形たちも、世界のどこかで喜び、深く感謝していることでしょう。

あたかも救いの女神のような、あなた様とお会いできたこと、なんとわたくしどもは幸甚《こうじん》なのだろうと、天地の神々に感謝を……』

『ちょっと』

と、黒猫のメロディが、鼻をふんと鳴らして、女雛を見下ろすようにした。

『あたしには何かいうことないの?』

メロディはお風呂が苦手なのに、お雛様たちといっしょに、ついでにと律子に洗われてしまい、乾かされもしたので、いささか不機嫌になっていた。

女雛は慌てたように、黒猫に頭を下げた。三人官女もそれに従う。

『もちろん、尊いお猫様にも感謝しております。天が遣わしてくださったような、美しく神々しい、そして勇気ある黒猫様。危うく流されようとしていたわたくしを助けてくださって、ありがとうございます。ほんとうに心から感謝しております』

よろしい、というように、メロディはお雛様を見て、律子の肩に飛び乗った。

2

三月。いつまでも去らないように思えた冬も、いつの間にか、いずこへともなく去って行き、穂乃花《ほのか》は、夕暮れ時の街へ足を踏み出しながら、

(春の宵だなあ)

軽く目を細めて、ほのぼのと黄昏《たそがれ》の空を見上げる。

コンビニのバイトの当番は今日は昼で、元気に楽しく四時間働いて、夕方のこの時間にはまだ充分余力がある。「若さよねえ」なんて、同僚の主婦の皆様からは、感嘆の声が上がったくらいだ。

二十代になったばかり。接客の仕事や、本業の学生生活で、ごくたまに、ほとんど希《まれ》に、疲れたり悩んだり落ち込むことがあっても、一晩寝ればすっきり回復して、なんでも忘れてしまう。生まれついての性格もあるだろうけれど、やはり若さってやつなんだろうなあ、と自分で

思い、うなずきながら急ぎ足に歩く。今日はなるはやで家に帰りたい。しなきゃいけないことがあるから。時間が足りなくなりそうだから。

春の風に吹かれて、自分の髪がふわりと顔にかかり、ちょっと笑う。今日も揚げ物の匂いをつれてきてしまった。コンビニのバイトは好きだけど、数時間店内にいると、どうしたってフライの匂いが染み込んでしまう。店内にいると慣れてしまうんだけど――。

着古したアトリエコートの腕の辺りの匂いをくんくんとかいで、ま、仕方ないか、と、もう一度笑う。何だかお腹《なか》がすいてきた。これをお店のひとにいうと笑われそうだけど、昼も店でコロッケやささみフライなんかをたくさん食べたのに、もうお腹がすいている。

(若いって胃も元気だってことなのかなあ)

食べても食べても底なしな気がする。自分が可笑しくなって、弾むようにまた歩き出そうとして、ふと、空を見上げた。――なんだか、空に呼ばれたような気がして。

子どもの頃から、この季節の夕暮れ時は好きだった。空の色はすりガラスじみて柔らかく白くかすみ、光をいっぱいに蓄えていて、けれど風はまだ、ひんやりと冷たい。といっても、その冷たさは、冬の空気に漂っていた氷のような鋭い冷たさではなく、どこかアイスクリームのような、ふれてみたくなるような懐かしい冷たさだ。

もう五時を過ぎ、あと半時間もすれば日没の頃。空は蜂蜜の色に変わっていくだろう。

無意識のうちに、あの空を描くなら画材は何だろうとか考えてしまうのは、子どもの頃から絵を描くのがいちばんの趣味だからだった。美大に進学するとか専門学校に行くとか、そこまでのレベルじゃないけれど、自己流のイラストならそこそこ描ける。何よりも描くことが大好きだった。下手《へた》の横好きかも知れない、とたまに思うけれど。

光を孕《はら》んだ空を見つめる瞳の奥に、そのとき蜂蜜色の空の下、どこまでも走っていた電車の、その窓からの景色が見えたような気がした。

あれはもうずうっと昔、子どもの頃にたまに帰っていた、遠い田舎《いなか》の、母方のおばあちゃんの家に向かう旅の途中で見えた空だ、と懐かしく、そして切なく思い出す。

西に向かって走っていたからなのかいつまでもお日様が沈まずに、ずっと空は夕焼けの光に満ち、まるで永遠に続く夕焼けの国を旅しているようだった。蜂蜜色の空は、甘く優しい橙《だいだい》色を帯びたまま、金色の夕陽《ゆうひ》を抱いて、低くなだらかに続く山脈の上に広がっていて、時が止まったように、夜にならなかった。田畑と家々が続く地平に、時折桃の花が咲いていて——そうだ、あれは春の情景だったのだなあ、と思う——夕暮れ時の野に、桃色の灯を灯しているように見えたのを覚えている。

穂乃花のおばあちゃんはからだが弱く、特に晩年はよく寝付いていたので、いまにして思えば、お別れがそう遠くないという予感があったのだろう母に連れられて、その頃はよく田舎に帰っていたのだった。

穂乃花とお母さんが川沿いの田舎の道を、おばあちゃんの家に向かって歩いていると、小さな家の前に立って、手を振りながら待っていてくれた、あの姿は忘れられない。つやつやとした白い髪にはいつも綺麗にパーマがかけてあって、手作りの趣味の良い服がほっそりしたからだによく似合っていた。

ひとりきりの孫だった穂乃花は、おばあちゃんに目に入れても痛くないほどに愛されていた。お見舞いに行くと灯《あか》りを灯したように、おばあちゃんの表情が明るくなるというので、これもいまにして思えば、まるで薬か健康祈願のお守りのようにあてにされて、母に連れていかれていたような。——その辺のことは、当時も幼心になんとなく気づいてはいた。

でもそれが嫌だなんてことは全然なかった。穂乃花もおばあちゃんのことが大好きだったから、いつだって何回だって、訪ねていくことが楽しかった。

おばあちゃんが暮らしていたのは、川沿いの小さな家。古く大きな木のそばにあった。外国のお伽話《とぎばなし》の絵本に出てきそうな、お花に囲まれた可愛らしい家は、大工だったおじいちゃんが若い頃に設計からして建てたものだ。お母さんが一緒に暮らそうとどんなに呼んでも、おばあちゃんは首を振って、

「わたしはここにいたいの」

と、答えたという家で。穂乃花もその家が大好きだったから、気持ちはとってもわかる、と思っていたのだった。

その家には、おばあちゃんの好きなものが一杯詰まっていた。ドールハウスのように、可愛いものや綺麗なものがそこここに詰め込まれていた。思えば、品良く美しいおばあちゃんは、ドールハウスの住人のようだった。作り付けの本棚には綺麗な背表紙の本。洋服だんすには、おばあちゃんの着ていた手作りのお洋服がたくさん。大切に手入れされた、亡きおじいちゃん

の思い出の服もあった。足下には手作りの木箱が置かれていて、そこにはお母さんの子どもの頃に着ていたお洋服も、丁寧に畳まれて入っていたりした。

草木やお花の彫刻の入った手すりのある階段の下の物置には、冬に編むための毛糸玉と、いろんな大きさの棒針と、夏に編むためのレース糸とかぎ針が可愛い箱に入れてしまってあった。いろんな端布《はぎれ》もあった。たくさんの色とりどりのリボンも。

おばあちゃんは手作りが好きで、穂乃花のためにセーターや手袋、ワンピースを季節ごとに編んでくれた。端布とリボンは、お人形たちのためのもの。穂乃花の家のリカちゃんや、ぬいぐるみたちのために、たくさんお洋服を作ってくれた。穂乃花はおばあちゃんのそばで、編み物や縫い物をするおばあちゃんの指が魔法みたいに動くのを見ているのが好きだった。

そんなとき、おばあちゃんの膝《ひざ》には年取った白猫が丸くなっていた。毛糸玉が転がったり、糸が動いたりしても、猫はもうおばあちゃんだから、静かに目を閉じたまま。穂乃花が、あたたかな頭をそっとなでると、うっすらと金色の目を開けて、にこっと笑うような表情をして、のどを鳴らしてくれた。おだやかな、優しい猫だった。

それから、小さな家の二階にはお雛様の部屋があった。もとは子ども部屋だったけれど、いまはおばあちゃんの家には子どもがいないので、お母さんの小さな頃に遊んでいたおもちゃと一緒に、大きな箱に入った立派なお雛様が、主《あるじ》のように置いてあったのだ。

お雛様はもとはお母さんのお雛様で、穂乃花が貰ってもいいといわれていた。子どもがいない家にあっても可哀想だし、これはとても良いお雛様だから、と。その頃の穂乃花の家はアパートで狭かったので、近いうちに大きな家に移ったら引き取ろうと、そんな風に話が決まっていた。それまではおばあちゃんが大切に預かっておくから、と。

綺麗で豪華なお雛様を、おばあちゃんが箱から出して飾って見せてくれた。初めて見たそのときの、目に色とりどりの光が飛び込んできたように思えた感動を、いまも穂乃花は忘れられない。色鮮やかな衣装を身にまとった美しいお雛様たちは、穂乃花を見つめて、にっこり笑ってくれた。たしかにそう見えた。

これはわたしのお雛様だ、世界で一つの一揃《ひとそろ》いのお雛様だ、と穂乃花は思い、なんて綺麗なんだろう、と胸がどきどきして、誇らしかったのを覚えている。

お雛様を前に、おばあちゃんとお母さんとひなまつりをしたのも忘れられない。

おばあちゃんが作ってくれた、とても美味しい、はまぐりのおすましに、ちらし寿司。そして、甘酒にひなあられに、綺麗で甘い菱餅《ひしもち》。

お雛様の歌をうたうと、お雛様たちもにこにこしている、そんな気がした。おばあちゃんの白猫も、ちんまりとそこに座って、たしかににこにこと見守ってくれていた。

おばあちゃんは、穂乃花が大きくなる前、ある夏の台風のあとに、すうっと燃え尽きるように亡くなってしまった。あの小さな家も、お雛様も、なくなってしまった。

その年の台風は大きく、長く吹き荒れた。川縁にあった小さな古い家は、雨風に翻弄《ほんろう》され、そばにあった大きな木が倒れて、二階が壊れ、たくさんの美しく可愛らしいものたちと一緒に、川へと押し流されてしまったのだ。お雛様の入っていた箱も、年取った優しい白猫も。

幸いおばあちゃんは助け出されたけれど、家はもう更地にして片付けるしかなく、おばあちゃんは、そのまま病みついて入院し、秋になる前に亡くなってしまった。

穂乃花の家からおばあちゃんの家までは遠かったし、穂乃花は小さかったから、お葬式には行かなくていいから、と気遣われ、最後のお別れには行かなかった。その後、その街へ行くことはなくなってしまったので、穂乃花は壊れてしまった小さな家の姿を知らない。記憶に残っているのは、あの春の日の幸せなひなまつりの情景と、綺麗だったお雛様たちの姿だ。

あの頃、おばあちゃんが亡くなったことも、小さな家がもうないことも、お雛様たちが、壊れた二階の部屋と一緒に、たぶん川に流されてしまったことも、穂乃花はただ、泣いているお母さんから言葉で聞いただけ。だから、思い出の中の情景は綺麗なままで――だからこそきっと、余計に切ないのだと大学生になった穂乃花は知っている。

(この目には、いまもはっきり見えてるんだけどな……)

あの小さな可愛らしいおうちの、愛らしい子ども部屋も。そこに飾られた、緋毛氈《ひもうせん》の上に並んだ七段飾りのお雛様も。ひとりひとりの着物の柄も、手に持っていたいろんな道具も、金の屏風《びょうぶ》も、牛車《ぎっしゃ》も、橘《たちばな》と桜の花も、ぼんぼりも、ひとつひとつ、目を閉じれば思い出せる。

(忘れないよ)


穂乃花には得意なことがたくさんあった。自慢じゃないけど器用だし、頭の回転もまあまあ速い。体力も根性もある。ひとと話をするのも好きだ。なので覚えることが多く忙しい、接客業のコンビニバイトは向いているね、とよくいわれていて、可愛がってくれる店長からは、「ここが務まるなら、たいていの仕事に就けるよ。自信を持っていい」と、太鼓判を押されてもいた。

「ありがとうございます」

笑顔で、元気良くお辞儀して、穂乃花は答えたものだ。嬉しかった。だって、大学生としては、すぐ先に社会人への道があり、どんな職業だって就けそうだという評価はありがたい以外の何物でもない。実際、穂乃花には勤めてみたい会社や働いてみたい職場がたくさんあったのだ。

得意なことを数え上げるとたくさんある、そんな穂乃花の、いちばん得意で好きなことが、絵を描くことなのだった。

もともと穂乃花は、小さい頃から、見たものを覚えるのが得意だった。記憶を辿《たど》りながら描くのも好きだったから、スケッチも似顔絵描きも我ながらちょっとうまい。あくまで、そこそこに、というレベルだけど。人物だけでなく、建物でも風景でも、何でも来いだ。見たものならば描けてしまう。見えない世界を想像して描くことも、得意だったりする。

お話を考えることも好きだったから、いつからか漫画を描くようになって、大学では漫画研究会に入っているくらいだ。ちょっとだけ、自分には分不相応だとわかってはいるけれど、漫画家になりたいと夢見てもいる。

そういう訳で、子どもの頃に何度か見たきりのお雛様も、いまでもさらさらと描くことができた。もうこの世に存在しないと思うからこそ、忘れずにいられた、というところもあるかも知れない。何度も描くうちに、細部を思い出していって、記憶がより鮮やかになったりしたのかも。世界で一つきり、一揃いだけの、穂乃花のお雛様。おばあちゃんに大切にされていた、もうじき穂乃花の家で引き取るはずだった、お雛様。何もなかったら、きっといまも穂乃花の家にあって、三月のいまは部屋に飾られていただろう、お雛様。

おばあちゃんの笑顔も、いまでも描ける。

窓から射《さ》し込む春の夕暮れ時の光を浴びて、柔らかく微笑むその笑顔を。老いた白猫を膝に抱いて、こちらを見つめる、その明るく優しいまなざしを。

いま、街は黄昏色の光に包まれていて、それはどこか魔法めいた色合いで、ほの温かいその光の中を歩いていると、幼い頃に見たあの懐かしい子ども部屋に、お雛様とおばあちゃんがいる場所に、辿り着けそうな気がした。

ほんの少しだけど、目元に涙が浮かんで、穂乃花は立ち止まるとうつむき、洟《はな》をすすった。元々涙もろい方だけど、おばあちゃんのことが絡むと、もうだめだった。

（おばあちゃんの漫画、うまく描けるといいんだけどなあ。うまく描きたいのになあ）

漫画研究会の仲間たちに勧められて、とある雑誌の漫画新人賞に投稿することになった。記念すべき初投稿だ。

漫画家になりたいなら、いつかは投稿しないといけないと思っていた。そうやってプロの漫画家になっていった、漫画仲間を何人も知っているから。

友達に読んで貰うためにノートに漫画を描いたり、同人誌のために漫画を描いたことはいままでにもあった。描くことはいつだって楽しかったし、読んだひとはみんな面白い、上手だっていってくれた。だから、新人賞のために作品を描くなんて、きっと楽しいばかりだと思っていた。もともと何かに挑戦することが好きなたちだし、やるぞ、と、張り切っていた。

いざ、ネームを切ってみるまでは。

おばあちゃんと孫のお話を描こうと思った。思い出の中のおばあちゃんのような、愛らしい小さな家に住むおばあちゃんと、白い猫と、幼い孫のお話。ちょっと不思議なことが起きるのもいいなあ。魔法や奇跡が出てくるお話。穂乃花はそういうお話を読むのが好きだったし、おばあちゃんともよくそんな話をしたものだった。ふたりで、いつかどこかで、お話の世界にあるような不思議な出来事に出会えたらいいのにね、なんて憧れたりした。そうだ。おばあちゃんの家には、童話の本もたくさんあったのだ。

うん、仲の良いおばあちゃんと孫のお話が書きたいな。可愛い優しいお話になるといいなあ。読んだひとが懐かしく、幸せになるような、そんなお話が描けるといいな。

漫画の下描きをする前に、他の紙に台詞《せりふ》やコマわりを描く、その作業をネームを切る、という。いつもは大学の講義の合間にちゃちゃっと描いたり、バイトの休み時間に鼻歌をうたいながら描いてしまうのに、いざ新人賞に出すべき立派な作品を描こうとすると、頭も手も動かなくなった。

最高の話を描こう、と思ったのが良くなかったのかも知れない。ネームを切る前の段階で、物語が何も浮かんでこなかった。いや、設定はできていたから、それに伴って、キャラクターや全体の雰囲気はつかめていた。つかめているはずだった。——けれど、面白い、最高のお話、が浮かばない。何とか思いついて、頑張って描こうとしてみても、ネームにしてみると、陳腐なありふれた、手垢《てあか》にまみれたような漫画になってしまう。

そうこうするうちに、一日一日と、新人賞の〆切《しめき》りの日は近づく。時間は刻一刻と経《た》ってゆく。学生生活とアルバイトの合間を縫って描かなくてはいけないし、実家暮らしの穂乃花はたまには家の手伝いもするので、ネームが進まないままに、砂時計の砂が落ちるように、時間が減ってゆくのを、朝起きたときから夜寝るときまで感じるようになった。

辛かった。

焦る様子がわかるのか、漫画研究会の友人たちからは、今回の投稿は諦めて次の機会か他の公募にしてもいいんじゃない、なんて声をかけられるようになった。

その方がいいのかも、と思いつつ、〆切りが延びても同じことになるような気がした。

きっと自分は本気になると漫画が描けないのだ、と思った。

絵を描くのはちょっとうまいし、お話を考えるのも好きだから、趣味の世界の同人誌でなら、気軽に描けるのかも知れない。でも、プロとしてお金を貰うような、本気の立派な作品は描けないってことじゃないのかな、と思った。

そもそも、穂乃花の絵は「ちょっとうまい」という程度なのだ。うまいとは思うけど、超一流というまでのものではないと自分でわかっている。へたにうまいからこそわかってしまう。

そう思うと、余計に何も描けず、浮かばなくなって。そのうち、紙にぐちゃぐちゃに線を描きながら、思った。

（――別に漫画家を目指さなくてもいいんじゃない？）

趣味で描いていく分には、最高に面白い作品なんて描かなくていいし、〆切りもなく、空いている時間に好きなように描けるのだ。誰かに作品を採点されることもなく、プロになれないかも、なんて怯《おび》えることもなく。ただ、楽しく。

それならそれでいいのかも、と思った。

だって、穂乃花には将来の職業が漫画家でなくてはいけないという理由はない。大抵の仕事には就けそうな気がするし、働いてみたい会社もお店もたくさんあるのだから。

（でも）

いざ投稿を諦めようとすると、それはそれで気が沈んだ。なんだか、心の奥がぐずぐずと痛むようで、やっぱり挑戦してみたいような、それも辛いような、と逡巡《しゅんじゅん》を繰り返していたのだった。

ずっと落ち込んでいられるたちではないから、元気で明るく日々を過ごしてはいる。けれど〆切りのことを思い出すと、げんなりする。うつむいた口元から、ため息が漏れる。

もうだめだ、やっぱりもう夢を見るのをやめよう、と思うと、心のうちではばたいている、小鳥を押さえつけようとするような気持ちになって、息苦しかった。

はあ、とため息をついたとき、足下の暗がりを、ゆっくり歩く猫に目がとまった。

白猫だった。もっちりと太った、年老いた白猫。

昔、おばあちゃんの家にいたあの白猫に似ているような気がした。

懐かしくて目を上げて、猫が行く方に視線を向けると、そこに、見知らぬ可愛らしい車が停まっていた。

キャンピングカーというのか、ワゴン車というのか、外国の古い車のようなデザインの大きな四角い車が、児童公園の前の道に、停まっている。

不思議に思ったのは、車のまわりの緑が妙に濃かったからで——この小さな公園は、こんなに緑に囲まれていただろうかと思った。薔薇や観葉植物がつやつやと綺麗だし、車には黄色い小さな花が——ええとたしか、木香薔薇という花だったと思う——からみつくように葉を茂らせて咲き誇っていた。

辺りには誰もいない。まるで黄昏時の街を描いた風景画に、この辺りだけ別の空間をはめこんだように、静かで、ひとの気配がなかった。

さっきの白猫が、車のそばの草むらに腰をおろして、穂乃花を呼ぶように一声鳴いた。

穂乃花が歩み寄ると、猫は身を翻し、どこかにいたらしい猫たちと追いかけっこをするように楽しげに駆けていった。

特に看板はないけれど、車体の横や後ろにあるドアが大きく開いていて、車のそばにテーブルや椅子が置いてあるところを見ると、この可愛らしい雰囲気は、食べ物屋さんなのかも知れない。移動するカフェやレストラン、そんな感じなのかも。

そう思った途端、車の方から、ふわりと良い匂いが流れてきて、お腹が鳴った。

懐かしい、そうこれは、はまぐりのおすましの匂いだと思った。よく出汁《だし》のきいた、素敵な香り。それにこれは、ちらし寿司《ずし》の酢飯の匂い。上に載せる、錦糸卵《きんしたまご》を焼く匂いもする。甘く香ばしい菱餅が焼ける匂いもする。

(ああ、みんな、ひなまつりのご馳走《ちそう》の匂いだ)

そう思ったのは、いまが三月初め、お雛様が飾られている時期で――バイト先のコンビニにも、ひなあられが並ぶ時期だったからか。何より、ここのところおばあちゃんの家や、お雛様のことを思い出すことが多かったからだろうか。

おばあちゃんが亡くなって以来、穂乃花の家ではひなまつりもしないし、そのご馳走を食べることもなかったから、胸の奥が痛くなるほど、懐かしい香りだった。

お腹がくうっと鳴った。

「あの……」

車に近づきながら声をかけたとき、

「いらっしゃいませ」

ふわりと優しい声が迎えてくれた。

生成《きな》りのレースのエプロンを身につけた品の良い女性で、どうやらこのお店のひとのようだ。

そのひとは、ふふっと笑って、

「お待ちしておりました」

と謎めいたことを綺麗な声でいった。

足下に若い黒猫がいて、長い尻尾をゆらゆらと揺らしながら、穂乃花の顔をじっと見上げた。緑色の宝石のような目が、興味深そうに穂乃花を見つめた。

そのひとを最初見たとき、

(あ、おばあちゃんみたいだ)

と思ったのはなぜだろう、と、それから穂乃花は何度も思い出した。

よくよく見ると、そのひとは全然おばあちゃんなんて年じゃなく、もっと若かった。髪の色だって、おばあちゃんがそうだったみたいに真っ白じゃない。

ただ、優しいまなざしと、笑みと、お人形のようにほっそりとした姿と、センスの良い着こなしが、似て見えたのだろうと思った。

猫が好きそうな様子も、お料理が上手《うま》そうな雰囲気もまた、似て見えた理由だったのだろう。

不意を突かれたように、穂乃花の鼻の奥はつんとして、新しい涙が滲《にじ》んできた。

おやおや、というようにそのひとは小首をかしげて笑い、さあどうぞ、と白い手で差し招いた。

「お腹すいていらっしゃるんでしょう?」

優しい声でいった。

声に素直に従ってしまったのは、やはりそのひとにおばあちゃんの面影があったのと、お腹がすいていたからだと思う。――そして、とても、あまりにもお腹がすいていたから、それが顔に出て、空腹だとあてられてしまったのかな、なんて想像して、恥ずかしくなった。

いわれるままに席に着くと、そのひとは、さらさらと自然な口調で、こういった。

「このお店はね、少しばかり不思議なお店だから、お客様がいまいちばん食べたいものを食べさせてさしあげることができるんです。ちょっとだけ魔法を使って、そのお品を用意してございますが、いかがですか？」

「――不思議なお店、なんですか？」

「はい」

「魔法を、使ったんですか？」

「はい。ちょっとだけ」

女のひとは、にっこりと笑う。

一瞬――というか、ほんの一呼吸だけ、自分の耳を疑い、目の前のひとのことを不審に思った。けれど、そのひとの笑顔とまなざしがほんとうに優しかったのと、漂う料理の匂いが懐かしく、美味しそうだったのと、見上げた空がとても綺麗な黄昏の朱色に染まっていたので、穂乃花はそのまま椅子に腰掛け、お料理が運ばれてくるのを待つことになったのだった。

（黄昏時は、魔法の時間なんだっけ――）

そう教えてくれたのは、おばあちゃんだった。

「黄昏時は昼とも夜ともつかない不思議な時間だから、物語の本にあるような魔法じみたことが起こるのよ」

いまはもうない、あの可愛らしい子ども部屋で、そうおばあちゃんは話してくれたのだ。お雛様たちに囲まれるようにして。

「不思議な時間？　魔法じみたこと？　それって、たとえば、どんなこと？」

おばあちゃんは、楽しげに笑った。憧れるようなまなざしで、

「おばあちゃんは昔に本で読んだだけで、実際には不思議や魔法にあったことはまだないけれど、そうねえ、たとえば――黄昏時は、魔法使いに出会ったりするんだって。それから、とてもとても会いたかった、大好きなひとに再会できたり、可愛いお人形がお話ししたり……」

(魔法使いに出会ったりする、か――)

穂乃花は、お店のひとをちらりと見た。

そのひとはいまはどうやら、車の中にあるキッチンから、料理を運んでこようとしているところらしかった。

(大好きなひとに再会できたり……)

空を見上げると、また目元にじわりと涙が滲んできた。万華鏡を通して見るように、黄昏時の空が煌《きら》めいて見えた。

（会えるなら、おばあちゃんに会いたいな。それから——）

お雛様に、もう一度会えたら。

「お雛様に、会いたいなあ」

この世に魔法があるのなら、あの子ども部屋にもう一度行きたい。おばあちゃんに会って、お雛様たちと会って。もしもそんな魔法があれば。

心から強くそう思ったときだったから、だから穂乃花はそれから起きたことが、夢だとも幻だとも思わなかった。

『穂乃花ちゃん』

『穂乃花ちゃん、会いたかった』

『やっと会えた』

『会えたわ。嬉しいな』

いつの間にか、春風に吹かれる草の波の中に、すぐそこに、お雛様たちが、女雛と三人官女が立っていて、きらきらとした黒い瞳で、懐かしそうに穂乃花を見上げているのに気づいても。お雛様たちが、可愛らしい高い声で、人間の言葉で話しかけてきても。

「——お雛様？　わたしの、お雛様だ」

違うとは思わなかった。世界にただ一つ、一揃いの、穂乃花のお雛様だったのだから。

穂乃花が身をかがめ、膝をついて、お雛様たちと目を合わせると、お雛様たちは黒く澄んだ瞳に涙を浮かべて、こういった。

『長い長い間、旅してきたのです。穂乃花ちゃんの住んでいる街を目指して』

黄昏時の光に染まる空気の中で、お雛様たちが話してくれたのは、そのまま童話か絵本にありそうな、不思議なお話だった。

台風の夜に、小さな家の二階の子ども部屋の壁や天井とともに川に落ちた箱の中のお雛様たち。彼女たちは気がつくと、川縁に打ち上げられていたのだという。入っていた箱は壊れてそばに転がっていて、そこにいるのは、女雛と三人官女だけになっていた。そして不思議なことに、彼女たちは動けるようになっていたのだ、と。

女雛は美しい袖をそっと目元にあてた。

『たぶん、ほかの皆は、人形の姿のまま川底に沈んでいるか、遠く遠く流されていったのかと存じます』

川縁に打ち上げられた女雛と三人官女は、そのまま野ざらしになっていた。長い長い間、誰にも見つけられず、けれどそれが幸いして、動けるようになったものらしい。

『人形たちの間に伝わる伝説がございまして。曰《いわ》く、人形は月の光に百度か千度もさらされますと、魔法の力の働きで、ひとのように自由に動けるようになる、と。

動けるようになったわたくしどもは、これはなんという僥倖と、穂乃花ちゃんのところに行かねば、と思いました。――なぜって、おうちにうかがう約束がございましたでしょう？

穂乃花ちゃんのおうちで一緒に暮らす、その約束を果たさねばと思ったのです』

女雛はきらきらと瞳を輝かせ、赤い唇をきゅっと結んで嬉しそうに笑った。

『人形は小さいですし、身にまとう豪華な衣装も重く、長い長い時間がかかりましたけれど、旅の途中親切な方に出会い、この街まで車に乗せていただくことができました。その方の不思議なお力に助けていただき、穂乃花ちゃんとこうして再会できて、ほんとうに嬉しゅうございます。わたくしどもには心臓はないはずなのに、胸がどきどきとときめいております。——それにしても、まあ、穂乃花ちゃん。しばらく会わないうちに、大きく、お美しくなられて』

「わたしのこと、覚えていてくれたのね」

『はい』

女雛も、三人官女も誇らしげに笑った。

『だってわたくしどもは、穂乃花ちゃんの、世界で一つの、一揃いのお雛様ですもの』

「そっか。そうだよね」

穂乃花は微笑み、そして、雛人形たちを、そっと抱き上げた。小さかった頃は一体一体が重く大きく感じられたお雛様も、おとなになったいまでは、軽く小さく感じた。

そして、お店のひとが、朗らかな声で、穂乃花を呼んだ。

「さあ、お料理の用意ができましたよ」

桃色の糊《のり》のきいたテーブルクロスの上に載せられていたのは、そう、ひなまつりのご馳走そのものだった。はっとしたのは、それぞれの香りだけでなく、お皿の色も、盛り付け方も、懐かしいおばあちゃんの家のもののように思えたからで——はまぐりのすまし汁をひとくち口にした途端、それは確信に変わった。

おばあちゃんの味だった。

お出汁の味も、ぷりぷりとしたはまぐりも、薄く切って飾った、ゆずの皮の良い香りも。金色の桜の花が描かれた、薄く黒い木の器も、間違いない、これはおばあちゃんの家のものだ。

「お気づきかと思いましたが、今日のレシピはこちらのお客様に教えていただきました」

お店の主がさあさあこちらへ、と差し招いたのは、懐かしいひとだった。それは絶対に再会できるはずもなかったひとで、けれど絶対に見間違えることもないはずのひとだった。

老いた白猫を抱いた、穂乃花のおばあちゃんだったのだ。

おばあちゃんは思い出にあるままの姿と笑顔で、そこにいた。

幸せそうに、春の草花に囲まれて立っていた。

「おばあちゃん、おばあちゃん」

穂乃花はただ、そう繰り返し、信じられない思いのまま、ひとこと、いった。

「会いたかった」

『わたしもよ』

懐かしい声で、おばあちゃんはそういった。そうして小さい頃よくしてくれたように、穂乃花をぎゅっと抱いて、背中をとんとんとしてくれようとしたけれど、いまの穂乃花はあの頃のように小さくはなく、それどころかおばあちゃんが見上げるほどに大きくなっていたので、おばあちゃんは、何だか楽しそうに笑った。

穂乃花はそんなおばあちゃんを見て、何もいわずに身をかがめ、おばあちゃんを抱いて、そっとその背中を叩《たた》いた。とんとん、と。

懐かしいおばあちゃんの匂いがした。あたたかさも記憶の中にあるものと同じだった。

何か口にすると、泣いてしまいそうで、それよりこの魔法が解けてしまいそうな気がして、穂乃花はきゅっと口を結んだ。

お店のひとが、うたうようにいう声が聞こえた。

「さあどうぞ。熱いうちに召し上がれ」

懐かしいおばあちゃんやお雛様たちと、子どもの頃の懐かしいことやいまの暮らしのことをあれこれ話したり笑ったりしながら食べる料理が、どんなに美味しかったか。言葉では語り尽くせないほどに、美味しくて美味しくて。懐かしくて。


気がつくと、黄昏時は終わっていて、星がひとつふたつと点《とも》り始めた紺色の空の下に、穂乃花はひとりぽつんと立っていた。

児童公園の前にはあの不思議な車はなく、テーブルも椅子もなく。あのお店のひとも、おばあちゃんも白い猫もいない。

さっきまでとは違ってあたりは人通りも多く賑やかで、穂乃花はどこか狐《きつね》につままれたような気持ちになっていた。

「夢、見てたのかなあ」

この頃新人賞の〆切り前で、あまりよく寝ていなかったし。

けれど、気がつくと、穂乃花の腕の中には、お雛様たちがいて、にっこりとほの白い笑顔で見上げてくれているのだった。

「——さっきのあれ、夢じゃないよね？」

そう訊いても、彼女たちは静かに笑っているばかり。もう何も話してはくれなかったけれど。

「でも、魔法ってそういうものだものね」

穂乃花は少し肩をすくめる。お話の世界では、魔法の時間には限りがあるものだ。夕焼けの光がいつまでも地上にとどまっていないように。

「夢じゃないよ、美味しかったもの」

もうお腹はすいていない。ぽかぽかと全身が温まっている。——そして。

おばあちゃんの笑顔が、いまはっきりと、目の奥に焼き付いていた。あたたかな感触も、抱きしめた腕や胸元が覚えていた。

そのひとにどんなに会いたかったかも。

「——ああ、そうか」

お雛様を抱いて歩きながら、穂乃花は呟《つぶや》いた。

「この気持ちを描こうかな。会いたかったたって気持ちを。どれくらい好きだったたかってことを」

あのひとをあの日々を愛していたことを、その思いを抱きしめるように、表情で、台詞で描くことができたなら。

心を絵の中に封じ込めることができたら、この思いは永遠にならないだろうか。ページをめくるたび、いまはもうないあの懐かしい小さな家に、帰れるような気持ちにならないだろうか。

「プロとして認められるかどうかとか、漫画家になれるかとか、そういうのはこの際、どうでもいいや。最高の作品になんかならなくってもいいいんだ」

いま、描きたい思いを描こうと思った。

そして穂乃花は作品を通して、おばあちゃんに会いに行くのだ。ただいま、と。

何度でも。永遠に。

ふと、おばあちゃんが編み物をしていたときの、優しいまなざしを思い出した。毛糸を見つめながら、時折どこか遠くを見ているようでもあったあの瞳。幸せそうな、ときどき何か企《たくら》んでいるようにも見えたいたずらっぽい笑顔。——たぶんあれは、綺麗なものができあがるぞ、とわくわくするような思いの笑顔だったんだろうなあ、とわかったような気がした。

「あんな笑顔で漫画を描けたらいいよね」

星を見上げながら、穂乃花は腕の中の人形たちに、そっとささやいた。

第二章

花のもとにて

1

春の空の中、明るい光を浴びて、空飛ぶ車は、人知れずゆったりと宙を行く。

あの車は何だ、と地上のひとびとを驚かせるのも良くないので、律子《りつこ》はひとの目に車が見えないような魔法をかけるようにしていた。そうすると、ほんとうにいつどこでも、どこまでも飛べるようになった。吹きすぎる風のように、誰にも気づかれずに、旅することができる。

絵本のような春の情景は、運転席の大きな窓からいつまで見ていても飽きなかった。

ハンドルに置いた腕に顔を乗せ、半ばうたた寝しながら、窓越しの風景を見る。

四月の空は柔らかく水色で、地上の街には、満開の花を咲かせた桜らしい木の姿がそこここに見える。街路樹や、公園とおぼしき場所で木々が連なっているところでは、薄桃色の雲が優しく地上に浮かび、たなびいているように見えた。

「空からだと、桜はこんな風に見えるのね」

車はいま、鳥が飛ぶほどの高さを飛んでいるはずで、では鳥たちは春になるごとにこんな景色を見ていたのかと思う。花の雲や、花の波の上を飛んでいたのか、と。

花のもとにて春死なん、とうたったのは、あれは西行《さいぎょう》法師だったっけ。

「そうね。一生を終えるなら、こんな春の日がいいかも」

ぼんやりと考えて、あれ、と首をかしげる。軽く自分の頭を叩《たた》いて笑う。ついつい忘れがちだけれど、いまの律子は死なない身なのだった。

『――どうしたの?』

助手席の日だまりの中で、丸くなってうたた寝していた黒猫メロディが、緑色の目を半分開けて、律子を見上げる。

なんでもないのよ、と律子は笑い、窓越しの陽《ひ》を浴びて温かくなった黒猫の、お日様の匂いのする小さな額をなでてやる。猫は鼻から軽くため息をついて、また目を閉じた。

律子はひとり、そっと笑う。

(それにしても、なかなか慣れないものね)

人間ではなくなった、ということに。

死なない身の上になって、住んでいた街を離れたのは晩秋。いまはもう春、四月だ。

五十数年生きてきた元々の肉体は死を迎えた。代わりに得た新しい肉体は年をとらない。あたかも魔法使いのような魔法の力も得た。そうなると、ひととして暮らしていた街で暮らし続けるわけにもいかず、さりとて行くあてもなく、こうして、自らの魔法で生み出した空飛ぶ車でさまようさだめになったのだけれど、そのことを不幸だとは思っていない。

まあ、そりゃちょっとは寂しいけどね、と律子は、運転席で肩をすくめる。

「ご近所付き合いとか、平凡な日常とか、否応《いやおう》なくさよならしてしまった、ささやかに大切だったあれこれはあるものね」

なくしたものたちのことは、いまもたまに思い出す。雀《すずめ》たちの声で目覚めて、朝日の入るお気に入りのキッチンで朝食の準備をしたりお弁当を作るのは楽しかったな、とか。通勤の時間にすれ違う、近所のひとたちと朝の挨拶《あいさつ》をするのも好きだったな、とか。会社での仕事もそこで過ごす時間も楽しかったし、退社したあと、馴染《なじ》みのカフェに寄ってお茶を飲んだり、書店や図書館に寄ったり、輸入食料品の店で、珍しい調味料やお茶、缶詰を探す時間も好きだった。内気でひと付き合いがうまくなかったので、濃い人間関係はなかったけれど、淡い付き合いを重ねてきたひとびとのことは好きだったし、すれ違うだけ、わずかな会話を交わしただけのひとびとの幸福を祈ることも多かった。

帰宅して、植物や猫たちに話しかけながら、ひとり分の夕食の準備をしたり、我ながら美味《おい》しいと舌鼓を打ちながらできあがったものを食したり、香りの良い入浴剤を入れてお風呂時間を堪能《たんのう》したり、お肌のお手入れをしながらテレビ番組や映画やネットを見たり、絵を描いたり、本を読んだり、古いステレオで音楽を聴いたりと、夜はすることがたくさんあるものだから、気がつくといつも時計の針は速く回って、夜更かしになってしまって、慌ててベッドに入る
——そこから眠くなるまでラジオを聴いたりとかもして。

楽しかったなあ、と思う。

「地味な人生ではあったけど、一秒一秒、楽しく生きていたような気がするなあ」

五十数年の人生。悲しいことも寂しいことも、それなりにあったけれど、振り返ると、幸せで素敵な時間の繰り返しだったような気がした。

「うん、楽しい人生だったよね」

日常を思い返して、初めてのようにその時間を自分がどんなに好きだったか気づいたりもしたけれど。そんな日々をなくしたことが悲しかった時期も、まあありはしたけれど。

でも、いまは過去を思えば悲しいよりもただ懐かしい思いの方が強かった。とても美味しいキャンディを味わっているようなそんな気分で、いまの律子は懐かしくささやかなものたちのことを、大切な思い出として味わえるようになっていた。

四月の空は晴れて美しく、魔法使いになった律子は、空飛ぶ車に乗って、鳥のように自由に旅することができるのだから。


「――先月、三月のたそがれどきに出会った、女の子とお雛様《ひなさま》たち、元気にしてるかなあ」

あの子たちの笑顔を思い出すたびに、心の中が明るくなる。律子がいなければ、そのささやかな魔法がなければ、さすらいのお雛様たちはあの子と再会できず、あの子はあんな風に笑顔にはなれなかったのだ、きっと。

漫画家になりたいといっていた、あの子はその後、新人賞に無事投稿できただろうか。

しばし思いをめぐらせ、そして律子はそっと微笑《ほほえ》む。

「まあなんというか、魔法使いになれて良かった、と思うわ。うん、心の底から。――あと、美味しいお料理こしらえて、食べて貰《もら》うの、楽しかったな」

思えば、家族以外の「お客様」に、あんな風に、店の主《あるじ》のような立場で作ったものを供するのは、あの雛祭りのご馳走《ちそう》が初めてのことだった。

いまはなき実家の喫茶店で、お客様にお茶や料理を運ぶお手伝いは数限りなくしたことがあったし、小さな厨房《ちゅうぼう》を手伝ったり、掃除や皿洗いも子どもの頃から、よくしていた。

けれど、もとが内気で恥ずかしがりやな律子は、お客様と目が合うとどきどきして、あまり会話ができなかった。笑いかけられ、話しかけられても、逃げてしまう。祖父母が楽しげに挨拶や会話をしているのを、物陰から見て、ため息をついたりしていたのだ。

「でも、いつかは勇気を出して、逃げずにお話ししようって思ってた。おじいちゃんやおばあちゃんみたいに、朗らかにお客様とお話ししなくちゃ、って、そう、憧れてたのよね」

いつかはそんな自分になりたいと思っていた。だって自分しかこのお店を継げないんだから。そう思っていた。覚悟はできていた。

けれどはっきりとそう口に出さなかったから、老いた祖父母は律子の思いを知らぬまま、店を閉めることを決めてしまい、律子の密《ひそ》かな願いは成就することがなかったのだけれど。

「お客様を笑顔で迎えることも、こしらえたものを食べていただくことも、美味しいって言葉を聞くことも――こんなに楽しくて、幸せなことだったのね」

ほんとうは、祖父母のお店でそれができれば良かったけれど、と少しだけため息をつき、でも、気づくのが遅すぎたということはないのだ、と思い返した。

律子の人生に終わりはない。

「また誰かにお料理をお出ししたいな。それから、誰かの力になりたいな。そっと励ましてあげたり、背中を押してあげたり」

もしその誰かに叶《かな》えたい夢があるなら、追いかける勇気を、贈ることができたら。

三月に出会った女の子に、きっとそうしてあげられたように。古い喫茶店が故郷の街にあった頃、祖父母の料理やお茶やお菓子で、お客様が幸せな笑顔になってくれたように。

「そう、いまのわたしにはその力があるんだから」

いっそ、お店の名前をつけてしまおうかな。わたしのお店の。

そう思いつくと、胸の奥が熱くなった。そこに、人間のような心臓はなさそうなのに（何しろこの体は、飢えることも渇くこともない。うたた寝することはできるけれど、ほんとうには眠ることを必要としない、便利な体だ）、どきどきと鼓動が速くなるようだ。

（店の名前は――）

考えなくても、わかってる。

いまはもう地上からなくなってしまった、懐かしい喫茶店のそれと同じで良い。

猫たちを愛し、けれど料理に毛がついたらいけないからと、いつも少しだけ遠くから優しいまなざしで彼らを見守っていた祖父母が、その若い日に開業した小さな喫茶店につけた名前、

『NEKOMIMI』。

「猫の耳って、いつも楽しいことや幸せな言葉に耳を澄ましているような、そんな感じじゃないかい？　それがお店の名前だと、ちょっとお茶目でお洒落《しゃれ》な感じがするだろう？」

祖父が——優しかったおじいちゃんが、いたずらっぽい目で笑いながら教えてくれた店名の由来、その声の響きは、いまも忘れない。

「喫茶店ＮＥＫＯＭＩＭＩだと昭和風にレトロになって、わたしのお店には合わないかな。カフェＮＥＫＯＭＩＭＩがいいや。不思議な旅するカフェＮＥＫＯＭＩＭＩ。善《よ》き魔法使いのカフェ。世界のどこかを吹きすぎる風のように、ひと知れず、地球を旅して、そっとお店を開いて、こっそり誰かを幸せにしていくの。少しだけ笑わせてあげるの。うん、素敵」

ね、素敵よね、と、うたた寝している傍らの猫に話しかけ、そっと撫《な》でてやると、黒猫は黒くつややかな前足を、ぐーぱーと幸せそうに握って見せた。

「お店にするのなら、看板が必要ね」

律子は運転席の椅子の横の物入れから、愛用の小さなスケッチブックを出した。サインペンでさらさらとあたりをつけながら、看板のデザインをした。

「地面に置けるような、脚のある形が良いわね。ふだんは折りたためて、外に出して開くような形の。素材は琺瑯《ほうろう》が良いな。ミルク色が良い。丈夫だけれど、温かみがあって、日差しにあたると、柔らかく明るく光るの。文字は立体になっていて、海のような藍色が良いな。古風な字体で、髭《ひげ》とかついてて、くるんくるんしてるような」

さらさらと描き上げて、

「うん、こんな感じ」

と、微笑む。

絵は星のようなきらきらとした光を放ち、そして、ひょい、と、その場に、綺麗《きれい》な珠瑯ででてきた看板が浮き上がり、律子の腕の中にずっしりと収まった。

「魔法って便利ね」

つやつやと優しい手触りの看板を撫でてやりながら、律子は笑った。

次にまたお客様とのご縁があれば、この看板で迎えよう。そう思った。


「――練習も兼ねて、お花見弁当でも作ろうかな」

窓の外の桜の波を見ているうちに、ふと思いついた。

もともと、お弁当作りは好きで、毎年、桜の時期には、お花見用のお弁当を作って、近所の公園のベンチで美味しくいただいたりしていた。春の休日の楽しみだった。

小さな籠に、ひとり分のお弁当と温かな飲み物を入れて、舞い散る桜を見上げて、春風の吹く中でいただくお弁当は格別だった。

その公園は、古い住宅街の中にある、忘れられたような公園で、その昔、辺りに子育て中の住民が多く住んでいた頃は、若いお母さんたちがよちよち歩きの子どもを連れてきたり、ベビーカーを押して集まり、楽しそうにお喋《しゃべ》りしたりしていたような、そんな公園だった。

時が経《た》ち、街の住人も減って、いまは家のない猫たちや、鳩《はと》や、散歩するお年寄りくらいしかやってこない、静かな公園になってしまったけれど。

賑《にぎ》わいが少しずつ減っていったことを、古い住人である律子はずっと見てきていた。変わらず咲いている桜の木も、きっと寂しいだろうな、と思いながら、一緒に春の風に吹かれていた。

ああ、今年はあの公園の桜は、寂しいだろうな、とふと思った。律子がいないのだから。

(今年は——もしかしたら、その先も、わたしはもうあの公園の桜の下で、お弁当を食べることはないんだなあ)

いつか遠い未来、律子のことを知っているひとがいなくなってしまえば、あの街に帰れるのかも知れない。死んでお葬式も済んだはずの律子が桜の下でお弁当を食べていても驚くひとがいないような未来になれば。

(桜の木は、それまで寂しいかなあ)

子どもの頃から——もしかしたら、赤ちゃんの頃から、祖父母や両親に連れられて、その花を見上げてきた公園の桜。

特に歴史があるわけでも、巨木でもない。ただずっとそこにあり、街を、律子たち子どもが育っていくのを見守ってきてくれた、一本のありふれた桜の木。ふだんは街の風景の中に溶け込み、そこにあることさえ忘れられているような、そんな桜の木。

だけど、律子はその桜が好きだった。

(ごめんね。今年は会えないけれど、いつかまた、会いに行くから)

いつかきっと、あの桜に会いに帰ろうと思った。

忘れないよ、と伝えるために。

(だってきっと、あの桜もわたしに会いたいだろうと思うから)

ひとの身でなくなって、植物たちの気持ちがわかるようになったいまの律子には、桜の想《おも》いもわかるような気がするのだった。

考えてみれば、まるで桜自身も楽しんでいるように見える満開の時を、その時にはきっと自分のそばにいた人間たちを、桜が愛《いと》おしく思わないはずもなかった。

子どもの時から、見守っていたひとびとを、たとえ人間のようにそれと声に出すことはなくとも、愛おしく思わないわけもないのだ。

(だって、ひとと桜はずっと一緒に暮らしていたんだもの)

日本の、世界のいろんな街で。

ひとのそばで、街で咲く花として。

ほかの木々や草花とともに、優しく静かな、見返りを求めない愛をもって、ひとのそばに佇《たたず》み、年に一度、無限の想いを込めて咲き誇る——桜はそんな花なのだ。


いつしか空飛ぶ車は、街の上の空を離れ、緩やかな高さの山々が続くその上を飛んでいた。

春の山の緑の中に、たまに淡い桜色が見えるのは、山桜なのだろうか。空の上からでないと、花の色に気づかないだろう、あの桜たちは、おそらくは山にすまう野うさぎや鹿だけがその美しさを知る、そんな精霊や守り神のような桜なのだろう。

パッチワークのような山の色彩を眺めていると、ふと――その中に、積み木のように愛らしい小さな建物が見えた。それを取り巻くように続く桜並木も。まわりには山の緑に交じってそこここに、いくつかの屋根や細い道も見える。ひとの住む小さな集落があるのだろう。

「ああ、学校だわ、きっと」

いわゆる山の分校じゃないかな、と思う。

校舎をそばで見てみたくて、下へと車を飛ばせた。校舎の前には、丸く小さな校庭があり、その校庭を取り巻くように、丸いぼんぼりのような桜の木が、淡く綺麗な花を咲かせている。

そっとそっと風になったような気持ちで、車を下ろしてゆく。誰もいないのを確認しながら、そーっと、校庭の端に着陸した。

運転席のドアを開けると、桜の花びらを巻き込んだ、春の風が吹き込んできた。

風は砂埃《すなぼこり》も巻き込んでいた。人間じゃなくなっても砂埃が目に入ると痛いのは一緒で、そのあたり不条理を感じながら、律子はそっと校庭へと足を下ろした。黒猫のメロディもうたた寝から覚めたばかりの目をしぱしぱさせながら、ついてくる。

桜の木々が風に吹かれて、枝を鳴らす音がざわめくように響いた。

律子は波を散らすように春の空に揺れる桜の花びらをうっとりと見上げて、

「あ、いけない」

慌てて、自分とメロディの姿がひとの目には見えなくなるように、と魔法をかけた。でないと、何もない場所から、急にあやしいおばさんが姿を現したように見えるだろうから。

「えぇっと、今日は何曜日だったかしら」

四月なのは覚えている。けれど曜日に自信がない。土曜日や日曜日、祝日ならばいいけれど、四月のいま頃、授業のある日なら、やっぱりちょっと、こんな風に律子が遊びに来るのは、失礼というか、迷惑な気もする。

（良い子たちがお勉強している時間に、観光客のおばちゃんが、るんるん気分でやってくるようなものだものねえ）

いつからだろう。漠然とした日付は覚えていても、曜日の感覚はなくなってしまった。何しろ、ひととして生きるのをやめて、はや数か月。会社に行かなくなり、ゴミ出しもしなくなれば、今日は何曜日だったっけと確認する必要もなくなってしまったものだから。

「まあね、こちらの姿が見えなければ、子どもたちや先生を驚かせることもないとは思うんだけど……」

いわば透明人間になった律子が校庭を歩いていても、きっと、風が吹きすぎるのと一緒のようなもので、誰も気がつくことはないだろう。律子も気にせずに、好きなようにしていてもいいのかも知れないけれど。

「でも、透明人間って、こっちからは見えるから、こっちが気にしちゃうのよね」

メロディに話しかけて、軽く肩をすくめる。

「――それにしても静かかねえ」

律子は、校舎の方を見つめた。どっしりとした木造の古い校舎には、誰の気配もない。窓越しに見える教室は暗くて、天井の明かりはついていないようだ。

誰もいないのだろうか。

ということは、律子にとって幸運なことに、今日は土日か祝日だったのかしら、と思う。

(それはそれで寂しいけれど)

子どもたちが元気に授業を受ける様子をそっと窓から見てみたり、教科書を朗読する声や、音楽の時間にうたう声、楽器を演奏するその音色を、聞いてみたかったような気もする。

(ひとの気配のない学校というのも、まあ、寂しいものねえ)

あたりはほんとうに静かだった。しんとして、乾いた風が吹きすぎるばかりで。

律子は軽く首をめぐらせた。――そもそも、この学校のまわりにも、ひとの気配がないような気がする。誰もいないような。

(ああ、そうか)

校舎に歩み寄り、やがて、思い当たった。

この学び舎《や》は、もう使われていないのだ。

窓ガラスは埃で汚れ、あちこち破れている。玄関を探してみれば、大きな木の扉には、木切れが斜めに打ち付けられ、出入りができないようになっていた。

木も釘《くぎ》も、昨日今日打ち付けられたという感じではなく、もうずっと昔にそうされたように見えた。色褪《いろあ》せ錆《さ》びて、埃が溜《た》まっている。

（そうか……）

日本の多くの過疎地の集落で繰り返されてきたように、きっとこの学校のある地の町や村では人口が減少してしまい、子どもたちの数も減って、ここは廃校になったのだろう。

もしかしたら、近隣の町や村自体が、すでに消えてしまっているのかも知れない。でなければ、あんな風に、窓が破れたまま置いておかれているということはないような気がする。

窓から見える静かな教室の中は昼なのに薄く闇がたゆたっているようで、校舎は静かに眠っているように見えた。寂しげな様子は、どこか亡骸《なきがら》のようでさえあった。

ただ風だけが駆け抜ける校庭で、律子は、校庭を守るように咲く、桜たちを振り返る。

この学校に子どもたちがいたのは、いつ頃までのことだったのだろう。広い校庭だ。校舎も立派だし、子どもがたくさんいた時代もあったのではないだろうか。校舎にも校庭にも子どもたちの声や笑い声が響き、校庭では運動会があり、きっと地元のお祭りの盆踊りなんかもあったりして、子どもたちが駆けまわる足音や、にぎやかな音楽が満ちていたのではないだろうか。それを楽しげに見守る、おとなたちの笑顔も見えるような気がした。

「きっと春には、入学式や、卒業式もあったのよね。それが毎年繰り返されてきたのよね」

桜たちに見守られて、子どもたちはここに迎えられ、送られていったのだろう。

そして、年月が過ぎ、桜だけがここに残されたのだな、と思った。

空飛ぶ車のキッチンに戻って、律子は腰にエプロンを巻き、お花見弁当を作り始めた。ささっといただきたかったので、お重に入れるような華やかで本格的な感じではなく、もっと簡単な感じにしようと思った。おむすびが良い。ちょうどお花見弁当を食べたい気分だったのだ。あの校庭の桜たちを見ながら食べることにしよう、と思いついたのだった。

そうしたら、桜たちも少しは心慰められないだろうか。年に一度の花の時期に、その美しさを愛《め》でてくれる存在があることを、少しは嬉《うれ》しいと思ってもらえないだろうか。

それにしても、魔法は便利だった。

おむすびを握るからには、炊きたてのご飯が欲しいな、と思えば、いつの間にか、綺麗な白木のおひつに、しゃもじを添えて、ほかほかの白いご飯が入ってそこにある。海苔《のり》も欲しいなと思えば、良い香りの海苔がちょうどいい大きさに切られて、パリッとした感じでそこにある。隣には小さな壺《つぼ》に入った、美味しそうな塩もある。

具には何を使おうかしら、洋風なのも良いなと考えながら冷蔵庫を開ければ、ぴかぴか光っている赤い明太子《めんたいこ》と、高級な銘柄のクリームチーズ、瓶入りのマヨネーズに、透き通って美しい色の生ハムに、つややかなサーモンが律子を待っていたようにそこにある。気がつくと足下には野菜籠があって、買ってきたばかりのような新玉葱《たまねぎ》が、つやつやと転がっている。

これなら調味料は、あれとあれが欲しいな、と思うと、いつの間にか塩の壺の隣に、愛用していた銘柄のオリーブオイルとバルサミコ酢に、粗挽《あらび》きの黒胡椒《こしょう》の瓶もある。

「なんだか魔法って、目に見えない気の利いたお手伝いさんか、手慣れた助手のひとが何でもしてくれるみたいな感じじゃね」

律子は両手に軽く塩をつけ、湯気を立てる熱々のご飯で、おむすびを三角に握りながら、つくづくとうなずく。

三角形のてっぺんにいろんな具を載せて、少し先をのぞかせて、海苔で巻く。

生ハムにはマヨネーズとクリームチーズと黒胡椒。サーモンには薄く切って水に晒《さら》した玉葱を下に敷いて、オリーブオイルとバルサミコ酢を少々。明太子はシンプルに明太子だけで。

デザートは何か果物が良いな、と思いながら冷蔵庫を開けると、宝石のように綺麗な苺《いちご》がひとパック、ちゃんと入っていた。

黒猫のメロディが後ろ足で立ち上がり、キッチンのカウンターに前足をついて首を伸ばし、興味深げに見上げていたので、

「メロディにもお弁当作ろうね」

と声をかけると、

『すてきすてき。律子ちゃん、ありがとう』

嬉しそうに目が輝き、髭が上がった。

メロディには、ささみをゆがいて裂いて小さく切った。そのだし汁をゼラチンで固めて（魔法の力であっというまに）、細かく切って飾りに散らすと、水晶の欠片《かけら》が光っているように煌《きら》めいた。それにクリームチーズを少しだけ添えて。かつお節をちょんと、飾りに載せて。

飲み物は、お湯を沸かしてポットに入れて、お茶を向こうで淹《い》れることにした。メロディには、うっすらとキャットニップの香りをつけたお水を水筒に入れてあげた。

魔法の力で、可愛《かわい》らしい籠も二つ出した。大きいのには律子のお弁当。小さいのにはメロディのお弁当。笹《ささ》の葉にくるんだおむすびたちとささみ、それにデザートの苺を入れて、これも魔法で出した、桜の造花をそれぞれに飾った。

「はい」

桜色の透ける麻の風呂敷も出して、二つの籠を緩く包む。小さい方を、メロディに渡すと、黒猫は両の前足で大事に受け取って、

『ありがとう』

と、嬉しそうに笑った。

校庭の桜の木の下には、古いベンチがあった。メロディと並んで、そこに腰をおろし、

「いただきます」

と、手を合わせて、散る桜と春の空を見ながら、出来たてのお弁当をいただいた。

「ああ、我ながら美味しいわ」

ひとけのない、忘れ去られたような校舎の前でのお弁当の時間はさすがにうら寂しいところもあったけれど、風に舞う桜は美しかった。気のせいかそれとも、いまはひとでなくなった律子だからそれと感じるのか、桜たちが嬉しそうにしているように見えた。

「春が来るごとに、桜は咲いていたのよね」

帰ってきた春を祝うように。人間や、いろんな生き物たちとともに、喜び、祝うように。

――誰もいなくなっても。

せめて、自分が今年はここにいて良かったなあ、と思った。

「ねえ、メロディ」

『なあに？』

「来年の桜の季節も、またここにお花見に来ようか？」

『またお弁当作ってくれる？』

「うん」

『わあい』

楽しそうに黒猫は笑う。


食後のお茶やデザートの苺を楽しんだあと、律子はふと、誰かの視線を感じたような気がして、目を上げた。

校舎の中、窓の向こうの、薄暗く見える教室の中で、何かがきらりと光ったような気がする。

律子は首をかしげ、お弁当の籠をベンチに置いて、立ち上がった。

「何かしら、いまの光」

少しだけ、怖いような気もしたけれど、いまの律子はひとの目には見えない魔法に守られているはずで、それもいまは不死の存在、いわば不死身の身の上だ。あれはなんだろう、という思いが先に立って、校舎へと歩み寄った。

『どうしたの？』

メロディも、ベンチから飛びおりて、律子の後をついてきた。

破れた窓から、中をそっと覗《のぞ》き込む。

「あっ」

教室の隅に、青白い光がふたつ、たしかに見える。ゆらゆらと揺らめいている。どこか蛍の光のような——。

はっとしたのは、そのふたつの光が、すうっと、窓の方へ、律子の方へとゆっくり近づいてきたからだった。そして、その青白い光のまわりに、うっすらと何か動物の姿が見えたからだった。光は点滅した。それはまばたきで、光はその影のような生き物の、ふたつの目だったのだ。

青白く光る目が、びっくりしたように、律子の方を見た。何回かまばたきをした。

『だれ？　あなた、だあれ？』

その生き物は、はっきりとそう訊《たず》ねた。

子どものような声だった。まるで律子が怖い、というように、その可愛い声は震え、その姿は、身を縮めるようにした。

「ええと、あの」

律子も、窓越しにまばたきをした。そして、ああこの生き物は人間じゃないから、それでわたしのことが見えるのかしら、と思い当たっていた。

その生き物は、ふるふると震えていた。ふたつの目が怪しく光るところは少し怖いけど、近くで見れば、それは木の実のような丸くて可愛らしい黒い目で、そしてその生き物は、ふかふかとした丸っこいからだと大きなふさふさとした尻尾《しっぽ》を持っていたのだった。

その姿はまさに、絵本や動物図鑑で見たことがある、あの生き物の姿で——。

「ええと、あなたはその、狸《たぬき》さん？」

『そう、そうだけど……。あの、あなたは人間さんなの？』

「ええ、そうよ。そうだけど——狸さんって、あの、人間とお話が、できるんでしたっけ？」

狸なんて本物には生まれて初めて出会った。つい訊《き》きながら、そんな馬鹿な、と思う。まるで絵本のようだ。それか、昔話や民話の世界だ。野生動物が口をきくはずがない。だけど、律子自身がいまや絵本の登場人物のような存在だし、夢かうつつの世界のような二度目の人生を生きているのだから、しゃべる狸と遭遇しても、さして驚かなかった。

狸は楽しそうに笑った。

『普通はお話しできないよ。でもぼくはちょっとだけ長生きをした化け狸だから。人間さんの言葉も話せるし、木の葉を頭に乗せれば、いろんなものに変身もできるよ』

狸は、得意そうに、胸を張っていった。そして、おそるおそるというように、訊いてきた。

『人間さんって、あのう、こんな感じだったっけ。しゃべる狸とか、怖くないの？　この山にはもう人間さんがいなくて、そのう、久しぶりにお話ししたから、びっくりしちゃって』

狸は、まだ及び腰で、どきどきしているようだったけれど、窓のそば、律子の方へと、少しだけ、近づいてきた。日差しの中で見ると、毛並みはつやつやと美しく、けれど年を経た証《あかし》なのか、うっすらと銀色がかっていた。どことなく神々しく見えるのも、そういう存在だからなのだろうかと律子は思い、傍らのメロディを振り返ると、彼女も同じようなことを思っていたのか、律子を見上げて、神妙な顔でうなずいてきた。

狸は弾む声で、楽しそうに話し続ける。

『あのね、ぼくは友達とここで暮らしているの。ずっと昔、人間さんがたくさんこの山に住んでいた頃から、ひっそりと隠れて棲《す》んでいたの。学校って、夜には誰もいなくなるでしょう？お化けが隠れて棲むにはちょうど良かったの。いまはもう、朝も昼も夜も、人間さんがいなくなっちゃって、一日中好きに暮らせるようになったけど、静かすぎて、寂しくて。

久しぶりに人間さんに会えて、とっても嬉しいけど、あの、ほんとにぼくのこと怖くない？逃げていきたくならない？――だって、人間さんはしゃべる狸とか、そういう妖怪の友達にはなってくれないから。――怖いって、いわれちゃうから。怖くないのに。ぼくたち、人間さんに悪いことなんて何もしないのに』

狸は鼻をすんと鳴らした。

「大丈夫よ、狸さん。わたしは怖くないわ」

律子は優しくそういった。――いや自分は人間の範疇《はんちゅう》には入らないかも、と思いながら。

けれど狸は嬉しそうに笑った。

『すごく久しぶりに、人間さんの声が聞こえたような気がして、嬉しくて、懐かしかったんだ。

気のせいじゃ、なかったんだね』

狸は、優しい目をして笑った。

そして、

『良い匂いがする』

と、くんくんと鼻を鳴らすので、お弁当を持ってお花見に来たのだという話をすると、

『いいなあ、ぼくもお花見がしたい。昔、村のひとたちが、桜の下でしていた、あれでしょう？　美味しいものを食べて飲んだりうたったりするの。いいなあって思ってたんだ』

目を輝かせてそういったので、律子はこの狸にもお弁当を作ってあげなくては、とにこにこしながら思ったのだった。そうして校庭の桜の下で、一緒にうたうのも楽しそうでいい。

ふと、ピアノの音が聞こえた。

「まあ、ショパンの『別れの曲』だわ」

校舎の中から聞こえるようだ。とても上手で、まるでレコードやＣＤのように完璧《かんぺき》に美しく、旋律が流れていく。律子が耳を澄ませていると、

『そうだよ、ショパンさんのピアノなの。上手でしょう？』

狸が得意そうにいった。

ひとけのない、けれどどうやら、年を経た化け狸や、その友人たちがいるらしい山間《やまあい》の廃校のそのそばで、律子とメロディはこの世のものとも思えない美しいピアノの音色に、時を忘れて、耳を澄ませていたのだった。

2

四月。久しぶりに休める日曜日の昼下がり。

「――軽い山登りのつもりだったけど」

敬《けい》はため息をついた。

「前途はなかなか遠いなあ」

地図で見ると目的地まではすぐに見えるのに、山道を行けども行けども終点――三年生から小学校を卒業するくらいまでの間に暮らしていた、懐かしい町に辿《たど》り着く気がしない。

(町、っていうか、町の跡、みたいになってるんだと思うけど……)

脳内で訂正して、気落ちしてうつむいた。

唇を噛《か》んで、顔を上げ、また歩き出す。

思えば、あの頃は、両親や親戚《しんせき》の車に乗せられて登った山だった。車ならあっというまに着いたような記憶があったし、もう自分はおとなだからという慢心もあったし――何より、久しぶりの休日気分で魔が差したのだと思う。ピクニックやハイキングみたいな気持ちになれるんじゃないかな、なんて、そのつもりで準備を始めたら楽しくなってしまったのだ。リュックサックに水筒を入れたり、おやつもちょっと入れたり、汗をかいたときのためにタオルを入れたり、と、こんな準備はいくつになっても楽しいものだ。冒険の旅に出るようで。

地理は得意科目だったから、地図さえあればどこへでも行けると思ったし、スマートフォンの地図アプリだってあるのだから、余裕の山登りだと思い込んでいた。目的地まで片道二時間くらいの小旅行になるだろうか、午前中に出かけて、目的地でちょっと休んで来た道を下りれば、夜になる前に下界へ帰れるだろうと思った。

この春からの先生業に備えて、子どもたちと走り回れるようにからだも鍛えたつもりだったし、体力にも自信はあった。子どもの頃病気がちだったので、体質を改善するべく意識して健康であるようにからだを整えてきたという自覚もあった。成長するにつれ、風邪《かぜ》一つ引かないからだになったことがささやかな自慢でもあった。

二時間の登りの山道は、都会で暮らす自分にはちょっとだけハードな気もしたけれど、自分に気合いを入れるためにもいいかとも思った。それに春の山道を登るのはきっと楽しい。人生で初めて担当した三年生の子どもたちに話すのも楽しそうだと思いつくと、これはぜひ行かねば、と思えた。——憧れの仕事に就けた故のことなのか、教壇の上から子どもたちの顔を見るとどきどきしてしまって、顔が赤らみ、緊張してうまく話せなくなる。だけど、ささやかな冒険の話なら、笑顔で話せるかも知れない、と想像した。

そうだ。子どもの頃、ちょうど目の前の子どもたちと同じくらいの年頃のときに訪れ、数年を暮らした、山の中の町の思い出話とともに話すのは絶対楽しいだろう。いつか、行かなくてはいけない、という使命感に変わっていた。

けれど、山道に入り、いくらも登らないうちに、じわじわと後悔をし始めていた。

「歩きで来たのは、間違いだったかも……」

せめて自転車——いやオートバイ。いやいや、どちらもだめだ、とすぐに打ち消した。こんな山道、二輪で登るのは事故の元だ。かといって、自動車免許も車も持っていなかった。都会暮らしだと必要ないし、駐車場代ももったいない。

山道はろくに手入れされていないのか、道の周囲から下草に侵食され、苔《こけ》が生え、ぬかるんでもいて、歩きづらかった。

長年の都会暮らしで、足腰が柔《やわ》くなっていたようだった。スニーカーの中の指もさっきから嫌な感じがしていて、まめができているかも知れない。情けなかった。

子どもの頃は、この山を駆け巡り、友達と鬼ごっこをしたりしたのになあ、とため息をつく。

「——学校を卒業してから、十数年ぶりになるんだっけ。あの頃も、ちょっと過疎の町っぽかったけど、こんなにすぐに無人の町になるなんて、思ってなかったな」

わかっていたら、もっと早く訪ねたのに。

もう何度目かでそう思った。

「学生時代の休みとかさ」

教職課程をとっていたし、家庭教師や飲食のバイトも入れていたから、長い休みはいつも忙しかったけれど。——だけど。

（なくなるって知っていたら）

あの懐かしい校舎に、誰かいるうちに行きたかった。当時の担任の先生はきっともういなかっただろうけれど、そのときに学校にいる先生や、あの頃の友人たちと会えたかも知れない。学校のそばにあった小さな古い雑貨屋さんを訪ねたりしたかった。優しかった町のひとたちに会って、大きくなったね、なんていってもらいたかった。そして――。

「ここで過ごした数年間が楽しかったから、小学校の先生になるって夢を持つようになって、大学で勉強して、教員採用試験にも合格しましたよ、って――報告したかったな」

そして、そして何よりも、この春から、見事、小学校の先生になりましたよ、と報告できれば良かったのに。

鼻がつんとした。急に涙がこみ上げてきて、立ち止まり、手の甲で滲《にじ》んだ涙を拭《ぬぐ》った。ため息をついて、また歩き出した。もともと涙もろくはあるけれど、子どもの頃のことを思うと、涙腺がゆるくなってしまう。

道を急がないと、帰りが遅くなる。

「それに、桜を見るなら、昼間の方が良いしね」

春の優しい青空に散る花吹雪を見たかった。小学生の頃、懐かしい学校の校庭で友達と見上げた記憶がある、美しい桜を。

懐かしい友人たちとは、いまも会えるかも知れない。もしあの日々が夢でなければ。

（いつか一緒にお花見をしようって約束してたんだよな）

ほろ苦く、思い出す。

桜の下で、美味しいお花見弁当を食べようという、あの約束は果たせないままになってしまっていた。


その山間の町は、遠い昔には小さな炭鉱がある町として、栄えていたらしい。そこで働くひとたちのための住宅地があり、銭湯があり、映画館や書店や、洋品店、食料品店などもある、暮らしやすく美しい町だったという。ほとんどが炭鉱の関係者だったので、住民たちの仲も良かった。家族のようだったよ、と、敬は子どもの頃に、商店街のひとに聞いたことがある。炭鉱の会社は福利厚生もしっかりしていて、給料も高く、町のひとびとは豊かに暮らしていたらしい。

その頃は、近くに電車の駅もあり、朝夕にはひとびとが乗り降りして賑やかだったとか。

しかし、時代の変化に伴って、炭鉱は閉山になり、仕事をなくした住人たちは次々に町を離れ、山を下りていった。

一方で馴染んだ地を離れたくなかったひとびとや、老いて今更知らない土地に移ることを拒んだひとびともいた。もちろん、これからの生活に希望に胸をふくらませたひとびともいた。新しく事業を始めようとしたひとびとも。炭鉱のひとびとを相手に商売をしていたひとびとも、多くはそのまま店を開けていた。

けれど、山間の小さな町がかつての賑やかさを取り戻すことは難しく、少しずつひとびとは夢や希望を手放し、ひとりまたひとりと町を去っていった。

そんなこんなは、たしかあの頃に、本屋のおばあちゃんに聞いた話だったか。町に来たばかりの頃、山での暮らしに馴染めず、仲の良さそうな子どもたちの輪の中に入るのが怖かった敬は、町の本屋さんによく出入りしていた。棚にある本のタイトルをみんな覚えてしまうくらいに小さなお店だったけれど、それでも面白い本や漫画がたくさんあった。

それとも、その近くにあった、古い食堂のおばちゃんから聞いた話だったかも知れない。あのお店の親子丼やかき氷は美味しかった。両親のそばを離れ、親戚の家に預けられて、初めての町で暮らしていた敬を、商店街のひとたちは何かと可愛がってくれたものだ。

敬がその町で暮らした数年間は、町のひとびとが再生の夢を諦め、少しずつ町を離れ、山を下りていった、その時期にあたる。当時、町のひとびとは明るく優しく見えたけれど、どこかしら、静かな諦念の空気と、もの寂しい雰囲気を感じることもあったような気がする。

あの頃、商店街のいくつかの店はすでに閉店して、建物は古ぼけ、シャッターが下りていた。ひとが住まなくなった住宅地はゴーストタウンのようだった。

通っていた小学校も、古めかしい建物だけは大きく立派だったけれど、子どもたちの数は少なかった。いまの敬が受け持っている都会の学校の子どもたちも一クラスの人数がずいぶん少ないけれど、それとも段違いで、ひとつの教室で、全学年の子どもたちが勉強していた。小学生だけでなく、同じ校舎の違う教室では中学生たちも学んでいたくらいだ。

子どもたちはきょうだいのように仲が良く、いつも笑ったり、じゃれあったりしていた。都会から来た敬のことが気になるようで、肩や背中を叩いたり、親切に話しかけたりもしてくれたけれど、それが敬には怖かった。距離感が近すぎるというか、急に間合いを詰められるような感じで。敬が嫌がっているように見えたのか、そのうち、子どもたちの方でも、遠慮がちに距離をとるようになった。

子どもたちは悪くない。敬が少しばかり繊細で、怖がりな子どもだったのだ。あの頃は特に、心に大きな不安を抱えていて、そのせいで、うつむきがちでもあった。

そもそも、親戚に預けられた理由からして、不安の元だった。

商社に勤める父親の海外勤務が急に決まって、母も一緒に行くことになった。けれど政情不安な国であり、いつ日本に引き上げることになるかわからないというので、からだが弱く繊細な敬は日本に残る方が良いのではということになった。それならば仲の良い親戚がいる、山間の素敵な町があるから、山村留学のように自然豊かなその山里で暮らすのが良いだろう、よしわかった、喜んで預かろう、と、おとなたちの善意で敬の行き場所は決められてしまい——そして三年生の敬はひとり、その町で暮らすことになったのだった。

それが嫌だと思うほど、敬はその町のことを知らなかったし、考えをまとめる時間もないほどに急に決まった転校だったし、そんなに政情不安な国へと赴く両親が心配でもあって、敬は何もいえないままに、おとなたちの言葉に従ってしまったのだった。慌ただしく海外への転勤の準備をする両親の足手まといになりたくなかった、という理由もある。

両親は父の仕事を大事にしていたし、海外での生活は妻である母にも役割がある。幼い頃両親とともに海外で暮らしたこともある敬は、そんな両親を尊敬してもいたし、邪魔にならない自分でありたいと思うほどには、両親が大好きだった。もう三年生だし、しっかりしなきゃとも思っていた。

「――でも、しっかりしなきゃと思ううちに、疲れちゃったんだよね」

山道を登りながら、敬は苦笑する。

本人は「もう三年生」のつもりでも、おとなになったいまの自分から見ると、「まだ三年生」だ。手足も首も細く、全体的に華奢《きゃしゃ》で、体力もなく、まだまだ幼い。心だって同じだ。

学校で友達でもいれば、遊んだり、話をしたりできたろう。上級生や中学生に甘えたりして、楽になったのだろう。優しく気遣ってくれた教師に甘えたって良かったのだと思う。

でも、そのときの敬にはそれができなかった。教室でうつむいて、じっと時を過ごしていた。寂しいのも怖いのも、ひとりで耐えなくては、と思い込んでいたのだと思う。みんなが自分を心配してくれているのがわかったけれど、どうにも心を開けなかった。

そんなある日のことだった。

夕方、教室に忘れ物をしたことに気づいて、敬は、ひとり薄暗い校舎へと戻った。音楽の縦笛のテストが近いのに、机に入れたまま、忘れてきてしまったのだ。

いまより昔の時代のこと、それも田舎《いなか》の学校のことで、校舎の玄関には鍵なんかかかっていなかった。敬はひとりで、きしむ木の階段を二階の教室まで上っていった。

誰もいない。静かな、しんとした校舎には、窓から黄昏時《たそがれどき》の薄赤い光が射《さ》し込んでいて、ちょっと怖かった。空気もひんやりとして、どこからか冷たい風も吹き抜けて、ふと――お化けとか妖怪が出てきそうな気がしたのだ。

この学校は歴史のある古い学校で、昔は生徒の数も多く、設備も豪華だった。教室の数も多いし（いまではほとんど使われず、物置になっていたりする）、廊下も広く、天井も高く、ひとの気配がないと、ほんとうに静かで――そして、だからこそ余計に、そこここにわだかまる薄闇が怖かった。

廊下を歩いていると、自分の足音の他に誰かの足音がついてきそうな気がする。

（そんなこと、あるわけない――）

と思おうとしても、いま通り過ぎた理科室には、古めかしい人体模型や、ホルマリン漬けの魚や蛙《かえる》が並んでいたな、なんてことを思い出したりする。人体模型はからだの半分の皮膚がなくて、内臓や筋肉、脳なんかがむきだしになっていて、気持ちが悪い。ホルマリン漬けの魚や蛙は、古くなって、ガラスの瓶の中で色褪せているけれど、蓋を開けたら動きながら外に出てきそうな気がして、不気味だった。

（人体模型、夜中に動くって話があるよね）

校庭を走るとか聞かなかったっけ。

誰か友達に聞いたことがある。都会の学校に通っていた頃の話だ。学校の怪談とか、七不思議とか、日本中どこの学校にだって（つまりはこの学校にだって？）あるものだ。図書館にそういう本だってあるし、漫画やアニメにだってある。でも、昼間に学校の友達と一緒のときは、笑って、そんなことあるわけないじゃん、といっていた。

（だってねえ、トイレの花子さんとか、そんなの、いるわけないし……）

よりによって、トイレの前を通り過ぎながら、思い出す。花子《はなこ》さんとか、おかっぱの髪に、白いブラウス、赤い吊《つ》りスカートの女の子。名前を呼ぶと可愛い声で返事をしてくれる。けれど返事の仕方を間違えたりすると、トイレの中に引っ張り込むんだっけ？

冷静に考えれば、子どもがひとり、あの狭い水洗トイレの便器の中に引っ張り込まれるなんて、構造上おかしい。いやそもそも、トイレに妖怪がいるわけがない。トイレに限らず、妖怪なんてものがこの世に——現実世界にいるわけがないのだ。

「怖くない。だから、怖くない……」

自分にいいきかせながら、歩いた。もともと感受性が強くて、怖がりだと自分でわかっていた。——だけど、学校の怪談なんて論理的でないものを怖がっちゃだめだ、と思ってもいた。もう三年生なんだから、ほんとうに。来年は四年生なんだから。当たり前だけど。

教室の扉を開けるときも、勇気が必要だった。無人のはずの教室に誰かいたらどうしようと胸がどきどきと鳴った。

大丈夫。誰もいなかった。

ほっとして胸をなで下ろして、急ぎ足で自分の席に行き、笛をとりだす。また急ぎ足で教室を出て、扉を閉めた。

そして長い廊下を歩いて、玄関に向かって、階段を下りようとして――びくっと背中を震わせた。

ピアノの音がする。

思わず階段を駆け下りて、校舎の外に逃げたくなったのは、学校の怪談とか七不思議とかに、「音楽室のピアノが鳴る」というのもあったような気がしたからだった。誰もいないはずの夜の音楽室でピアノが鳴るとか何とか。ピアノの音がするから、不思議に思って音楽室の扉を開けても、誰もいないとか――。

けれど、踏みとどまったのは、流れてきたピアノ曲が、敬の知っている好きな曲で、なおかつ、思わず耳を奪われるほどに、それがとても上手だったからだ。

敬はおそるおそる、ピアノの音がする方を振り返った。――同じ階の突き当たりにある、音楽室の方だ。たしかにそちらの方から聞こえてくる。

（ショパンの「別れの曲」だ）

お父さんが好きで、休みの日には、たまに弾いていた曲だったからわかった。緩やかで、優しくて、聞いていると心が落ち着いてくるような曲。

敬も弾けるようになりたくて、少しずつお父さんに教わっているところだった。

誰かが音楽を再生しているのではなく、誰かがピアノを弾いている、と思った。気配が違う。ふだん、生のピアノの音を聞いているから、わかった。

誰もいないはずの黄昏時の校舎で、ピアノの音がする。

誰かがそこにいて、ピアノを弾いている。

最初はぞっとしたけれど、聞いているうちに、そのピアノがあまりにも上手で、音色が柔らかく美しかったので、怖さが溶けるように消えていった。

まるで聞いている誰かに優しく語りかけるような、そんな弾き方だったのだ。

(うん。誰かが、弾いてるんだよね……)

妖怪とかじゃなく、人間が。

敬はうなずいた。——そうだ、ピアノが上手な誰かが、ピアノを弾いているのだ。

その誰かは、誰にもピアノを聞かれたくないのかも知れない。だから、放課後の、もうじき夜の誰もいない時間の学校で、ひとりでピアノを弾いてるんじゃないかな、と思ったのだ。

(じゃあ、邪魔しちゃいけないかな……)

そう思った敬は、そっと足音を忍ばせて、階段を下りようとした。

だけど、その途中で足を止めた。

そのまま目を閉じて、ピアノの音を聞いていた。弾いている誰かは、よほど「別れの曲」が好きなのか、今日はその曲の気分なのか、「別れの曲」を繰り返した。

(お父さんみたいだ)

興が乗るとずっと「別れの曲」を弾き続けるお父さんと、それを「また弾いてる」と笑いながら、飽きずに聞いていたお母さんと自分の暮らしを思い出して、懐かしくなった。

音楽室の前に引き返し、そして敬はそっと扉に手をかけて、少しだけ、開けた。

音楽室の中は、薄暗かった。

灯《あか》りをつけていないのかな、と思った。

暗くないのだろうか？

音楽室の真ん中に置いてあるピアノの前に、人影が見えた。

子どもではなかった。

背の高い、痩せた感じの男のひとが、黒っぽい服を着て、椅子に腰かけている。

（この学校の先生なのかな？）

こんなひとがいたのかしら、と首をかしげた。

彫りの深い顔だちの、外国人らしきお兄さんだった。そのひとは、薄暗い音楽室の中で、敬を見て、鍵盤に長い指を置いたまま、にっこり笑った——ような気がした。

薄暗いせいもあってか、一瞬、その姿がお父さんに似て見えて、敬は音楽室の中へ、足を踏み入れた。

「あの——」

とっさに声をかけたとき、目の前でその笑顔のひとは、すうっと、一筋の光る煙になった。

そして、敬の前をふんわりと吹きすぎるようにすると、黒板の方へと吹き上がり、その上の壁に並んでいた、肖像画らしきものへと吹きつけ、消えていった。

敬は自分の目を疑いながら、ふらふらと、肖像画の方へと近づき、見上げた。

そこに、いままでピアノを弾いていたひとの笑顔があった。

「ショパンだ。ショパンの肖像画だ……」

ああ、学校の怪談だ、と思った。音楽家の肖像画の妖怪だ。目が動いたりするって聞いたことがあったけど、ピアノを弾くパターンもあったのか、と不思議なほど冷静に思った。

「ええと、ということは、どっちにしろ、妖怪だよね……。妖怪がピアノ弾いてたの？」

声が震えた。

ピアノを振り返る。

蓋が開いたままのピアノの前には誰もいない。

敬は自分の顔が引きつって真っ青になっているのを感じながら、その場に立ち尽くし、もう一度、肖像画を見上げた。

肖像画のショパンは、優しい目で敬のことを見下ろしているように見えた。その表情はやっぱりお父さんに似ているように思えた。遠い外国にいる、敬の優しいお父さんに。

「うん、眼鏡《めがね》かけてたらそっくりかも……」

そう思うと、落ち着いてきた。さっきのあれは、怪談とか妖怪とか、お化けとか、そういう存在であり、出来事かも知れないけれど、このショパンは優しいショパンだ、と思った。

「――ピアノ、とても素敵でした」

敬は呟《つぶや》いた。

「久しぶりに、『別れの曲』聞けて、嬉しかった――」

ひとりきりだったからだろうか。それとも、いまも耳の底に残るメロディが、あまりに完璧に上手で、美しかったからだろうか。

敬は目元に涙が滲むのに気づいて、指先で目をこすった。お父さんの急な海外勤務が決まってから、頑張らなきゃと思っていたから、ひとまえで泣かないようにしていた。だから、自分の涙が久しぶりで、とても珍しいもののように思えた。

濡《ぬ》れた指先を見つめているうちに、急に涙がほろほろとあふれ出してきて、止まらなくなった。敬は最初焦り、やがて諦めて、ただ泣いた。しゃくりあげるように、泣いた。

自分は泣きたかったんだ、と思った。気づいていなかったけれど。

いまはひとりきりなんだもの、泣いたっていいいや、と開き直るように思った。

そのとき、とても可愛らしい声が聞こえた。

『ねえ、ショパンさんのピアノ、上手だよね？　きみも、そう思うでしょ？』

突然の声だった。――さっきの妖怪のピアニスト以外は誰もいないと思っていた、ひとけのない薄暗い音楽室で、その可愛い声は、どこからともなく、急に話しかけてきたのだ。

声は、ちょっとだけ早口で、なぜだか焦っているみたいな口調で話し続ける。

『何しろショパンさんってひとの絵っていうか、肖像画から生まれた妖怪だから、本物みたいに弾けるんだってさ。でもあのね、理屈はね、わかるけど、やっぱりすごいよね』

突然のことだったから、敬はただ、心臓が口から出そうなほどびっくりしていた。

けれど話しかけてきた可愛らしい声が、慌てたように、さらに言葉を続けた。

『あのう、だ、大丈夫だよ、ぼくは、ぼくらは怖くないんだ。悪い妖怪じゃないからね』

敬は恐る恐る、声の主を探した。

夜が近い、薄暗い音楽室の中に、そのすぐそばの床のあたりに、青い光がふたつ、星のようにまたたいていた。光はたまにまばたきのような点滅をしながら、敬のそばに近づいてきた。

ああ、あのふたつの光は、誰かの澄んだ瞳なんだ、と敬は気づいた。

ずっと前にネットで見た、海外の動物保護区の夜の獣たちの美しい瞳と同じだった。

柔らかい、ふさふさの毛に、ふわふわとした長い尻尾、ふんわりしたあたたかい姿の生き物が、よちよちと敬のそばに来た。

青く光る瞳が、壁の肖像画を見上げた。

『ショパンさんはね、ずっとここにいて、長い長い間、子どもたちの歌声や、合奏を聞いているうちに、魂が入ってお化けになったって、ぼく、昔聞いたよ。あの肖像画は生きてるみたいだって、子どもたちにいわれているうちに、いつのまにかほんとうに生きている絵になったんだって。

——ぼく？　ぼくは狸。化け狸だよ。近くの山に暮らしていて、とてもとても長生きしたから、こうして妖怪になったの』

胸を張って、うふふと狸は笑う。

いわれてみると、大きな尻尾のある、丸くてふかふかした姿は、絵本や漫画で見る狸そのもののように見えた。本物の狸より大きくて（ずっと前に動物園で見たことがある。テレビでも）、顔に表情があるところが、ますます絵本やアニメの世界の存在のように思えた。民話の世界から、こんにちは、と飛び出してきてそこにいるようだった。

『あのね、きみのこと、知ってるよ、敬くん』

狸はいきなり、敬の名前を呼んだ。

敬が声もなく驚いていると、狸はどこか、得意そうに笑った。

『そこら辺はほら、妖怪だもの、わかるよ。遠い外国に行ったお父さんやお母さんと別れて、ひとりきり、この山の町へ来たんでしょう？ で、まだ友達がいなくて、いつもひとりぼっちで町を歩いてる。——ねえ、きみ、寂しいでしょう？』

とても優しい声で、狸はいった。

『ぼくたちね、いつもそっときみのことを心配してたんだ。なんだか気になっちゃってさ。えっと、ぼくらも妖怪だから、寂しいからさ』

「——寂しいの？」

狸は、うん、とふかふかの頭でうなずいた。

『昔と違って、いまのこの世界は、明るい、文明の世界になっちゃってさ。科学の力で、町は夜もずうっと明るいし、人間さんたちは、ぼくらのことを怖がらなくなった。黄昏と夜の闇が、なくなっちゃったしね。——ぼくらはうっかり見つかったら、怖がられるどころか、「妖怪なんかいるわけがない」っていわれるようになっちゃったんだ。

知ってる？ そんなふうにいわれるたびに、妖怪の力は弱くなって、姿は薄れ、消えてしま

うんだよ。妖怪がいることを信じていてもらえないと、ぼくたちは生きていけないの。だから
いまの世界の妖怪たちはね、闇の濃い山奥や、ひとの気配のないところを探して、そこに隠れ
住むようになってるんだ』

「――なるほど」

敬はうなずいた。

突然の妖怪たちとの出会いはさすがに驚いたし怖かったし、夢を見ているようだったけれど、
少しずつ、楽しくもなってきていた。

だって、まるで漫画やアニメの主人公になったような驚きの展開だ。これを喜ばない子ども
はいないんじゃないだろうか、と、敬は思っていた。

(そうか、妖怪が、昔の民話とか怪談みたいに町にいないのは、いまはこんなふうに田舎や山
奥に隠れ住んでいるからなんだろうな)

敬は腕組みをして、うんうんとうなずいた。

同時に寂しくもなった。妖怪たちが可哀想《かわいそう》にも。狸がいうように「妖怪がいることを信じて
いてもらえないと」生きていけないとするならば、そんなふうに人間のそばから姿を消してい
れば、いつかは――人間に忘れられてしまうのではないだろうか。そうしたら、それによって、
妖怪はこの世界から消えていったりしないのだろうか。

物思う敬に、狸は、話し続ける。

『――だけど、妖怪の中でも、ぼくみたいに長いこと人里のそばで暮らして、人間さんたちの

ことが好きな妖怪や、ショパンさんたちみたいに、学校で生まれた妖怪たちは、遠いところに行くのは、どうしても寂しくてだめでさ。こんなふうに、町のそばや、子どもがいなくなった後の放課後やお休みの日の学校に隠れ住んだりしてるの』

うんうん、と敬はうなずき、ふと、狸の言葉を繰り返した。何気なく聞いていたけど、気になる言葉を聞いた気がする。

「――ショパンさん『たち』みたいに？」

たち、ってことは、複数形で、つまり……。

(妖怪は、他にもいたりするわけ？)

狸が嬉しそうにうなずいて、ふかふかした短い手で、音楽室の床の方を指さした。

ひときわ濃く、暗闇がわだかまっているようなそこに、よくよく見ると、ふたり分の人影があって、敬はぎょっとした。黒い人影が体育座りをしている――。

『ちょうどいまね、友達ふたりと一緒にショパンさんのピアノを聞いていたんだ。ふたりとも、ショパンさんみたいに学校で生まれた妖怪で、子どもたちのことが大好きなんだ。あのふたりも、いつも校舎にいて、きみのことを見守ってたんだよ。きみはたぶん、気づいてなかったと思うけど』

「――うん。何も……」

敬はそう答えながら、あ、でも、何回か、誰かの視線を感じたことはあったかも、と思い返した。誰かぼくを見てるのかな、と振り返っても誰もいなかったことがあって、気のせいだろうと思うようになった。そんなに嫌な、怖い感じじゃなかったので、いままで忘れていた。

『みんなで、都会から来たあの子、寂しそうで、心配だなあっていつもきみのことを見ててさ。でも、ぼくら妖怪だから、声をかけて励ましたり、その、友達になったりとかできないし、って何度も話してたんだ。そもそもぼくらがここにいるのって、秘密のことだしさ。だけど、そのね、さっき、きみがあんまり辛《つら》そうだったから、泣いちゃってたからさ、つい、声をかけちゃった』

へへ、と狸は笑った。

ふたつの人影は、弾むように立ち上がった。

そのままふわりと近づいてくる。

『こんにちは』

『こんにちは、敬くん』

ひとりは、おかっぱの髪の、白いブラウスに赤い吊りスカートの女の子。笑顔と声が、品が良くて可愛かった。けれどそこはかとなく、服も髪もしっとりと濡れているように見えた。

もうひとりは、プラスチックっぽい硬そうなからだの半分の皮膚がなくて、内臓と筋肉が見えているお兄さんで、つまり――。

(トイレの花子さんに、人体模型だよ)

敬は泣き笑いしながら、妖怪たちに、

「こんにちは」

と、挨拶をした。流れでそうなってしまった。

（ちょっと待ってよ、ひょっとしなくても、これ妖怪じゃないの。いよいよほんとに学校の怪談じゃないの）

こんなことって――。

こんなことってあるわけない、と思いながらも、目の前にこうして並ばれてしまうと、それがまるで現実的な出来事だとは思えなくても、「こんなこと」も世の中にはあるんだなあ、と素直に思わずにはいられないのだった。

妖怪たちは、実に明るくフレンドリーな笑みを浮かべつつ、照れたように敬を見つめ、一方で、互いに楽しげに視線を交わし合ったりもしていて、とても嬉しそうに見えた。

狸がいうには、彼らはショパンと同じように、この学校の長い歴史の間に、代々の子どもたちの想像力が種になり糧となり、生み出された妖怪たちだそうだ。――トイレには花子さんがいるかも知れない、理科室の人体模型は動くかも知れない、そんなふうに子どもたちが怖がり、噂《うわさ》しているうちに、その思いに魂が宿り、妖怪になったのだろうという。そういう人間の子どもが生み出した妖怪たちが、どうやらこの世界にはたくさんいるらしいんだよ、と楽しそうに狸は話してくれた。

日本のいろんな学校のトイレには花子さんが潜んでいて、理科室の人体模型は、ひそかに動いたり走ったりしているということなのだろう。音楽室の音楽家たちの肖像画には、魂がこもって生きているのかも知れない。人知れず、ピアノを弾いたりするのかも。

『だからね、きみたち人間さんの子どもたちは、学校の妖怪たちにとって、大切な生みの親っていうか、いや、やっぱり、大切な友達なんだって思うよ』

狸はうんうんとうなずいてそういった。

『あ、もちろんぼくだってさ。人里のそばでずっと暮らしてきたんだもの。人間さんは、大好きだよ。大切な、お友達だよ』

(そっか、そうなのか)

敬は思った。——妖怪は優しいなあ。

ぼくのことをそっと見守っていてくれたのか。

寂しそうだ、ひとりぼっちだ、と思いながら、ひそかに心配してくれていたのか。

そう思うと、なんだか、心に小さな灯りが灯《とも》ったように、嬉しくなった。

(いや、正直怖くはあるけどさ)

なにしろ、トイレの花子さんに人体模型のお化けだ。

(狸だって)

見た目は可愛いけど、年を経た化け狸らしいのだから。

(怖いよ、正直不気味だよ、だけど——)

お腹《なか》の底から楽しくなってきて、敬は笑った。

この町で初めてできた友達は妖怪だった、それってちょっと素敵なことかも、と思っていた。

妖怪たちと出会ったのは、たしか秋のことだった。

それから彼らとたくさん遊んだ。一緒に近くの山に行って、美味しい木の実を教えて貰ったり、木々の間で野性味溢《あふ》れる鬼ごっこをしたりした。藪《やぶ》に引っかかって傷だらけになったりもしたけど、楽しかった。秘密基地を作って、ほおずきの実や綺麗な花を飾ったりした。野山の獣や小鳥たちが遊びに来てくれた。

校舎にひとがいないときには、ショパンのピアノを聞いたりもした。ショパンは何しろ元がショパンだということで、「別れの曲」の他にも「ノクターン」や「雨だれ」や、いろんなショパンの名曲を楽しそうに弾いてくれた。

妖怪たちと内緒で遊んでいるうちに、敬は少しずつ山の暮らしに馴染み、体力もついてきて、元気に笑えるようになっていった。妖怪たちは町のことにも詳しくて、あのひとこのひとのことも教えてくれたから、それもあって、町に馴染んでいけるようになった。学校の子どもたちや先生たちのことも、妖怪たちはよく見ていて、みんなの性格の素敵なところや、ちょっとドジなところなんかもあれこれ教えてくれて、そのうちに敬は、学校のみんなのことを元から知っている子たちのように思えてきて——知らず知らずのうちに、話しかけたり、挨拶できるようになった。町の子たちは喜んで、敬を仲間に入れてくれた。

やがて、敬は妖怪たちと遊ぶよりも、学校の友達とおしゃべりしたり、遊んだりする時間が増えてきた。妖怪たちは少しだけ寂しそうに見えたけれど、敬が友達の話をすると、にこにこと嬉しそうに聞いてくれた。

ある日、敬が、

「ねえ、学校のみんなや先生に、狸さんたちのことを話してもいい？　きっとみんな喜んで友達になってくれると思うよ」

そう提案すると、妖怪たちは互いに顔を見合わせて、しばし考えこみ、そして首を横に振った。

狸が静かにいった。

「あのね、ぼくたちは、やっぱり人間さんが怖いんだ。大好きだけど、怖いんだ。——みんなの前に姿を現して、もし、『妖怪なんているわけない』っていわれちゃったらどうしようって、思っちゃうんだ。だから——」

自分たちのことは内緒にしていて欲しい、と、妖怪たちはいった。

狸は小さな声で、言葉を続けた。

『あのね、きみの前に姿を現したみたいに——もしかしたら、いつか、また、誰か人間さんとお話ししてみようと、そんな勇気が出るかも知れない。友達になりたいって思えるかも。その日を待っていて欲しいの。その日まで、ぼくたちの存在を誰にも話さないで、内緒にしていて欲しいんだ』

敬はうなずいた。そして妖怪たちのことを誰にも話さないと、そう約束をした。

山里の星空は都会のそれとはまるで別物で、敬は季節ごとに妖怪たちと空を見上げたけれど、最後に見たのは春の初めの夜空だったと思う。数え切れないほどの星を見上げて、星座の名前を教えると、妖怪たちは喜んで、一緒に星を探した。

流れ星に願い事をしたりもした。

狸が願ったのは、

「いつかお花見弁当が食べたい」

だった。

春が来るごとに、校庭の桜の木の下で、町のみんなが楽しそうにお花見をして、美味しそうなお弁当を食べている。もうずうっと長いこと、それがうらやましかったのだと話してくれた。

「そんなの、流れ星に願わなくても良いよ。ぼくが食べさせてあげる。お花見しようよ」

おばさんの台所を借りてお弁当を作ってみてもいいと思った。作り方は図書館かネットで調べればいい。おばさんにきいてもいいかも。

狸は喜んで、わーい、と両手を上げた。他の妖怪たちもうらやましそうにしたので、みんなで食べよう、と敬は笑った。

「約束するよ。いつかきっと、みんなで楽しくお花見をしよう」

妖怪と一緒にお花見って、なんだかすごいけど、やっぱりちょっと、いやとびきり楽しくて、わくわくすることのような気がした。

(きっと楽しいよね)

桜の花びらが舞い散る校庭で、美味しいお弁当を食べるのだ。

人間が大好きな、優しい妖怪たちと一緒に。

「けど、ぼくはいつのまにか、その約束を忘れてしまってたんだ――」

おとなになった敬は、山道を登りながら、ひとり呟いた。

春の空からは、はらはらと、どこからともなく桜の花びらが舞い落ちてきていた。

人間の友達が増え、町に馴染むうちに、敬は少しずつ妖怪たちと遊ばなくなり、話すこともなくなってゆき、そしてやがて、小学校を卒業する頃には、両親が日本に帰ってきた。都会の街に帰る日が来た。

桜の花が校庭に舞い散る中、敬とわずかな数の同級生は、下級生や町のひとたちに見送られ、校舎とさよならをした。

そのとき、ひとびとの影や建物の薄暗がりに、あの優しい妖怪たちの気配を感じ、卒業おめでとう、とささやきかける声を聞いたような――敬にはそんな記憶がある。

それから長い年月が過ぎて、都会の慌ただしく華やかな暮らしに戻り、おとなになったいまでは、あれは幻か錯覚だったのか、とふと思ったりもするけれど。

そもそも、三年生のときからの数年間、妖怪が友達で、野山で一緒に遊んだり話したりした、ということ自体、寂しかったその頃の自分の幻想だったような気もしなくはない。――いやむしろ、ちゃんとしたおとなならば、そう考えるべきだろう、と思わなくもない。

（だけど――）

敬は、あの寂しかった黄昏時に聞いた優しいピアノの音や、みんなと山で走り回った鬼ごっこ、夜空を見上げて、流れ星に願いをかけたことを、幻だとは思いたくなかった。秘密にすると狸と約束したから、誰にも話さなかったけれど、ずっと大切な記憶として、抱きしめて生きてきた。その頃の、寂しかった自分の心と一緒に。

いつか敬は、小学校の先生になりたいと思うようになった。あの頃の自分のような、寂しい子どものそばに、そっと寄り添ったり、一緒に笑ったりしてあげたい。美しい音楽やいろんな楽しい話を聞かせてあげたりして、世界に心を開く、きっかけを作ってあげたい。下手《へた》だけど、ピアノを弾いたりもしてあげたい。

優しい妖怪たちがそうしてくれたように。

そして敬は、教育学部のある大学に進学した。採用試験に合格し、この春から、小学校の先生になり――三年生の担任になった。

まだクラスの子どもたちの名前を覚えるので精一杯、新人教師もいいところだけれど、長年の夢が叶ったのだもの、ベテランの先生たちに見守られながら、頑張ろうと思っている。彼らの優しいまなざしに、ふと、遠い日の妖怪たちの目を思い出して、敬は、あの懐かしい学び舎を訪ねてみようと思ったのだった。

あの頃の自分の気持ちを思い出すために。

そして――もしかしたら、遠い日の懐かしい友人たちに再会できるかも知れない、と淡く期待もして。

（もしあの日々が、ぼくの妄想や錯覚じゃなければの話だけれど……）

もしかして、あの優しい妖怪たちは、いまも校舎の薄闇の中に潜み、ショパンのピアノに耳を傾けながら、静かに暮らしていてくれるのじゃないかと思うのだ。

3

春の山の木々の枝葉が風にそよぐ優しい音に囲まれ、吹きすぎる甘い香りの風に背中を押されるようにしながら、敬はひとけのない山道を息をつきながら登っていった。

「山の、空気は、美味しいよなあ……」

濃密な、命の匂いを感じる。

上り坂の道は辛いと思いながら、それでも水と緑や土の匂いを含んだ風に吹かれれば、元気が少しだけ戻ってくるような気がする。汗ばんだからだが良い感じにすっきり冷えて、疲れた足も軽くなる。

「——けど、お腹すいてきたなあ……」

どんどんエネルギーを使っているのだろうか、さっきからお腹が鳴っていた。早く出かけたいと気が逸《はや》って、朝食を軽めにしたのもたぶん良くなかった。

しまったなあ、と今更のように思う。お弁当を持ってくれれば良かった。

山の上で、懐かしい小学校の校庭で、きっといま時分咲いているだろう満開の桜の木の下で、ゆっくり休みながらお弁当を食べることにすれば良かった。なんで思いつかなかったのだろう、と、ため息が出た。

梅干しを入れて、おむすびを軽く握っても良かった。弁当箱に敷きつめた白いご飯の上に、かつお節をふり海苔を載せ、醬油《しょうゆ》を軽くかけた、シンプルな海苔弁でも山の上なら美味しかっただろう。甘い卵焼きにブロッコリー、ソーセージか冷凍の唐揚げを二つ三つおかずに添えれば、最高のご馳走になったはず。

「さぞ美味しかっただろうし、疲れもとれたよなあ、きっと……」

おやつと飲み物しか持ってこなかった。チョコとキャラメルだ。せめてポテトチップスやクラッカーでも持ってくれば良かった。水筒には自分で淹れたアイスコーヒーを入れてきたけれど、もうけっこう飲んでしまった。凍らせたスポーツドリンクもリュックに入れて、持ってきてはいるけれど……。

「少しでも、荷物を軽く、とか考えちゃったんだよな……」

おやつと飲み物で誤魔化す、ちょっと休むだけの帰り道では、空腹を抱えての頼りない下山になりそうだ。

やっぱり、ハイキングの延長線上の軽い山登りだと考えてしまっていたのが祟《たた》ったのだと思い、反省する。久しぶりに懐かしい場所に行こうという思いつきにうきうきしてしまったこともあって、準備もうきうき気分で軽く済ませた。そこまで深く考えずに調べずに、適当に、まあこんなものだろうとリュックに放り込んで出かけてきてしまった。

万が一、疲れと焦りで道を間違えたりしたらどうしよう、と今更のように怖くなった。

お年寄りが気軽に山菜を採りに行くような、人里に近い、小さな山での事故が多いのだと何かで読んだ記憶がある。もちろん敬は若くて、お年寄りでは全然ないけれど、ひとりぼっちの山道でのこと、心細くなった。同時に、これがひとりの道行きで良かった。誰かを巻き添えにしていたら焦っただろうな、なんていうこともちらりと思った。

「ひとりなら、道に迷ってもひとりだものな」

開き直って、よし、とうなずき、まめだらけの足を勢いよく踏み出した。

(なるようになるさ。何があっても、学校で子どもたちに話す武勇伝にすればいいんだ)

都会の小学校の、三年生の教室で、敬の冒険を目を輝かせて聞いてくれる子どもたちの表情が見えるような気がした。

せっせと歩いて、やがてふと、

(——あ、ここは知ってる)

と感じる場所にたどりついた。

それまでは、何しろ昔ほどはひとの手が入らないせいなのか、行けども行けども野山の草が生い茂っていた。もしかしたら記憶にあったような場所でも、見知らぬ山道の連続のように思えていたのだけれど、道沿いに続く森の木々の間に、さあっと光が射すように空が見え、その下に広がる古く小さな町が見えたときに、懐かしさが胸いっぱいにこみ上げてきた。桜があちこちに咲いていた。薄桃色の桜の花に飾られているように、愛らしい小さな町がそこにあった。両腕の中に収まってしまいそうな、小さな小さな町の商店街や路地や、家々の間を駆け回っていた小学三年生の自分が見えるような気がした。

いま暮らしている都会の街は果てしなく広く、電車で移動してもどこまでもどこまでも街が連なり広がっている。そして、この国だけでなく、海外で暮らし旅行したこともある敬には、この世界がどれほどに広いものかわかっている。——けれど、あの頃の敬にとっては、この小さな山里が、世界や宇宙のすべてで、大好きな場所だった。この町にくるまれ守られて、毎日、朝を迎え、遊び学び本を読み、眠ったのだ。

敬は首に巻いたタオルで、額に滲んだ汗を拭き、深呼吸をした。口元に笑みを浮かべた。

「ああ、帰ってきたなあ」

やっと帰ってきた、と思った。ずいぶん遅くなってしまったけれど。

(小学校を卒業した春にここを離れた時は、もっとすぐに気軽にここに帰ってくるつもりでいたんだけどな)

日々を忙しく過ごしているうちに、気がつけば、あっという間に時間が過ぎ、敬はおとなになってしまった。

目の下の町には、いまはもう住人はいないと知っている。おそらくは、下りていっても、店も家も扉が閉まっていて、ひとの気配はなく、町は眠ったようになっているのだろう。そう思うと胸の奥が痛んだけれど、そこここに咲く桜の花が、町を吹きすぎる風が、そのとき、聞こえない声で、「おかえり」といってくれたような気がした。

　この町におかえり、と。


　小学校は、昔のままにそこにあった。

　記憶の通りに、校庭には桜の木々が並び、満開に花を咲かせ、花びらをはらはらと風に散らしていた。

　懐かしかった。記憶の中に入り込んだようだ、と思って、鼻の奥が痛くなった。

（ああ、だけど――少しだけ、違う）

　校舎の大きさも桜の木々の背の高さも、覚えていたのとは違って、なんだか小さく見えて、愛らしくさえ思えた。

「ぼく、身長伸びたもんなあ」

　埃に汚れた窓ガラスに映る自分の姿を見て、苦笑して、ひとりうなずく。

　この古い校舎も、桜の木も、子どもの頃の敬にはずいぶん大きく立派に、そびえ立つように見えていたのだけれど。

「いまも充分、立派には見えるし、綺麗な建物だけど――」

　ぼろぼろになったなあ、と、ため息が出る。

　校舎を取り巻くように、蔦《つた》やつる性の緑たちがはびこり、壁を伝い割れた窓の隙間から入り込んでいた。いずれ、建物は緑の波に覆い尽くされてしまうのかも知れない。そして建物は、いつか崩壊し、完全に土に返るのだろう。

ひとの手が入らないまま、風雪に晒されていると、木造の建物はこんなに古びてしまうのかと胸が痛んだ。

この町にも校舎にも、おそらくはもう誰かが帰ってくることはない。だからきっと、いずれ、何もかも、緑に——この山に呑《の》み込まれてしまうのだろうな、と思った。大昔、この山に人間が暮らしていなかった時代のように、静かな山に戻るのだろう。

それは自然なことなのかも知れないけれど、この校舎で、町でたくさんのひとびとが暮らしていた時代があったことも、そこではいろんなひとがそれぞれにいろんな想いを抱いて暮らしていたことも、思い出の全ても、まるでなかったことのように消えてしまうのかと思うと、やはり寂しかった。

「ぼくも、みんなも、ここにいたのにね」

小学生の頃の自分がこの校舎にいた、その時間さえも、風に晒されて消えてしまいそうで寂しくて、でもその寂しさは身勝手なものでもあると、おとなになった敬にはわかっているのだった。

どんなにこの山里に愛着があると懐かしがっても、敬もまたここから離れていった、都会暮らしの元住人の、そのひとりだといえるのだから。ある意味、敬は、子どもの頃にここを捨てたのだ。都会に帰るために。

「今更できることは何もないけど、せめて――」

この校庭の桜の木と、校舎の姿を覚えていようと思った。記憶の中に残っていれば、何度でも思い返せる。その記憶を誰かに――たとえば、敬が担任しているクラスの子どもたちに話せば、桜も校舎も、小さな町の思い出も、子どもたちの記憶の中に残り、そこに消えずに残るような気がした。思い出の欠片を、見えない手で渡すように。そっと小さな緑を移植するように。

(思えば、人間の歴史って、ずっとこんなものだったのかも知れないなあ)

ふと、思った。この地上には、いままでたくさんの人間が生きてきて、いろんな村や町や国を作りそこに住んできた。けれどひとの命は永遠ではなく、それぞれの場所もずうっと変わらずにあることはなくて。いつかこんな風に緑の波に呑まれてしまうことになったりもする。

人間ひとりひとりは、いつの時代も精一杯生きる。村や町や国は、ひとびとの思い出を抱くように、歴史を刻む。流れる時の中で。そしていつか、自らも変わってゆく。

ひとびとの思い出は、それでもきっと、後の世に生きる誰かの記憶に残り、そしてもしかしたら――。

「この桜の木は、覚えていてくれるのかな」

自分を見上げて、花を愛でてくれた人間たちがいたことを。遠い昔に、ここで咲いておくれと苗木を運び、大切に植えて育ててくれただろう、人間たちがいたことを。

いずれ、校舎と校庭が緑の波に呑まれても、小さな町が山に戻ってしまっても、きっと、この場所で、桜の花は咲き続ける。

春が来るごとに花を咲かせ、そのときに、ずっと昔の春には、自分を見上げて綺麗だと笑う子どもたちが入学し、卒業していったことを、それを見守る笑顔のおとなたちがいたことを、思い出してくれるのかな、と思った。

「――植物に心があるとしたらの話だけどさ」

敬は少しだけ、肩をすくめる。

そんな絵本や童話みたいなこと、仮にも小学校の教師としては、あると思ってはいけないような気もする。常識からいうと、そうだろう。けれど、子どもの頃、優しい妖怪たちが友達だった記憶がある敬としては、桜の木にだって魂くらいあってもいいんじゃないかな、と思うのだった。

(子どもの頃のあれが、ぼくの妄想や錯覚じゃなく、ほんとうのことだったとしたら、桜の木にだって魂はあるって思えるよ。桜の木も人間が好きで、ここにいたいろんなひとたちの思い出を忘れずにいてくれると思えるよ)

春になるたびに、思い出してくれる。

祈るように、そう信じていたかった。

「――それにしても、お腹すいたなあ」

桜の下のベンチに腰掛け、舞い散る花びらを見上げながら、敬は板チョコを割って、口に入れた。甘さが疲れを癒《い》やし、心に染みたけれど、やっぱりお弁当を持ってくるべきだった、と噛みしめるように思った。情けないくらいにお腹がぺこぺこだった。お腹が鳴ることといったら、笑えるほどだ。

校庭には、乾いた春の風が吹きすぎるばかりで、誰の気配もなかった。——人間だけでなく、お化けの気配もしないような気がした。

校舎を探せば、彼らに会えるのかも知れないと、ぼんやりと思う。それが可能なのかどうかわからないけど、なんとかして中に入り込めば。もしも彼らが実在する存在で、いまも校舎で暮らしてくれているとしたら。

けれど、探してみても会えなかったら、と思うと、ベンチから立ち上がる気になれなかった。空腹で疲れているせいもあってか、足と心がひたすら重い。石のようだ。

狸さーん、とか、トイレの花子さーん、とか、いい年をして声を上げて呼ぶ自分の姿を想像すると、情けないような気持ちにもなる。

(おとなとしてどうよ、と思うし……)

もし呼んでみても、懐かしい彼らの姿が現れず、あたりがしんとしたままだとしたら。

「——そんな寂しいの、やだよ」

自分の心の中の、大切にしている部分が死んでしまいそうな気がした。

「——お腹すいたし、もう街に帰ろうかなあ……」

このまま山を下りた方がいいのかも知れない。探さなければ、失望することも寂しくなることもないのだ。再会しようとしなければ、がっかりすることもない。

うなだれて、目を閉じたときだった。

小さなあたたかい手が、後ろから、そっと敬の両方の目を塞《ふさ》いだのだ。

『だーれだ?』

可愛らしい声が、耳元でそう訊ねた。

小さな子どもの声のような、高い声だった。

懐かしい、くすぐったいような声だった。

『敬くん、大きくなったんだね。おとなになったんだね。——ねえ、ぼくのことを、ぼくらのことを、覚えてる?』

声は嬉しそうで、でも、泣きそうでもあって、震えていた。小さな手も同じだった。

「——友達のことを、忘れるもんか」

敬は小さな手をとると、自分の目からそっとはずした。

振り返るとそこに、ベンチの上に後ろ足で立った、まるまるとした狸がいた。

「会えて嬉しいよ。とっても嬉しい、狸さん」

敬がそういうと、狸はえへへと笑った。

『ぼくも嬉しいよ、嬉しいなあ。もう二度と会えないかも知れないって思ってた』

黒い瞳が涙で潤んで見えた。

「ごめん」

敬はそういうと、狸をぎゅっと抱きしめた。そのふかふかのからだに、小さな子どものように顔を埋《うず》めると、丸っこくて柔らかくあたたかいからだは、草や木や土や、少しだけ埃の匂いがした。懐かしい匂いだった。

『くすぐったいよ』と、狸は笑った。

『敬くんたら、おとなになったのに、甘えっ子だねえ』

小さな手が、ぽんぽんと敬の頭を叩いた。

子どもの頃、こんな風に狸を抱っこしたことがあった。この町に来たばかりの頃、敬がまだ三年生で、小さかった頃のことだ。

たとえば秋や冬の夕暮れ時、すぐに空が暗くなり、夜になる時期。吹きつける風がひんやり寒く思えて、からだも心も凍えそうになったとき、こんな風にぬいぐるみを抱っこするように、狸を抱きしめたことがあった。

狸はいまのように、きゃっきゃと笑って、くすぐったいよ、といいながら、黙って抱っこさせてくれていた。敬が、その目に少しだけ浮かんだ涙を、そっと毛皮で拭いても、気づかないふりをしてくれた。優しく頭をなで、いまのように、優しく叩いてくれた。

あの頃、敬にとって狸は大きくて、自分と変わらないような大きさに見えた。けれどいまの狸は、抱きかかえれば敬の膝《ひざ》に乗るほどに小さかった。

えへへ、と、敬も照れて笑った。

上半身を屈《かが》めて、狸と、目を合わせるようにして、いった。

「不思議だね。ぼくはおとなになったと自分でも思ってたんだけど、心の中に、変わらないあの頃のぼくがいるみたいなんだ」

三年生の頃の敬が、一緒にこの山里に帰ってきて、いま照れながら、でも楽しそうに笑っているような気がした。さみしがり屋で、繊細で、妖怪たちの友達だった男の子が、見えないけれどここにいて、笑っているのだ。

「ねえ、狸さん、ぼくはね、都会で小学校の先生になったんだよ」

『先生に？　すごいねえ』

狸は、澄んだ黒い目を輝かせた。

敬は得意そうに胸を張り、うなずいた。

「うん、ちょっとすごいんだ。頑張って勉強して、先生の免許を取って、採用試験に合格したんだもの。いまはもう、子どもたちや他の先生たちに、『先生』って呼ばれちゃってるんだよ。毎朝、スーツ姿でネクタイをして、学校に出勤するんだ。——だけどね。ここに帰ってきてわかったよ。ぼくは先生だけど、心の一番奥は、きっと子どものままなんだ」

それは恥ずかしいことじゃなく、大切なことのような気がした。

あの頃と変わらずに、狸と話ができる、妖怪と友達の、そんな自分が好きだと思った。

(何より、夢でも幻でも錯覚でもなくて、良かった——)

ここに狸はちゃんといて、子どもの頃のあの楽しかった日々は、ちゃんと現実のことだったのだ。そう思うと、こみあげるように泣きたくなってきて、危うく涙を呑み込んだ。

仮にも教師としては、涙もろすぎるのも、ちょっとどうかと思う。

軽く咳払《せきばら》いして、そして敬は訊いた。

「みんなも元気なの？　いまもまだ、この学校で暮らしているの？」

『うん』

大きく狸はうなずいた。

『人間さんたちがみんないなくなっちゃったし、学校には誰も来なくなっちゃったから、寂しいけどね。でも前と同じに、学校でぼくらはのんびりと暮らしてる。花子さんは、一日中トイレにいるんだ。誰も来ないってわかってるんだけどね、誰かを待ってる気持ちになるのが楽しいんだって。人体模型さんは、校舎も校庭も、いつでも走り放題になったから、楽しそうに見えるよ。あれ、模型さんいないなって思ったら、どこかで走ってる。ショパンさんは逆に、ひとの耳を気にせずにいつでもピアノが弾けるようになったら、つまらなくなっちゃったみたいで、弾くのやめちゃった。一日中肖像画の中で寝てるみたい。たまにいびきが聞こえるよ』

それでね、それでね、と、狸が楽しそうに話し続けようとしたとき、うんうんとうなずきながら聞いていた敬のお腹が、前触れなく、ぐーっと鳴った。

「ちょっとお腹すいちゃって」

敬が笑って誤魔化そうとすると、狸は、小さな手を打って、『ちょうど良かった』と、笑った。

『いまから、みんなでお花見しようってお話をしてたところだったの。それでぼく、校舎にみんなを呼びに行こうとしてたところだったの。そしたら、きみ、ベンチに座ってるんだもの。

ねえ、敬くんも一緒に、お花見弁当を食べようよ。きっとあのひと、お願いしたら、敬くんの分も、作ってくれるよ。魔法の、とっておきのお花見弁当が作れるんだって』

「――お花見弁当？　え、誰が？」

敬はきょとんとして、首をかしげた。

狸は嬉しそうに笑う。

『お客様だよ。この町に久しぶりにやってきてくれた、人間さんのお客様。魔法使いなんだって。ええっと、なんていったっけ。そう、「善い魔法使い」さんなんだって。お料理するのが好きなひとで、いまちょうど、お花見弁当を作りたい気分だったから、作ってくれるんだって。魔法の力ですぐに作ってあげるから、できあがったら、みんなでお花見しましょう、って、そんな話をしていたところだったの』

『善い魔法使い』？」

絵本か童話か、お伽話《とぎばなし》の中の言葉みたいだと思った。たしか、『シンデレラ』に出てくる魔女が、そういう名前で呼ばれていなかっただろうか。それから、『オズの魔法使い』に登場する魔女、あれも善い魔女、つまりは善い魔法使いの仲間みたいな気がする。

「――魔法使いが、お花見弁当を作るの？」

なんだか不思議な気がしたし、そもそも魔女とか魔法使いとかは童話や絵本の中の存在で、この世に存在するのだろうか、とはちらっと思った。けれど、化け狸やトイレの花子さんなどと子どもの頃から友達の自分が今更不思議に思うようなことでもないとも思った。

学校の怪談や七不思議が実在するのがこの世界なのだ。魔法使いがやってきてお花見弁当を作ったりお花見することだって、あっても当たり前なのだ、きっと。

『魔法使いの人間さんねえ、みんなで楽しくお花見しましょうね、っていったよ』

そして、『ほら、そこ。そのひとだよ』

と、楽しげに校庭の一角を指さした。

敬は振り返ったけれど、そこには誰もいなかった。

ただ桜の木があって、はらはらと花びらが散っているだけで。

さっきから、そうだ。校庭には誰もいないはずだった。ひとの気配なんてなかったのだ。

「――狸さん、そこ、ってどこ?」

敬は立ち上がり、春の空の下、手庇《てびさし》をして、狸が指さす方を、まじまじと見つめてみた。

すると。

桜の花びらが降る中に、ふと、空の色の大きな自動車が停《と》まっているのが見えてきた。昔風のデザインで、四角い感じの、丸いライトの。知らない車種だけど。あれはたぶん四輪駆動車だと思う。どこまでも走れてしまうような車だ。キャンピングカーじゃないかなと思う。

(あれ、あんな自動車、校庭に停まってたっけ?)

神に誓って、あそこに車なんて停まってなかったと思う。

首をかしげるうちに、自動車のそばの草むらに、舞い落ちる桜の花びらにじゃれるようにして、猫たちが何匹も楽しそうに走ったり、寝転んだりするのが見えてきて――そして、猫たちのそばには、つややかな、白い琺瑯に青い字が書かれた看板が、いつの間にやら立っているのだった。

「――『不思議カフェNEKOMIMI?』」

さらに、看板のそばには、これもいつの間にか、テーブルクロスのかかった可愛い白木のテーブルと、椅子がいくつか置いてある。そう、ほんとうにいつの間にか。さっきまで、そこには何もなかったのに。

それがいまは、テーブルも椅子も看板も、昔からここにありましたよ、というように、静かに並んでいるのだった。

「まさか、というか、なるほど、というか……」

文字通り不思議なカフェなのか、と呟いたとき、

「そうですよ」と笑みを浮かべながら、車の中から、年長の女性が姿を現した。

「魔法使いが、趣味で美味しいものをお出しする、ちょっと不思議な魔法のカフェなんです」

言葉にしたその台詞《せりふ》に、自分で楽しそうに笑って、女のひとは、軽く胸を張る。

「いらっしゃいませ、お客様。――あなたはどうやら狸さんのお友達なのかしら？　良かったら、お花見、一緒にしませんか？」

「はい。狸さんの友達、ですけど――その、いいんでしょうか？」

魔法使いが作るお花見弁当って、いくらくらいなんだろう、とふと冷静に考えてしまう。お財布にいくら入れてたっけ？

「お代はいただきませんよ」女のひとは笑う。

「趣味でやってる魔法のカフェですもの。お腹のすいたお客様がそこにいて、わたしの作るものを食べてくれるというだけで、わたしには何よりのお代になるの」

てのひらでそちらへ、とうながされるままに、白木の椅子に腰をかける。彼女が店主で魔法使いさんなのかな、と敬は物語の中に入り込んだような気持ちになって、胸がときめく。

そのひとは腰に巻いたカフェエプロンが似合う、さっぱりと清らかな感じの、賢そうな女のひとで、手には、これもいつの間にやら、良い香りのお茶を載せたおぼんを持っている。どうぞ、と、テーブルにお茶を出してくれた。熱々の湯呑みからふわりと湯気が立った。

彼女の足下からひょろりと小さな黒猫が顔を出した。何か違和感があると思ったら、緑色の目のその猫は、二本足で立っていた。

敬を見ると、用心深げな顔をして、女のひとのうしろに隠れるようにした。

使い魔なんだろうか、とつい思ってしまう。

「あのう」敬は、恐る恐る訊ねてみる。

「あなたはその、魔法使いさん、なんでしょうか？」

うふふ、と楽しげにそのひとは笑う。謎めいた表情のせいもあって、年齢がちょっとわからない。まだまだおばあさん、ではない。さりとて、お姉さん、というほど若くもない。

いままでいろんな街の街角で、すれ違ってきたことがある、そんなひとのように思えるのはなぜだろう。不思議な懐かしさと親しみを感じさせる笑みを、口元に浮かべていた。

（ああ、たしかに、魔女っぽい、というか、魔法使いみたいなひとだなあ）

と、思った。


春の優しい色の空の下、桜の花びらが舞い散る中で、敬は、トイレの花子さんや、人体模型、ショパンの肖像画のお化けと再会した。

妖怪たちは、おとなになった敬を見上げ、照れたように笑ったり、喜びのあまり校庭を駆け回ったり、静かな笑みを浮かべたりした。

店の主は、どうやらほんとうに魔法使いなのだろう。妖怪たちがテーブルについても、面白そうに目を輝かせるばかりで、驚くことも怖がることもない——いやそもそも、それ以前に、喋る狸と会話済みだったあたりで、常人ではあり得ないのだと、敬は思い返したりもした。

やがて、桜の木の下、白木のテーブルの上に置かれたのは、赤い地に桜の花が描かれたお重で、まるで花盛りのように、色とりどりの美しいお弁当だった。敬や妖怪たちは、ひとめ見て、歓声を上げた。

可愛らしい手まり寿司が、ころころと。サーモンや生ハム、酢で締めた鯛《たい》の刺身が巻いてあって、そこに木の芽や刻んだゆずの皮が飾られていたり。美味しそうなだし巻き卵に、さっと焼いて醤油で味付けした車海老《くるまえび》。春野菜を煮たものや、味噌《みそ》を塗った田楽。赤くつやつやしたローストビーフを薄く薄く切ったものに、合鴨《あいがも》のこれもロースト。甘酢で味付けして、花びらのように薄赤く染めた薄切りの蕪《かぶ》に、菜の花も添えてあって。そして、

「手まり寿司を作ったものの、竹の子ご飯も炊きたくなっちゃって、入れちゃった」

美味しそうな竹の子ご飯も、入っていた。

飲み物には、小さなグラスに入った梅酒と、熱いお茶を。

店主の魔法使いは、黒猫と一緒に、自分たちの分のお弁当と小さなテーブルをいそいそと持ってきて、そしてみんなで、お花見の時間を楽しんだのだった。


桜の花びらが舞い散る中で、お弁当を美味しくいただいて、食後には桜あんの安倍川《あべかわ》餅と濃いめに淹れたお茶が出て。

幸せにお腹がいっぱいになって。昔ならここで、町のひとたちが持参したカラオケの機械で、のど自慢大会とか、そういう流れになっていたよね、と、狸たちと懐かしく話していたら、店主が、

「あいにくカラオケにはくわしくないもので、カラオケの機械はわたしには魔法で出せないみたい。だけど、これなら用意できるかも」

と、桜の木の下を指さした。そこに次の瞬間、出現したのは、美しいグランドピアノだった。

敬たちは、わあ、と声を上げ、そのまわりに集まり、そして、ショパンが嬉しそうに、鍵盤の上に長い指を滑らせ、躍らせた。

彼の弾くピアノの音に、みんなは耳を澄まし、優しい春の風の吹きすぎる音と一緒に、楽しんだりした。つややかに黒いピアノの蓋には、桜の花びらが降りそそぎ、その様子が光のよう

にきらきらと映ったりした。

気がつけば、日が傾き始めるくらいまで、みんなはピアノのそばで過ごし、ショパンの伴奏でうたったりして、最後に、敬がみんなのリクエストで「別れの曲」を弾いた。

子どもの頃は、つっかえつっかえでないと弾けなかった曲が、いまは敬のお父さんやショパンのお化けほどではないけれど、上手に弾けるようになっていた。

店主も黒猫も、そしてみんなも拍手してくれて、敬は、

「いやいやどうも」

と、頭に手をやって、笑った。


じきに夕方がやって来るし、その先には夜が来る。

帰りは下りの道だから、上りより楽だろうとは思いつつも、暗くなる前に山を下りようと思えば、そろそろみんなにさよならしなければいけない――敬はそう思い、迷いながらも、

「――ぼく、そろそろ帰らないと」

と、古い友人たちに、その一言をいった。

学校の妖怪たちは、しんみりとした表情を浮かべ、喋るのをやめた。

懐かしい思い出話や、いまの都会の生活のことや――都会ではお化けに会ったことがないんだよ、なんて話とか――それまで賑やかなくらいにいろんなつきない話をしていたので、急に静かになって、風の音や桜の木の枝葉がその風に鳴る音だけが、あたりに響いた。

みんなが黙り込むと、別れの寂しさが身に染みるようだった。

狸が、少しだけ泣きそうな声で、訊いた。

『敬くん。今度はいつ来てくれるの？　また来てくれるよね？』

妖怪たちは、小さくそれぞれにうなずいた。

昔、敬が子どもだった頃は、敬の方が見上げたり、尊敬したり、少しだけ怖かったりもした仲間たち——古い友人たちが、いまはすっかり、小さくなって見えた。

心細そうな、寂しそうな様子に。

「きっとまた来るよ。すぐに来る。だから——」

敬は笑顔でそう約束しながら、切なくなっていた。

(子どもの頃、この町とさよならしたときと同じだ)

あのときも、またきっと戻ってくると思っていた。この山里が大好きで、友達のことも、町のひとたちのことも、先生も、古い校舎も優しく美しい自然もみんな好きだったから。

だからきっとすぐに帰ってくるんだ、いつでも帰ってこられるんだから、と思っていた。

(でも、そういう訳にはいかなかった)

時間はすぐに経ってしまう。きっと今度も同じことになる。悲しいけれど、都会で生活していれば、竜宮城での時間のように、飛ぶように時は過ぎて行ってしまうのだ。心の中は変わらずにいても。みんなを、思い出を大切に抱きしめていても。

そしていつか、敬が忙しさに紛れて、この町のことを、大切な友達のことを忘れてしまったら、この優しい妖怪たちは、この校舎の中で誰にも知られずに暮らしたまま、忘れられてしまうのだろうかと思った。

世界から完全に消え去ってしまうのか、と。

(そんなのだめだ。そんなに寂しいのはだめだ)

こんなに優しいのに。人間のことを大好きだって思ってくれているのに。

(寂しかった頃のぼくの、友達になってくれた、お化けたちなのに)


敬は深くうなずいた。

そして、いった。妖怪たちに手をさしのべて。

「ぼくと一緒に都会に行こう。そして、ぼくの学校にすみついてくれないかい? 新しい学校の怪談のお化けになって欲しいんだ。都会にだって、妖怪がいてもいいと思うんだ」

えっ、と、妖怪たちは息を呑んだ。

敬は、身を屈めて、笑顔でいった。

「大丈夫。ぼくが一緒だから怖くないよ。もし、誰かが君たちを見つけて、『妖怪なんていない』『そんなものいるもんか』なんていうことがあったら、ぼくは百回、いや妖怪はいる、ここにいるよ、っていってあげるから。世界には優しい、人間が大好きな妖怪たちがいる、ぼくはそれを知ってる、だってぼくの友達だからって、百回も千回も、いってあげる」

狸たちは最初、驚いたようにあわあわとした表情を浮かべた。それから互いに目を合わせ、どうしようというような表情を浮かべあい、迷うように空を見上げたり、うつむいて地面を蹴ったりしばし考えこんだりして――やがて、みんなが敬を見上げて、大きくひとつうなずき、嬉しそうに笑った。

敬もうなずき、そして言葉を続けた。

「みんなにお願いがあるんだ。昔のぼくのような、寂しい子どもの友達になって欲しい」

妖怪たちは互いに目を見合わせるようにして、そしてまたうなずいた。嬉しそうに。

「都会の街にも、昔のぼくみたいに、人間の友達が作れない、怖がりだったり、傷つきやすかったりする子どもがいるんだ。

たとえば、遠くの国から、日本に来たばかりで、寂しくて不安な子どもたちもいる。楽しくて幸せそうに見える子だって、がんばりすぎて疲れちゃったりしてることもある。生まれつきひとづきあいが苦手な子もいる。家の中がうまくいっていない、辛い子どもだっている。そんなとき、現実がすべてじゃない、お話の世界みたいに、不思議な者たちはいるんだ、って気づくことで、ほっとする子どもはきっといると思うんだ。昔のぼくみたいにね。世界は見えている姿だけがほんとうじゃないって知ることは、人間にとって、大切なことなんだよ。

たぶん、人間には闇が必要なんだ。見えないことを畏《おそ》れたり、未知の世界を夢見る時間も必要なんだよ。科学や常識で、何もかも照らされてしまうと、明るすぎて疲れちゃうんだよ。

――だからね、ぼくと一緒に行こう。来て欲しいんだ」

敬はにっこりと笑った。

いつか、この懐かしい校舎や校庭が、緑の波に優しく呑まれて、ここで暮らした子どもたちや先生の記憶が、時の彼方《かなた》に消えてしまうとしても、遠い都会の街で、学校のお化けたちが暮らしているのなら——人間の子どもたちの友達になったり、怖がられて伝説になったりしたら、ほんとうには消えないような気がした。少なくとも、自分はそう思える、と敬はうなずいた。

見上げる桜の木は、静かに花びらを散らしていて、桜もまた、優しい妖怪たちが敬とともに行くことを喜び、その旅立ちを言祝《ことほ》いでくれているような気がしたのだった。


魔法使いの店主が、みんなに声をかけた。

「良かったら、わたしの車で下まで送っていきますよ。すごいんですよ、この車。魔法の力で、空を飛べたりするんですから。空のドライブなんていかが？」

妖怪たちが、わあ、と声を上げる。

敬は、楽しくなって、声を上げて笑ってしまった。

(世界にはお化けがいて、魔法使いもいる。人間が気づいていないだけで、不思議なことも魔法も、たくさんあるんだ)

なんて素敵なことだろう、と思うと、いつの間にか目の端に涙がぽっちりと浮かんでいて、ああほんとにぼくは、この涙もろいところは直さないとな、と苦笑したのだった。

第三章

不思議の庭

1

「まあずいぶんと、気持ちの良い街ねえ」

七月の初め。じきに七夕という頃だ。

律子《りつこ》は久しぶりに地上に降りて、黒猫のメロディとともに、午後の街をそぞろ歩いていた。

生まれ育った街からはだいぶ離れ、おそらくは律子のことを知るひともまずいないだろうという、そんな見知らぬ街でのことだ。

広々としたアーケードは、明るくて華やかで楽しげで、そして賑《にぎ》やかで、歩いているだけで、自分も元気になれそうだった。

アーケードを吹きすぎる乾いた風が、七夕の飾りを揺らし、夏の熱気を散らしていく。

ひとならぬ身になった律子には、もう夏の暑さも以前感じていたほど苦痛には感じないのだけれど、吹きすぎる風の心地よさは、いまも不思議と変わらずに感じるのだった。

緩やかに流れる川沿いに広がる大きな街の、中心部にあるその商店街には、アーケードの天井から七夕の飾りが吊《つる》され、あちこちに綺麗《きれい》な笹《ささ》が飾られていた。

笹には願い事が書かれた五色の短冊がたくさん下げられていて、緑の笹の葉とともに、風にひらひらと揺れていた。黒猫のメロディはたまに、揺れる短冊に見とれて立ち止まり、律子に置いていかれそうになり、慌ててあとを追いかけてきたりしていた。

じきに夕暮れが訪れようとする時間、学校帰りや塾に向かうところらしい子どもたちが、急ぎ足で歩いていたり、友達同士ふざけあっていたり。夏のすっきりした制服姿の中学生や高校生たちは、おしゃべりしながら、書店や文房具店をのぞいたり、屋台のアイスクリームを買っていたり。

仕事の途中らしいおとなたちや、お買い物の途中のお母さんたちは、そんな子どもたちの様子を見て、自分たちもちょっと楽しげな表情になって通り過ぎていったり。

「子どもたち、みんな楽しそうねえ」

なんといってもじきに夏休みだ。そろそろ短縮授業も始まって、子どもたちにはいちばん嬉《うれ》しい時期よね、と、律子は微笑《ほほえ》む。子育てをしたことはないけれど、遠い昔には、自分もあれくらいの年齢だったことがあるから知っている。

足下をとことこと歩いているメロディが、律子の顔を見上げて、猫の笑顔でにっこりと笑う。

『なんか、楽しいね』

猫というものは、ひとの感情の放つふわりとした見えない波を感じ、ともに浮かれたり、喜んだりする生き物だから——この猫はもう純粋な猫ではない存在になっているとしても——メロディもまた、子どもたちのうきうきとした気分とともに浮かれて、律子の楽しげな、その心と同調して、その足取りの通りにうきうきとしているのだろうと思う。

律子はメロディに話しかける。

「そうねえ、七月のいまの時期は、クリスマスとどっちかってくらい、楽しい時期かも知れないわよね」

『一年で、っていうこと?』

「そう。人間にとっては、一年で一番目か二番目に、素敵な時期」

『魔法使いや猫にとっても、だね』

「そうね」

メロディは風に揺れる短冊たちを見上げ、目を丸く見開くと、

『七夕、不思議で楽しいねえ』

と、律子にしか聞こえない声で話しかけてきて、笑うのだった。

『それとこの街、なんだかすごく、気持ちいいねえ』

「メロディもそう思う?」

『うん。——どうしてかな。綺麗で、気持ちいい風がいつも吹いてるみたいっていうか、涼しい場所でお昼寝しているみたいな気分になるっていうか。——あ、赤ちゃん猫のときに、お母さん猫と一緒に寝てたときみたいな、安心で、幸せな気持ちになる気がする』

「ああ、なるほど」

律子はうなずく。律子には猫のお母さんはいないけれど、たしかに、人間のお母さんや優しい祖父母に抱っこされ、見守られていたときのような優しさを感じる。穏やかな優しさが、街を包む空気に満ちているような。

「――不思議ね。どうしてかしらね」

そこにいるだけで、ほっこりと気持ちが和み、肩から力が抜けて楽になるような、そんな街だった。

街を歩くひとびとの表情も柔らかで、幸せそうに見えるのだ。

商店街のそばに、大きな公園があった。ブランコがあり、滑り台があり、ベンチや花壇もあって、昔ながらの町の公園、という感じ。律子には懐かしく思えるかたちの公園だった。夕暮れてきて、空気が少しずつ紫色がかってくると、公園の情景は古い時代の写真の中の光景のように見えた。

もう子どもは家に帰る時間だからか、人影はない。

ふと、何か聞こえたような気がして、立ち止まった。――子どもの声、泣き声だ。

小さな子どもが近くで泣いている。

夕暮れの風に乗って、切れ切れに聞こえてくる。とても悲しそうな、不安そうな声だ。

「あらあら、どうしたのかしら?」

律子はメロディと目を見合わせて、辺りをうかがった。

公園のどこかで子どもが泣いている。

「――お母さん、っていってるみたいね。迷子かしら？」

見回しながら探していると、ふと、目の前をよぎる小さな影があった。

「あら、猫ちゃん」

子猫が一匹、いや二匹三匹と、どこからともなくわらわらと駆けてきて、足下を駆け抜けてゆく。薄闇の中を、すうっと駆けてゆく。

不思議なことに、子猫たちのからだはうっすらと光を放っていて、一歩歩くごとに、地面に光が散るように見えた。公園を走るごとに、星くずを撒《ま》くように見えるのだ。

子猫たちが行く方から、小さな子どもの泣き声が聞こえるような気がした。

律子は子猫たちのあとを追おうとしたけれど、少しずつ夜の色が濃くなってくる公園の中で、子猫たちの小さな姿は幻のように消えてしまった。しかしメロディが、

『こっち』

と、黒いからだを翻すようにして、どこかを目指して走り出した。

公園のそこここに配された、懐かしいかたちの街灯が、ぽつぽつと灯《あか》りを灯《とも》し始めた。

公園にはたくさんの植栽があり、その木々の間を抜けて歩いていくと、街灯の下に、ベンチがあった。

小さな女の子が、ひとりでベンチに腰掛けていた。両手を目に当てて泣いている。

その子の方へ、光る子猫たちは駆け寄り、ふわりと、まるで羽毛のように軽い感じで、それぞれにベンチに飛び乗る。小さなからだから、星くずのような光が散った。

子猫たちはそれぞれに女の子に寄り添ったり、泣いている顔を舐《な》めてやったり、膝《ひざ》に乗って小さな頭をこすりつけたり、どうしたの、というように、愛らしく鳴いたりした。

女の子は、驚いたように泣くのをやめて、自分のまわりに集まる子猫たちを見つめて、そして、笑った。

「猫ちゃん、かわいい」

律子がベンチに歩み寄り、女の子に話しかけようとした、そのときだった。

ベンチの、女の子が腰掛けているその後ろの辺りに、いつの間にやら、もうひとり、泣いていた子よりも大きな女の子の姿が、ふっと現れた。

その子もまた、子猫たちのように、からだが淡く光っていた。切りそろえたおかっぱの髪が揺れるたびに、星くずのような光が、夜の空気に散った。

その女の子は、まるで夜風が声になったような、優しく柔らかな声で、

『どうしたの?』

泣いていた女の子に問いかけた。

『あなたはなんで泣いているの? もう夜になるのに、どうしてひとりぼっちで公園にいるの?』

「お母さんがいないの。さっきまで一緒に商店街を歩いていたのに、気がついたらいなかった

の。だから、さがしてるの」

小さな女の子は洟《はな》をすすり上げた。

おかっぱの女の子は、自分もベンチの、小さな女の子の隣に座ると、そっと女の子の頭をなで、慰めるようにした。

『そうなの。迷子になったのかな?』

「お母さんが、迷子になったんだと思う」

『そうなの。たいへんね』

女の子は、うなずいて、微笑んだ。

「そうなの。たいへんなの」

小さな女の子は目元の涙を拭きながらうなずく。

「お母さんが迷子になったから、わたし、心配して、悲しくなったの。かわいそうで、涙が出たの。お母さんもきっと、泣いてると思う」

口を尖《とが》らせる小さな女の子を、おかっぱの女の子は、優しい目で見守っていた。

おかっぱのその子は、半袖《そで》のブラウスの下に、もんぺを穿《は》いていた。律子がテレビドラマや映画、それか古い時代の写真や映像でしか知らないような、そんな昔のズボン姿だ。

(まあ、まるで昭和の戦争の時代の子みたいな格好をしているわ。おかっぱの髪も、昔風よね。よく似合っていて、可愛《かわい》いけど)

つい微笑むと、おかっぱの女の子は、律子の視線に気づいたのだろう。顔を上げて、はにかむように笑った。

　ふと、駆けてくる足音がした。

　若い女のひとが、ベンチにいる女の子目指して、

「あ、こんなところにいた」

　まっすぐに走ってくる。

「あ、お母さん」

　女の子はベンチから立ち上がった。

　女のひとは――その子のお母さんは、小さな女の子に駆け寄ると、抱き上げるように両腕で包み込み、ぎゅっと抱きしめた。

「お母さんのそばからはなれちゃだめっていったでしょ」

　怒っているのに、泣いているような声だった。

　小さな女の子は大きな声で泣きながら、ぎゅうっとお母さんにしがみついていた。

　その様子を、おかっぱの女の子と子猫たちは、微笑みながら見守っていた。女の子の黒い瞳のまなざしは、どこか懐かしいものを見つめるようだった。なぜだろう、憧れるような、寂しそうな、少し切ない、そんな視線だと律子は思った。

　お母さんは、腕の中の女の子を抱きしめながら、ふと我に返ったように、その場にいた律子とおかっぱの女の子に会釈した。いままで我が子以外のものが目に入らなかったのだろうと律子は思い、自分も軽く会釈した。

お母さんはもう一度会釈しながら、その場から歩み去っていき、そして、律子が振り返ったときには、おかっぱの女の子も、そして子猫たちも、その場からいなくなっていた。

最初からそこに誰もいなかったように。

律子はメロディと目を合わせた。

そして、律子は呟《つぶや》いた。

「うん、そんな気はしていたのよ。あの子たちはどうやら、普通の女の子や、子猫たちじゃなかったのね」

律子がそうであるように、あの子と猫たちは、この世の存在ではなかったのだろう。

迷子になって泣いている小さな女の子のそばにそっと寄り添ってあげた、優しくて、寂しそうな存在たち。

メロディがその子たちの気配を探すように、未練げに辺りを見回しながら、

『昔に死んじゃった子猫たちだったね。女の子もそうだったねえ。死んでお化けになったのかなあ……』

「そうねえ。お化けになって、いまもこの街に住んでいるのかも知れないわね」

そうして、泣いている子どもがいれば、いまみたいに、そっとそばに行ってあげているのかも知れないな、と思った。泣き止《や》むまで、話を聞いてあげる、そんな優しいお化けなのかも。

「——昔の戦争のときに、死んだ子たちだったのかも知れないわねえ」

だとしたら、もう七十数年も昔に亡くなった子どもたちだ。戦争が終わって、焼け跡から平

和になっていったこの国を見守ってくれていたのかな、と思った。

ずっと子どもの姿のままで。


空には一番星が光り、やがて二つ三つと星の数が増えていった。

律子はメロディと一緒に、緩やかに流れる川の方へと足を進めた。川原には夏草が茂り、夜風に静かに揺れていた。空飛ぶ車は、この川原の一角に停《と》めてある。けれど、まだこの街から飛び立つのは惜しい気がして、律子はゆるゆると歩き続けた。

川沿いには綺麗な遊歩道があり、川の向こう岸へと、古い大きな石橋が架かっている。そこここに、蛍のように街灯が灯っていた。橋のたもとには、良い香りの白い百合《ゆり》の花がいくつも咲き誇っていた。

歴史のありそうな苔《こけ》むした石橋のそばには、橋の名と、その橋の由来が書かれた看板が立てられていた。

「——百合姫橋《ゆりひめばし》、ですって」

遠い昔、戦国の世に、遠くから落ち延びてきた様子のお姫様と、その従者の若者ひとりが、夏の夜更け、この橋へと辿《たど》り着いたという。けれどひどく傷つき疲れ果てていたふたりは、橋を渡り終えたところで、哀れ力尽き、ひと知れず息絶えたとか。

夜が明けて、ふたりの亡骸《なきがら》に気づいた、当時の街の住人たちが、可哀想《かわいそう》にと涙し、手を合わせ、ふたりの魂が安らかに眠れるようにと大切に弔って、小さな祠《ほこら》を建てたとか。

姫君の亡骸は手に白い百合の花を持っていて、不思議なことに亡骸を埋めた川原の、橋のたもとにある祠のそばには、それからは夏が来るごとに、百合の花が群れて咲くようになった。誰が言い始めたものか、最初はただの石橋と呼ばれていた橋が、いつか百合姫橋と呼ばれるようになった、と。

「祠を建てて以来、里の民は守られ、どんな災いも流行病《はやりやまい》も、不思議とこの橋を越えてくることはなかったので、これは亡くなった姫君と従者が神となり、この地を守護してくださっているのだろうと、里の者たちは感謝して、祠は後に、神社となり……」

気がつくと、橋のそばには、豊かな樹木に囲まれた古く瀟洒《しょうしゃ》な神社の姿が見える。

「ああ、お姫様と従者を祭っている神社って、あの神社なのかな。お伽話《とぎばなし》か、昔話みたいなお話ねえ」

神社のまわりにも、百合の花は星のように咲いていた。

神社のそばにも由来が書かれた木の看板があり、やはりこの社の名前は百合姫神社《ゆりひめじんじゃ》。太平洋戦争末期、この街が空襲に遭った際、神社とそこに逃れたひとびとは炎から守られた、まことに霊験あらたかな社であると、そんなことが書いてあった。

黄昏時《たそがれどき》の、静かな空気の中で、神社は静かに佇んでいる。聖域を包む木々の枝葉が風にそよいでかすかな音を立てていて、それに誘われるように、律子は一礼をして鳥居をくぐり、神社の境内に入っていった。

綺麗に手入れされている、手水舎《ちょうずや》の冷たい水で手を洗い、玉砂利を踏みながらのんびりと境内をめぐる。おみくじの自動販売機があって、引いてみると大吉で願い事は叶《かな》うとあり、メロディとふたりで喜んだ。七夕の笹は、この神社にも飾られていて、笹も短冊も、夜風にそよいでいた。短冊の願い事のひとつに、たぶん子どもの字で、「戦争が終わりますように」とあるのが目についた。

そういえば、と律子は思い出す。商店街のそこここにあった笹の、その短冊でも、平和を願う願い事が書かれたものを何枚か見かけたような気がする。

お賽銭《さいせん》に五円玉を入れ、大きな鈴を鳴らして、神様に手を合わせた。

隣でメロディも後ろ足で立って、肉球の手を合わせているようだった。

(はてさて、何を祈願しようかしらね)

目を閉じてため息をつきながら、自然と祈っていた。

願い事は、わたしも同じだなあ、と。

「――平和な時代が来ますように」

海の向こうでずっと戦争が続いていて、開戦以来、そのことがとても辛《つら》かった。きっと世界中でいろんなひとがそうであるように。

いまは気ままな旅暮らし、ひとの街で、ひとの中で暮らしていない律子でも、遠い異国の街で、毎日ひとが傷つき、死んでゆき、街が壊されているという事実から逃れることはできない。

空飛ぶ車で飛んでいけば、ひとりでもふたりでも救えるのではないだろうかと思うこともあるけれど、律子の小さな手では掬《すく》いきれないほどのたくさんの命が日々失われてゆくという現実にただ圧倒されて、動けなくなってしまうのだった。

そうして心のうちで、何かが傷み、腐っていくような、柔らかなものが傷ついてぼろぼろになっていくような、そんな気分を日々味わっていた。

気がつくと、心が哀《かな》しみの淵《ふち》に沈んでいる。

誰かに祈るとしたら、これしかないのだと内心ではわかっていたのかも知れなかった。

(人間っていつになったら、誰も傷つけない、平和な時代を生きていけるようになるのかしら――)

夕方の公園で出会った、おかっぱ頭の女の子と、子猫たちのことを思う。昔の、太平洋戦争のときに亡くなった子どもだとしたら、あの子はどんな最期を遂げたのだろう。

そして、ここに祭られた神様たちも、その昔、戦の火に追われて落ち延びてきた姫君とその従者なのだと思うと、そのひとたちは――いや神様たちは、もし、ここで、この街のひとびとを見守っているのなら、どれほど未来になろうと平和を手に入れることができないこの世界のことをどう思っているのだろうか。

(悲しいよね、きっとね……)

切なくなったとき、目の端にちらりと、何か光のようなものが見えたような気がした。

目を閉じているはずなのに、まぶたの前をすうっと通り過ぎる、白く美しい衣と、長くつややかな黒髪が見えたような。百合の花の香りを感じ、衣擦《きぬず》れの音を聞いたような気がした。

目を開けても、ただそこには古いお社があるばかり。

黄昏時の一瞬の幻を見たような、そんな不思議な気分を律子は味わったのだった。


その夜は、月がとても綺麗だった。

律子は川原に車を停めたまま、車のそばにテーブルや椅子を出して、メロディや、そして旅の仲間の代々の猫たちの魂、草花の魂たちとともに、月を見上げていた。

夏の月は神々しいほど明るかった。その前をときにゆっくりと雲が動き、レースのカーテンのように、その光を遮り、また通り過ぎていく。雲間から姿を現す月の光は、地上を見下ろす、何か大きな存在の瞳のように思えた。

(月はきっと、変わらずに地上を見下ろしてきたんだろうな)

何百年も、何千年も。神様のように。

人間が生まれ、育ち、死んでゆく様子を。

何を思って、見守ってきたのだろう。

(わたしがお月様だったら、悲しくなったり、空《むな》しくなったりしてたかな。人間っていつまでたってもなんて愚かなんだろうとか思っていたのかな)

なんてことを、つらつらと考えていると、

『そうよ。お月様だけじゃなく、魔神もね。ずうっとひとの子を見守ってきたわ。その国々や歴史をね。そして、呆《あき》れたり悲しくなったりしてたのよ』

いつの間にやら、魔神が入っている金色の大きなランプが、ころんと、律子の足下の草の中にあった。

少しだけ、律子は苦笑して、ランプをなでてやり、猫の姿の魔神を召喚《しょうかん》した。

「一緒にお月見をしましょうか、魔神さん」

薔薇《ばら》と薄荷《はっか》の香りの風がふわりと吹いて、夜空から舞い降りたように、金の冠をいただき、背に翼を持つ、大きなペルシャ猫が顕現した。

猫の姿をした魔神は、白く美しい毛並みを、夜の風にそよがせながら、

『ごきげんよう、ひとの子よ』

と、青い瞳を細めて微笑んだ。

そして魔神は、律子の傍らで、ともにしみじみと月を見上げた。

『お月様とお話ししたことはないけれど、やっぱりわたしたち魔神と似たようなことを思ってるんじゃないかと思うことはあるわ。長く長く、永遠の時を生きて、地上に生きるひとの子たちを、見守ってきたんですもの』

魔神はこほんと咳払《せきばら》いをすると、天《あま》の邪鬼《じゃく》に聞こえる言葉を続けた。

『まあね、魔神は長く生きるから、ほんの気まぐれの暇つぶしに、たまにひとの子の暮らしを見てきた、ってことですけどね。――それでね、さっき、あなたが思ったようなことを、わたしは何度も思ってきたわ。ひとの子って、ほんのわずかな間しか生きないものを、よくもまあ、互いに傷つけ合い、殺し合ったりするものよね、って。

時間をかけて、地上に育てた文明も、美しい建物も集落も、耕した畑も、育てた果樹園も、

みんな壊してなくしてしまう。平和に穏やかに、命があることに感謝しながら、限りある生を、ただ大切に生きていけばいいものを、なんでわざわざ砕いたり焼いてしまったりするのかしら、と。ひとの子には――魔神にだって――一度消えた命を蘇《よみがえ》らせることはできないというのに。

――馬鹿よねえ、ほんとうに』

静かに、魔神は呟いた。

『このままだといつか、時の彼方《かなた》にひとの子は、故郷のこの地を果てまで焼き尽くし、命が生きていけない世界に変えてしまうのではないかしら。そうなって初めて、ひとの子は自分たちのこれまでを悔やみ、反省するのではないかしら……』

律子はただ月を見上げた。

太陽が膨張して地球が滅びる遠い未来を想像して怖くなったことがある。けれど、それよりもずっと前に、人間は人間の手で、この星を滅ぼしてしまう可能性もあるんだなあ、と思った。

「ひとの命にも、星の命にも限りがあるのに、どうして大切にできないんでしょうね」

もしかしたら、律子がひとの身のままならば、せめて自分はひととして正しく生きよう、弱いものや儚《はかな》いものを守れるように、少しでも強くあり、ときには声も上げようと思えたかも知れない。――けれど、いまの律子はもう、ひとではない。永遠の命を得る代わりに、人間としての命を生きることから降りてしまった。当事者ではなく、見守る側に回ってしまったのだ。

そのことの無力さと悲しさを初めて知った。

そばにいたメロディが、怯《おび》えたような顔をして、そっと律子に寄り添ってきた。かすかに震えていた。猫は人間の哀しみや恐怖の感情も読み取り、同調してしまう。ましてやメロディと律子は同じ魂を分け合っているようなもの。ダイレクトに律子の思いを共有しているのかも知れなかった。

それならばいま律子の中に広がっている、砂漠のように乾いた哀しみと恐怖とはてしない無力感を、メロディもまた感じているのだろう。

「ごめんね」

律子はメロディをなでてやると、そっと小さなからだを抱き上げ、膝に乗せてやった。静かになでつづけると、やがて震えが止まった。

「――お素麺《そうめん》、茹《ゆ》でようか」

気がつけば、今日はまだ夕食をとっていなかった。

『お素麺?』

メロディの耳がぴんと立った。

「うん、もうすぐ七夕だしね、久しぶりにお素麺茹でちゃおうかなと思って。この車で旅をするようになってからは、初めてかな、お素麺」

いまの時代では、猫に麺類はあげないのが常識だけれど、少し前の時代には、猫にもたまに人間の食べるものを少しだけ分けてあげることがあった。猫用のご飯の研究がまだ進まず、お店でも手に入りづらかった時代のことだ。

猫と暮らすひとびとは、その時代のキャットフードを主食として猫たちに与えつつ、ひとの食べ物の中で、猫にも食べられるものはないか、と研究し、ときに飼い主同士、知恵や知識を互いに分け合ってきた――そんな時代もあったのだ。

律子の家では、祖父母が夏の暑い時期には、つゆをつけない冷やした素麺を、猫たちに分けてあげていた。ほんの少し、数本だけ、猫用のご飯にトッピングしたり、半分おもちゃのように、猫の頭上からたらしたり。猫も喜んで上手にくわえて食べたりしたものだ。それで暑さで食欲が落ちた猫がまた食べ物を口にするようになったりもしたのだ。子猫の頃から食が細く、からだが弱かったメロディも、素麺は楽しそうに食べてくれた。

猫の魔神が興味深そうにこちらに耳を向け、髭《ひげ》を立てた。

『お素麺っていうと、ええと、いつだったかあなたが茹でているのを見たことがあるわ。白くて細くて、ながーい麺のことよね。大きなお鍋で茹でてから、水にさらして冷たくするの。お魚や干した茸《きのこ》、昆布のお出汁《だし》の、冷たいおつゆでいただく――』

律子は笑顔でうなずいた。

「そう、それです。この国の夏の食べ物で、冷たくて美味《おい》しいんです。七夕の時期に食べるものだって聞いたことがあって、実際、わたしの家ではよくその頃、茹でてました」

『わたしにもくださる?』

「もちろんですよ。一緒にいただきましょう」

魔法の車の、魔法のキッチンは今夜も便利で素敵、作り付けの戸棚には、ちゃんと上等な素麺が入っていて、そばには美味しそうな香りのする干し椎茸《しいたけ》や昆布、きれいに薄く削られたかつお節も。使い慣れたメーカーの醤油《しょうゆ》とみりんと砂糖も。流しの横のテーブルには、籠に入った、飾りに使えそうな野菜も色々。ねぎにしょうがにみょうがにと、当然のように薬味になるあれこれもそろっている。

「ああ、オクラがあるわ。欲しかったの」

さっと茹でて薄く切れば、星の形になるオクラは、素麺に載せると七夕風で可愛いのだ。冷蔵庫を開ければ、新鮮なささみも入っていて、これも茹でよう、と律子は微笑む。たんぱく質も大事だ。きっとあやかしにも魔神にも。

魔法のキッチンの魔法の鍋とコンロで、出汁を作り、素麺やささみを茹でる。懐かしい故郷の家の小さな台所で素麺を茹でたときは、コンロの炎で台所の温度が上がって、額に汗をかいたなあ、と懐かしく思い出す。暑かったけれど、窓から吹き抜ける風が涼しかったし、縁側で風鈴が鳴る音もして、それはそれで楽しかった。家族が――祖父母が生きていた頃は、待っている家族のために、美味しい素麺を茹でる楽しみもあったし。

「誰かのためにお素麺を茹でるのって、久しぶりね」

魔法のコンロは、一瞬で沸騰し、みるみるうちになんでも茹であげてくれるので、この車の台所が暑くなることはない。額に汗をかくこともなくて――これはむしろ、律子がもうひとの身ではないからかも知れないけれど。

さて、茹であがったものたちに、ふうっと息を吹きかけると、吐息は氷交じりになって――

雪女みたいね、と律子は笑った——たちどころに、素麺もささみも冷えた。

「どの器でいただこうかしら」

食器棚を振り返ると、いつの間にやら、ガラスの美しい器が並んでいる。見るからに素麺を盛るのに良さそうな、涼やかで大きなものが一枚、取り皿に良いようなものが数枚、それにお出汁を入れるのに良さそうな、小さな器もいくつか並んでいて、

「ほんとうに魔法って便利ねえ」

いつものことながら、律子は楽しくなって、笑ってしまうのだった。


そうしてあっという間にできあがった素麺や、裂いたささみに刻んだ薬味をお皿に載せて、夜空の下でいただいた。

素麺は天の川の流れのように、ガラスの皿の上に綺麗に渦を巻き、光っている。そこここに、オクラの緑の星が灯る。茹でて裂いたささみと、細く切った胡瓜《きゅうり》もトマトも、素麺の白さが引き立つように、添えてある。

猫の魔神は大喜びで、

『なんとこれは、美しい食べ物なんでしょう。——それに、ひんやりして、最高じゃないの』

長い爪の生えた前足——いや手で、魔神は器用に箸を持ち、つるつると素麺を食べた。美味しい美味しいと舌鼓を打つ。

メロディは、懐かしそうに素麺を見つめ、大切そうに爪で数本の素麺を持ち上げ、口にする

と、ちゅるんと吸い込んで、笑った。

『懐かしいねえ、律子ちゃん』

律子も久しぶりにひんやりと冷たい素麺を味わい、魔神とメロディとともに夜風に吹かれた。自分で茹でた素麺は、やはり美味しく、そばを流れる川のせせらぎは涼しげで、その心地よさが今夜は少し寂しく思えた。

(──七夕の笹でも、飾ろうかしら)

願えばこの腕の中に、たちどころに出てくるのだろう。魔神もメロディも喜ぶに違いない。

(そして、短冊に世界平和の願いを書きましょうか)

その願いが叶う日は来るのだろうか、と思いつつ。

ふと、そもそも七夕の行事は、昔は慰霊の、ひとの世に帰ってくる死者を迎えるためのお盆のような行事だったこともある、と遠い日に、本で読んで得た知識を思い出した。

死者たちは──戦争で命を亡くした者たちは、街に飾られた七夕の飾りの陰に、そっと潜んでいるのだろうか。そうして、短冊に書かれた願い事を──時に、平和を願う言葉が書かれたそれを読んで、優しく微笑んだりするのだろうか。

公園で出会った、おかっぱの少女と子猫たちのお化けの、その愛らしい姿を思い出す。優しい声と、はにかんだ笑顔を。

あの子も、生きているときは、家族と素麺を美味しく食べたり、短冊に願い事を書いたりしたのかな、と思った。

そのとき夜風に混じって、誰かの足音が近づいてくるのに気づいた。

ひとの足音に似て、もっと軽く、ひそやかな足音が川原の草を踏んで、近づいてくる。

『あら』

魔神が耳を動かした。面白そうに青い目が笑う。

『なんだか不思議なお客様がいらっしゃるみたいよ。——ふつうのひとの子じゃない、けれどあやかしでもない。そうね、たぶん、魔神にちょっと近いもの。神聖で、大きな魔法の力を持つ、そんな存在たちね』

魔神の言葉が終わる前に、その者は——いや、その者たちは、車が灯す魔法の灯りの中に姿を現していた。

辺りに百合の花の香りの風が、ひんやりと吹きすぎた。

白地に百合の花柄の着物を着た、長い髪の美しい娘と、そのそばに従う、口元に笑みを浮かべた若者のふたりづれで、若者の腰には剣があった。

美しい娘は、にっこりと微笑むと、

『こんばんは。さきほどは、わたくしの社を訪ねてくださって、ありがとうございました』

と、澄んだ声でうたうようにいった。

その胸には、真珠で作られた、十字架がかかっていた。

2

『これはまあ、素敵な車ですこと』

百合の花柄の着物を着た美しい娘は、律子の魔法の車を見上げ、車が灯す光を浴びながら、目を輝かせる。

その昔、この地で倒れ亡くなったという、旅の姫君にしていまは社に祭られる女神であるらしき娘は、とても愛らしかった。

黒く澄んだ瞳は透き通るようで、表情がくるくると変わる。生き生きとした娘なのだけれど、その姿に、うっすらと燐光《りんこう》をまとっている辺りが、ひとならぬものであると教える。

『この車からは、わたくしの街を行き交うにぎやかな車たちとは違って、魔法の香りがいたします。——あなたと同じに。不思議な気配の方、あなたの車なのですか？』

夜風が静かに吹く中に、娘の、鈴を転がすような声が響く。草むらでうたう虫たちの声にもどこか似た、優しい、儚い響きの声だった。

娘は、まるで羽毛が風に吹かれるように、ふわりと、車のすぐそばに足を運び、車内を覗《のぞ》き込もうとする。

明るい光に包まれた魔法の車が、よほど素敵に見えるらしい。もともと、好奇心も旺盛《おうせい》なのかも知れない。――そう思ったのは、生前からのおつきであるらしき若者がそれとなくはらはらしているように見えるからだった。同じく燐光をまとう、おつきの彼も若い。いまの時代に生きているならば、ふたりとも、高校生くらいだろうか、と、律子は頬を緩ませる。

先ほど、この街の商店街で、学校帰りの姿を見かけた、楽しそうできらきらしていた少年少女たち。あれくらいの年齢なのかしら、と思う。ほっそりとしていて、肩の辺りが薄い。まだまだ子どものようにも見える――その若さで、遠い昔、戦乱の火に追われ、傷を負って逃げ延びてきて、この地で命を落としたのだろうかと思うと、可哀想になる。

娘の問いに律子がうなずき、この車は魔法の力で走り、空も飛ぶのだと説明すると、娘は『素敵』と、白い両手を胸元で合わせるようにした。

『わたくし、生きていた頃は、ひたすら地面の上を歩くありふれたひとの身でしたし、死して後いまの身の上になってからも、空を飛ぶなんて素敵なことはできません。まだまだ若く未熟な女神だからでしょうか』

神になった娘は、少し寂しげに笑い、星が灯る空を見上げた。

『鳥のように空を飛ぶことが、いまも昔も憧れで、いちばんの夢なのです。特に生きていた頃は、長い旅を続けながら、この道を飛んでゆけたらどんなに良いだろうと思っていました。どんなに遠くまで旅しても足が痛むこともなく、誰かに追われているのでは、と、うしろを怖がる必要もなく。遠い旅の目的の地へと軽やかに羽ばたいて行きたかった。

そして、故郷を離れて遠くまで行き着いても、またたくまに羽ばたいて懐かしい地に戻れるような、そんな翼が欲しかった。たとえその地がもはや焦土と化していて、知っている者は誰もいないとしても——それがわかっていても、空を舞って帰れればと憧れました』
遠いどこかを夢見るようなまなざしをして、いった。
『わたくしと連れの者が遠い故郷を離れ、はるかなこの地まで長い長い旅をしてきたのは、いまではもうずいぶん昔の話です。旅の途中で斃《たお》れたものの、手厚く弔っていただいたことにえにしと恩義を感じ、それ以来この地を守護する者として存《あ》ることとなりました。ほんとうには「神」などではなく、ただの帰る城を持たない姫だったものが、ついにはありがたくも「神」として祭られてしまい、尊敬され、愛していただいて。
いまはもうこの地を愛し、自分の故郷だと思ってもおりますが、それでもいまも、遠い昔に生まれ育った地の空や海を懐かしく思います。空が飛べたら見に行くのに、と。美しかった城も城下の町も、あの時代に全てが壊れ焼けてしまいました。いまはおそらくは、新しく幸せにひとびとが暮らす街がそこにある。わたくしの知る景色は片鱗《へんりん》も残っていないでしょうけれど、きっと空や海の色は変わらないでしょう。月も日も、あの頃と同じように昇り、沈むでしょう。それればかりは、誰の手にも奪うことも焼き尽くすこともできないものですから』
その声には、もはや哀しみの色はなかったけれど、お伴の若者は辛そうなまなざしをした。
娘は、猫が好きなのだろう。律子が連れている、魂だけの猫たちの群れがそれを感じ取ったのか、娘のそばにわらわらと集まる。娘は、ころがったりすり寄ったりして甘える猫たちに取り巻かれ、身をかがめて、なんて可愛らしいと楽しそうに笑った。

ついには黒猫のメロディを抱き上げ、抱きしめた。昔、故郷の城で、こんな黒猫とともに暮らしていたのだといった。翼ある猫の魔神のそばに恐れも見せずに寄りそうと、巨大な猫の、王冠をいただいた頭に手を伸ばし、白い手で、そっと撫《な》でた。魔神もメロディも、喉を鳴らしながら、娘のしたいようにさせてやっていた。

その様子は、律子の目には、絵の中の光景のように見えた。たとえば、アーサー・ラッカムの絵のように。淡く繊細な、けれど強い色彩と線で描かれた、妖精や植物たちの絵の中の、魔法じみた光に包まれた美しい情景のような。


その夜は、長い長い時間、律子はその娘と、互いのこれまでの話をした。

娘とその連れに、ふと思いついて美味しい冷酒を出したところ、とても喜ばれた。見た目は十代の、現代の基準でいえば高校生であれど、成人も早かった時代の若者たちだし、何しろいまはもうひとではないのだから、お酒もちゃんと美味しいのだろう。

律子も久しぶりに、お酒を口にした。過去に飲んで美味しいと思った日本酒を魔法で出して、切り子の小さなグラスについだ。——どんな珍しい日本酒だって、魔法の車のキッチンの、備え付けの冷蔵庫があれば、扉を開けばそこにきっと、記憶の通りの銘柄の瓶が入っていると決まっている。

お酒が美味しかった上に、互いに会話に飽きることがなかったのは、律子もその娘も、ひとの話を聞くことが好きだったから。ひとが好きで、誰かの生涯について、静かに聞いている時間を楽しく思える性分だったから。誰かが生きてきた、その命と想《おも》いを愛し、大事に思える者同士だったから。

そして、たぶん何よりも、これまでの日々、自分の身の上のことを聞いてくれる相手と出会ったことがなかったからだった。

あやかしも神様も、その辺を歩いていて出会えるようなものではない。元は人間であったものを、時を超えて長く生きるさだめに変じた者はそういない。

月の光が射《さ》す川のせせらぎには、銀の輝きがたまにきらめき、魚たちが、時折跳ねては光の欠片《かけら》のような水しぶきを散らした。

『——理不尽に攻め込まれて起きた戦乱の中で、故郷のくにを焼かれ、家族もみな亡くして、遥《はる》かに歩き続けてきたわたくしは、ひととしての生涯の最後の夜、この川を渡る橋のたもとに行き着いたとき、もうどうでもよくなっていました。ほんとうはまだ、この先までずっと落ち延びて、連れとふたりの旅を続けて、西の果ての、遠い海のある街まで行かなくてはいけなかったのですが。そこからさらに落ち延びて、船で海を渡り、異国へ逃れるようにといわれて旅してきたのです。城とともに果てた両親や家臣たちにきっとそうするようにといわれ、きっとそうすると誓って、落ち延びてきたのですから。

けれどもう、疲れ切っていました。わたくしも連れの者も、城を逃れるときに負った矢傷が癒《い》えないままに酷《ひど》くなり、暑い夏のこと、それが酷く膿んで、熱も出て、歩くことすら辛くなっていたのです。持っていた食べ物も食べ尽くしましたが、空腹を感じないほどに病み、疲れ切っていました。——それでも、別れてきた故郷のひとびとを思い、みながわたくしたちが生き延びることを願っていたと考えれば、一歩でも前に進まなくてはと思ったのですが、これ以上生きることに何の意味があるのだろうかと、ふと思ってしまったのです。この川に行き着く前に、山道で一群の白百合の花が咲いているのを見つけました。わたくしがその花を好きなことを知っている連れが、腰の剣で、花をひと束、刈って渡してくれました。

百合の花は、懐かしい城の庭に咲いていていました。子どもの頃からずっと、そうでした。城が焼けるとき、攻め入った他国の兵に踏みにじられ、焼けてしまいましたが。

故郷を失い、遠く離れて、腕に抱いた百合の花はひんやりとして、優しい良い香りがしました。——なのでもう、このまま休みたいと思ったのです。ここで眠っても許されるだろう、と。もうこんな旅はやめて、懐かしいひとびとがいるところへ行こう、と。

故郷のみなはわたくしに、きっと「天の神様」が守ってくださる、だから歩き続けなさい、といってくれていたけれど——それを信じていたかったけれど——もういいと思いました』

姫君の黒い瞳は、月と星の光の下で、つややかに露を含んでいた。まばたくと、涙が白い頬に流れた。

唇を噛《か》みしめるその表情から漂ってきたのは、哀しみと、そして静かな怒りだった。

『「天の神様」など、きっと、ほんとうにはどこにもいらっしゃらないのです。そんな方はどこにも存在しない。だから、わたくしの故郷は滅んでしまったし、みなが無残に死んで、わたくしと連れだけが、この世に残されたのだと思いました。わたくしの故郷のひとびとは、西洋から来た教えを——天の神様を信じていました。小さなくにでしたが、穏やかに優しく生きるひとびとが住む、平和で豊かなくにでした。わたくしも、神様を信じていましたが、愛するくにを失い、みなと死に別れて、長く苦しく、足を運ぶごとに苦痛を覚える旅を続ける間に、わからなくなってきていたのです。——罪もなく善良なひとびとが無残に殺され、城も町も焼かれ、蹂躙《じゅうりん》されるようなことが許される世界に、ほんとうに神様など存在するのだろうかと』

律子は姫君の言葉に耳を傾けたまま、何も言葉を返せなかった。——それはつまり、律子自身の心の中にすでにあった想い、そして言葉と同じだったからだ。

世界には魔神はいる。魔法も奇跡も存在する。それは自分で経験したから、わかっている。けれど、人間を見守っていてくださる、優しい神様は——絵本に出てくるような神様は、ほんとうに存在するのだろうかと、ときに思うことがあったから。

これまでの人類の長い歴史の中で、無数の天災や戦乱によって失われてきた多くの命の中には、神様に救いを求めた者も多かったろう。でもいつも、救いの手はさしのべられなかった。少なくとも、律子が知って、理解できるかたちでは。

いまの時代、日々報道される遠い国の戦争でも、数え切れないほどの無残な死が、何の意味もない虐殺が続いている。古く美しい宗教施設がいくつもある国が、金色の大天使の像が立つ広場がある国が、なぜあのような不幸な目に遭い、救われないのだろうと思う。

　律子は神様という存在について、本で読んで得た知識程度しか知らない。自らの知識が浅いだろうことは自覚している。――けれどそれにしても、救いを求める声は天に届いていないのか、と理不尽なものを感じてしまうのはほんとうのところだ。

　なぜ神様は――もし存在しているとしたら、見ているだけで、黙っているのだろう。その手をさしのべてはくださらないのだろうか。

　川のせせらぎのように静かな優しい声で、姫君は、言葉を続けた。

『わたくしは、連れの者に、もう旅をやめたいといいました。連れもわたくしの想いをわかってくれました。わたくしどもは乳兄弟、わたくしが生まれたその日から、一日一刻も離れずに、ずっと一緒に育ってきましたから、考えることもいつも、同じだったのです。

　川を渡る橋の向こうに、ひとの住むまちの灯りが見えました。懐かしい光だと思いました。暖かな色の光だと。せめて、あの光に近づいてから死にたいと、そう連れに頼みました。わたくしたちはふたりで支え合い、助け合うようにして暗い川に架かる橋を渡り、そして渡り終えたところで息絶えたのです。

　夜が明けて、日の光に晒《さら》されたわたくしたちの亡骸を、まちのひとびとが見つけ、可哀想にと弔ってくれました。長旅で汚れ、ぼろ同然になっていたわたくしと連れを――傷口が生きながら腐れて、ひどい臭いもしていただろうわたくしどもの亡骸を清め、可哀想にと涙し、手を合わせ、弔ってくれたのです』

姫君は胸元の十字架に手をふれた。

『わたくしと連れの様子を見れば、訳ありの旅の者とわかったでしょう。そのまま路傍で朽ちるまで、ほうっておけばよかったものを、大切に弔ってくれた。天の神様が哀れまなかったわたくしと連れに手をさしのべ、愛を与えてくれたのは、信じる神様が違う、このまちのひとびとでした。

それから、わたくしと連れは、橋のそばにたたずみ、まちのひとびとの暮らしを、ひっそりと見守るようになりました。――命が終われば、もしかしたら天の国へと迎えられるのかと思わなくもなかったのですが、わたくしにはどこへも、行くべき道が見つかりませんでした。そう、わたくしの目には、空へと続く天国への階《きざはし》は、どこにも見えませんでした。もしかして、天国という場所も存在しないのかも知れない、と、わたくしは思いました。もし、天の神様がいらっしゃらないのでしたら、天国がないとしても、おかしなことはありません。

そうして、行くところもないままに、わたくしと連れは、橋のたもとで、優しいまちのひとびとの暮らしを見つめ続けたのです。風のように、光のように、川のせせらぎのように、ひとの目には見えない姿になって』

姫君は連れの若者と目を合わせ、静かな、けれど明るい笑みを浮かべた。

『それはわたくしたちにとって、思いがけない楽しい日々の始まりでした。苦しかった旅は終わり、わたくしたちにはもう何の辛いことも苦しいこともなかったですし。日々懸命に生きていく、穏やかで優しいひとびとの暮らしを見守っていることは、動いている絵巻物を見ているような、飽きない日々でもありました。そうしていることは、いっそ幸せといってもいい、静かな喜びがある日々でした。

優しいひとびとは、わたくしたちの墓標の前にさまざまなお供え物をしてくれ、季節ごとに綺麗な花を飾り、魂が平穏であるようにと、そっと手を合わせてくれました。老いた者も若い者も、愛らしい子どもたちも、わたくしたちに話しかけてくれ、旅の途中で斃れて死んだことを、憐《あわ》れみ、悲しんでくれました。そんなふうに語りかけてもらえることが、どれほどわたくしたちの魂に淀《よど》むように燻《くすぶ》っていた、長い旅の疲れや恨み、哀しみを癒やしてくれたことでしょう。祈っても願っても助けてくださらなかった、天の神様への悲しく恨めしい気持ちを、軽くして、救ってくれたことでしょう。

わたくしはやがて、この優しいひとびとに報いたいと思うようになりました。もとより、故郷を焼かれ、全てを失い、何も持たなかった身の上です。死してのちは魂だけになり、誰かにふれる指先も、語りかける声も失った自分にできることはないようにも思えましたが、それでも何かできることはないのだろうかと思いました。——そんなある日、わたくしは気づいたのです。いつの間にか、自分にはまちを守るにたる、不思議な力が備わっていたということを。

わたくしが睨《にら》めば、橋を渡ってまちに入ってこようとする病魔は立ち所に引き返して行きましたし、まちのひとびとにとりつこうとする、不幸をもたらす者たちのあやしげな影は、みるみる縮み、消え失《う》せて行きました。——ええ、そうです。生きている間には見えなかった、病や不幸が禍々《まがまが》しい形をとり、何も知らないひとびとに漂って近づいてこようとする姿が、死してのちのわたくしの目には見えるようになっていたのです。それを滅することもできるようになっていたのです。

やがてわたくしは悟ったのです。――この身もまた、あやかしになったのだと。ひとの命とからだをなくした代わりに、不可思議な力を得たのだと。それはあるいは、旅の途中、全てをなくして行き倒れ、命を落としたことへの、死の間際に感じた無念さが力になったものかと思いました。短い生涯を賭して信じてきた、天の神様への信仰を裏切られたことへの暗い絶望が、力となったものかとも。さては、この身は悪霊、怨霊《おんりょう》になったのかと思いました。

だとすれば、その力は呪わしい、邪悪なものだと思うべきなのかも知れません。あるいは神様の存在を信じ切ることができなかった、不信心なこの身が魔物と化したからこそ、天国へ迎え入れられなかった、などということもあるのかも知れないと思いました。――だから、このわたくしの濁った目には、天国への道は見えなかったのかも知れないと。

けれど、それでもいいと思いました。たとえこの身がおぞましいあやかしや、怨霊と化したとしても、こうして得た力で、愛するひとびとを守れるのならば。わたくしと連れの亡骸を優しく弔い、その魂の安寧を願ってくれた無辜《むこ》のひとびとの幸福を守ることができるのなら、それでいいと思いました。

なんという祝福だと思ったのです』

女神と呼ばれる娘は、月と星の光の下で、そう呼ばれるにふさわしい、きよらかで神々しい笑みを浮かべた。

『この身は街のひとびとの目には見えず、声は耳に届くことはありません。けれど、わたくしの想いはこの街に優しい水のように満ち、吹き抜ける風のようにいつもそこにある。そうして見えない腕で幼子を抱くように、みんなを守っていられるならば、死してのちのわたくしはなんと幸せな日々を過ごせているのだろうと、そう思うのです』

真珠の十字架を胸元に飾った娘は、幸せそうに笑うのだった。

きっとその姿は律子だから見え、声は律子だから聞こえるのだろう。この街を慈《いつく》しみ、その白い手で包み込むように守る、美しい女神の姿は、その手で守られているひとびとの目には見えず、声は聞こえない。――けれど。

（ああ、だからこの街にいると、優しく温かい気持ちになるのかも知れない）

いつもそこにこの娘のまなざしがあるから。この娘の想いに守られているから。

この街に辿り着き、商店街や川沿いの道を歩いたときの、穏やかな気持ちを、律子は思い出していた。

夜が明ける頃まで語り合い、いろんな話をするうちに、公園で見かけたおかっぱの女の子の話になった。

『ああ、玲子《れいこ》ちゃんですか』

女神は微笑む。

『あの子はとても優しい子で、小さな子の面倒を見るのが好きなのですよ。迷子が泣いていたりしたら、きっとほうっておかないのです。そばに行ってお話し相手をしてあげて、家族がそこに探しに来るまで、一緒にいてあげる、そんな女の子です。

生きていた頃は、小さな弟や妹がたくさんいて可愛かったのだと、その子たちの話をよくわたくしに聞かせてくれます』

生きていた頃は、という言葉に、律子は胸を突かれたような思いがする。

「あの子は――やっぱり、亡くなった子どもだったんですね」

女神は小さくうなずいた。

『ええ、子猫たちと一緒に、昭和二十年の夏に亡くなりました。わたくしは、あの子たちを助けてあげたかった。でも、ほんとうには神でないわたくしには、あのときはまだ、それだけの力がありませんでした』

風が吹きすぎるような静かな吐息をついた。

『昭和の戦争のとき、この国では、可哀想に、犬や猫を集めて殺して、その毛皮を兵隊さんの服に使おうと、そういう惨《むご》いことになったのです。野良猫たちも殺されることになって、公園に隠れ棲《す》んで、子どもたちが面倒を見ていた、ほんの小さな子猫たちも連れて行くことになったというので――玲子ちゃんが、夜に神社を訪れて、泣いて訴えたのです。

玲子ちゃんは、神社のすぐ裏にある、花がたくさん咲く家に住んでいた女の子で、小さな頃から、庭の花を手に、よく遊びに来てくれていたのです。神主さんたちとも仲良しで、可愛がられていて、境内の掃除を手伝ったり、たまにはお守りを売るお手伝いをしたり。

そうして神様神様と、わたくしにいろんな話をしてくれていました。わたくしが返事をすると、あの子の耳には、その言葉がときどき届いたようで、あの子はそんなとき、辺りを見回して、嬉しそうに笑ってくれていました。いま神様の声が聞こえた、といって。

たまにそういう子どもがいます。目と耳が特別に良い子どもが。優しくて、心根がひときわ綺麗な、透き通った水のように澄んだ子どもたちなのかも知れません。

戦争が始まって、お父さんが遠い南の島に行って、そのうちこの街にも空襲があるようになって。ついには南の島で、お父さんが亡くなったと知らせが来て。それでも玲子ちゃんは我慢して、声を上げて泣いたりしなかったのに、あのときは、子猫たちが可哀想だとひどく泣きじゃくって。――だから、わたくしは、せめて子猫たちを匿《かくま》ってあげることにしたんです。神社の境内に小さな不思議の庭を造って、そこに子猫たちを連れておいでと玲子ちゃんに伝えたのです』

「――不思議の庭、を?」

『ええ、ひとの目には見えない、誰もそこに入ることのできない、魔法の庭を造りました。そこは安全で、何も怖いことのない、美しく穏やかな光が満ちる庭。わたくしの魔法で作り上げた、時が止まった、悲しいことのない世界。――ほんとうはこの街の全部を、国の全部を、いいえ、世界中の全ての国に住むひとたちを、不思議の庭で包みたかった。わたくしにそれだけの力があれば、と思いました。

だけど、わたくしはほんとうは神様ではない、まがい物の怨霊、神様もどきのような存在です。この手にできるのは、境内の中に、小さな平和な場所を作るだけ。そこに子猫たちを隠して、匿ってあげるだけ』

女神は静かに涙をこぼした。

『玲子ちゃんは喜んで、わたくしに何度もお礼をいって、街の野良の子猫たちを、不思議の庭に連れて来るといいました。必ず連れて来ると誓いました。でもなかなか、子猫たちは捕まらなくて――ある夜更け、玲子ちゃんが子猫たちを探しに行ったときに、この街にひどい空襲がありました。玲子ちゃんは公園で、誰にも知られないままに、子猫たちと一緒に焼かれて死んでいったのです。――わたくしには、あの夜、神社へと逃れてきた、わずかな数のひとびとしか救うことができませんでした。恐ろしい夜が明けたときには、あの子も子猫たちも、公園の木々や花々と一緒に燃え尽きてしまっていたのです。

わたくしは、あの子と子猫たちの亡骸をこの手で抱き上げ、不思議の庭に隠しました。生き返らせることはできなくとも、庭にいる間だけは、元のままの姿で生きていられるようにしました。だからあの子は、いまも、誰にも知られずに、子猫たちと一緒に不思議の庭に住んでいます。長い長い間、時が止まった庭で暮らしています。そしてときどき、子猫たちと街に遊びに行って、泣いている小さな迷子を見つければ、話し相手になってあげたりしているのです。

時を超えて生きる、優しい妖精のように』

「優しい、妖精のように――」

ああ、あの子は、たしかに、そんな女の子だったと思った。

律子は、あのおかっぱの女の子の優しい表情を思い出す。公園で、迷子の女の子のそばに寄り添ってあげていた、あのときの様子を。星くずを散らすように、かすかな光を放ちながら駆ける子猫たちと一緒に、迷子のそばにいた、あの子のことを。

迷子のお母さんが、やっと見つけた我が子をぎゅっと抱きしめた、その様子を見つめていたあの子は、自分の家族とはもう会えないのだ。あの子のお母さんや妹や弟たちは、もしこの街を襲った空襲から逃れ、平和な時代になるまで生き延びたとしても、終戦から長い時を経て、もう亡くなってしまったかも知れない。存命だったとしても、まさか家族がひとならぬ身になっていようとは思わないだろう。昔と変わらないままの子どもの姿で、時を超えて、この世界に存在していようとは。

『とっさにあの子を庭に匿ってしまいましたが、これで良かったのだろうかと、ときどき思うことがあります。――あの子はわたくしと同じものになってしまった。ひとではない、ひとの中で暮らせない存在に。――もし天国があったとしても、そこへは行けないままに、地上に在り続けなくてはいけないものに。

あの子にとって、玲子ちゃんにとって、それは幸せなことだったのでしょうか？　あのまま時を止めてしまわずに、庭に匿わず、死なせていた方が、良かったのでしょうか？』

女神は、そっとささやく。

律子はただ黙って、考えていた。

律子よりも若く、高校生くらいに見えるけれど、律子よりも長い間、この世界で暮らし、神と呼ばれながら、さまざまなことを考え続けていただろう、姫君の言葉について。

(命の時が止まって、ひとの世界を離れて、生きていかなくてはいけないのは……)

それは、律子も同じだ。

律子自身は、いまの日常を楽しみ、愛しているつもりだし、この生き方を選んだ、自分の選択を間違ったことだとは思っていない。

思っていないはずだけれど、ひとりの人間、ひとつの命としては、どうだったのだろうと、ふと思った。ひととして「正しい」選択だったのだろうか。

(思ったところで、今更後戻りはできないし、やっぱりわたしはいまの生き方は、素敵だと思いたい。思いがけない、贈り物みたいな日々を生きているんだって)

だけど、それは自分のように、ひととしての暮らしをそれなりに楽しんできたあとの人間だから思うことではないのだろうかと、思ったりもする。

あるいは女神になった娘のように、大切なものを何もかもなくした末に、祝福のように得た、「神」としての新しい日々だとしたら。

(だけど、あの女の子はどうなのかしら……)

自分が女神の立場だとしたら、やはり思うかも知れない。——自分のしたことは、正しいことだったのだろうか、と。

当たり前の命としての流れから切り離すことが、あの子にとって良いことだったのかどうか。

まだ家族が恋しいだろう年齢で、自分の周りにあっただろう全てから切り離されて、時を超えて生きる女の子の心は——律子にはわからなかった。

朝の光が、まるで魔法のように、美しく世界を輝かせる頃、女神は神社へと帰っていった。

『わたくしの夢は——』

魔法の車のそばを去る間際、姫君は、青い空を見上げていった。

『いつかほんとうの、立派な女神様になること——この街のひとびとにそう呼ばれるのにふさわしい存在になることなのです。そのときは、遠い異国の戦争でも立ち所に止められるほどの、大きな魔法の力を得ていたいと、そんなふうに夢見ています』

「素敵な夢ですね」

律子が本心からそういうと、女神は、

『叶えてみせます。神と呼ばれて暮らすごとに、一日また一日と、魔法の力が増していっているのを感じているのですから。きっと、ひとの祈りは神を育てるのです。そうして、神になりたいと願う者が、この世の神になるのです。祈り、願い、時間をかけて。——そう、そのための時間は、この身にはたくさんあるのですから。きっと永遠に近いほど。

遠い日、天の神様はわたくしに手をさしのべてくださらなかった。その後、大きな戦争が世界を焼いたとき、玲子ちゃんや子猫たちが火に巻かれたときも、救ってくださらなかった。いまもまた、遠い国で戦争が続いています。きっとこの先も、この世界には悲しいことがたくさんあるのでしょう。幾多のひとびとが血の涙を流し、空しく死んでゆく。

だからわたくしが、助けを求めるひとびとに手をさしのべられる者になろうと思うのです。「神」と呼ばれるのにふさわしい者に。真実は邪な存在のままだとしても。空を駆けてわたくしはひとびとを救いにゆく者になるのです』

『――そのときは』

そばに控えていた、若者がいった。

『わたくしもまたお伴させてください。世界の果てまでも参りましょう。遠いあの日に渡れなかった海を渡り、どこまでも旅を続けましょう』

女神は微笑む。

『そうね。今度こそ旅を続けましょう。逃げ延びるためではなく、誰かを守り、生かすために。わたくしは、もう誰にも、惨い死に方をさせはしない。そういう「神」に、わたくしはなります』

『はい』

若者は明るい笑顔でうなずいた。

『永遠におそばにおります。姫様の願いが叶うそのときまで』

姫君と連れの若者が帰っていった後、澄んだ朝の空の下で、律子はふと、魔神に訊《き》いた。

「神様って、存在しないものなんでしょうか?」

『さあねえ』

猫の姿の魔神は、なぜか楽しそうに答える。

『わたしは、この世界を作り、魔神やひとの子たちを作った存在は、この宇宙のどこかにいらっしゃるんじゃないかと思ってるわ。天国だって空の彼方にあるんじゃないかしらって。

でもね、正直な話、いままで生きてきた長い長い時の間、この目でその姿を拝見したことがないから、わからないの。もし天国があるとしても、魔神は天国には行けないし。

ほんとうのところ、どうなのかしらねえ。いらっしゃらなかったとしたら、がっかりしながらも、なるほど、やっぱりね、と思うかも知れないわ。——だって、わたし自身、神様なる方に対して、なぜその手でひとの子をお救いにならないんですか、と、訊きたくなったことも、数え切れないほどにあるもの』

「魔神さんもですか？」

『そりゃ、長生きな分、いろいろたくさんあったわよ。神様ってそもそもどういう存在でいらっしゃるんだろうって、考える時間もたくさんあったし』

「どういう存在っていうか——ほんとうに、どういう方なんでしょうね？」

神様とは。

もしこの世界のどこかにほんとうに存在するものだとしたら。

魔神はため息交じりに、けれど、口元に笑みを浮かべて、ゆっくりと首を横に振る。

『ただ、もし、そう呼ばれる方が宇宙のどこかにほんとうにいらして、その方こそこの世界を作った存在で、生も死も超越して、宇宙の全て、その始まりと終わりまで見通せるような偉大なる存在だとしたら――ちょっと途方もなさ過ぎて、魔神ごときにはわけがわからないわ。
それくらい途方もない規模の存在でいらっしゃるなら、たとえば、ひとの子ひとつひとつの命や、ひとの文明の栄枯盛衰も、神様にとっては、自分のてのひらの上の、儚い、小さな存在のように思えていらっしゃるのかも知れない。砂漠の砂粒や空の星くずのように無数にある命だから、ひとつひとつを気にもとめていらっしゃらないのかも、なんて思ってしまうわよね』

律子は納得してうなずく。

魔神でさえそう思うのなら、律子にもわからなくて仕方がないことなのかも知れない。

たしかに、神様にとっては、しょせん人間の命は、とてもとても小さなもので、人間にとっての小さな虫や、野の花の一本くらいの存在なのかも知れないな、と。

(ちょっと寂しいなあ)

人間たちは、一生懸命に神様に祈るのに。ひとりひとりは、懸命に生きているのに。

『でもね、ひとの子ひとりひとりが小さいから、儚いから、だからその存在に意味がないとか、命に価値がないとか、そんなふうに思っていらっしゃるわけでもないのかな、とも思うの。
一瞬で絶えてしまった命でも、砂漠の砂の海に呑《の》まれるように、あとかたもなく消えてしまった文明でも、もしかして神様は、そのひとつひとつの価値を――その尊さを記憶していらして、ずうっと覚えていらっしゃるから――だから、消えてしまっても大丈夫だと思っていらっしゃるのかも知れない、って』

「消えてしまっても、大丈夫？」

大きな猫の姿の魔神は、ふかふかの胸元をその手で押さえ、そっと微笑んだ。

『この自分の記憶の中にいるから。ずうっと時の果てまでも、一緒に生きていくからよ。なんてね。これはいつもわたしが思っていることなんだけど。ひとの子の命もその歴史も文明も、きっとほんとうには消えないし、忘れられてしまうことはないのよ。ひとの子たちはみな、いつの時代も、強く優しく、頑張って生きた。消えていった街にも文明にも、未来を夢見るひとびとの願いが輝いていて、ひとりひとりが懸命に、ひたむきに生きていた。時が過ぎ去り、ひとの子の目には消えてしまったように見えても、それをわたしは知っている。魔神の、そしてたぶん天の神様の記憶にある。

きっと、永遠に残るの。だって、魔神はともかく、神様は滅びないらしいから。きっと永遠に、宇宙のどこかにいてくださるのだから』

朝の光の中で、星たちの光は薄れてゆく。まるで青空に溶け、消えていくように。

けれど——律子は思った。

(見えないときもそこには星があるって、わたしは知っているんだわ)

青い空に溶けるように、見えなくなってしまっても、消えてしまうわけではないのだ。

消えていったように思える者たちも、失われた街や国の記憶も、宇宙のどこかにきっと残っている。きっとそういうことなのだ。

星の光のように。この目には見えないだけで。ひそかに輝き続ける。

『――そしてね、わたしは思うのよ』

魔神はいった。朝の光に、白く長い被毛と翼を輝かせ、空と同じ色の青い瞳で、律子とメロディを見つめながら。

『魔神がひとの子をほうっておけないと思う想い、あなたとメロディが互いを思う想い、姫君が街のひとびとや、世界中の命を愛しく思う想いや、あの女の子――玲子ちゃんが、子猫や小さな子たちを思う、その優しさを、もし愛という言葉で呼ぶならば。その心を持つように作られたわたしたちをこの世界に生み出してくださった存在もまた、心に愛と呼べる感情を持ち、わたしたちをいとおしく思ってくださってるんじゃないかしら、って。

そして、いまも、この世界を、たとえば空のどこかから見守ってくださっているとしたら――こんな話をしているわたしたちを、微笑ましく見ていてくださってたりするのかな、とかね。姫君の願いが叶うように、見守っていてくださるのかも知れないな、って』

魔神は青い目を細め、優しい表情で笑った。

3

律子はその街から離れがたく、夏の日々をそこで過ごした。

ずっと川原に車を停めて暮らしていたのだけれど、そこは便利な魔法の車、あの車は何だろうと街のひとびとの目にとまることも、不審がられることもない。

それでも、犬猫や野の鳥たちの目には見えるようで、鳩《はと》や鴉《からす》が不思議そうに空から見下ろし、ひょいと遊びに来たりもした。


そんなある朝、律子が、川原にテーブルを出して、黒猫のメロディと食事を楽しんでいるときだった。川からの風に吹かれ、まだ強くない日差しの中で、ふわふわのフレンチトーストに金色のメープルシロップをくるりとかけた、まさにそのときのこと。

一羽の雀《すずめ》が、小さく折りたたまれた紙をくわえて、テーブルに舞い降りてきた。ついと嘴《くちばし》を伸ばして、律子に差し出そうとする。

目玉焼きの半熟の黄身を小皿に入れてもらったのを舐めていたメロディが、雀に顔を向け、飛びつこうとした。律子はすんでのところで猫を止めて、抱え込んだ。

『律子ちゃん、邪魔しないで。雀、あたしは雀をとるの。朝ご飯にするの。半分わけてあげるから』

じたばたするのを、

「とらなくていいの。わけてくれなくてもいいから」

律子は窘《たしな》めて片腕で黒猫を抱え直し、怯えている雀から、その紙を受け取った。紙は律子の手に触れると、かすかな音を立てながら、自ら開いていった。

透けるように薄い和紙に書かれた、美しい字の手紙は、百合姫神社の女神からだった。

先日の夜に、美味しいお酒をご馳走《ちそう》になったことへの感謝の言葉が丁寧にしたためられていた。ついては、来る満月の夜に、よろしければ夕食をともに、と。黒猫のメロディと魔神も叶うことならばぜひ一緒に、と書き添えてあった。

「まあ、素敵。『どうぞ、不思議の庭へおいでください。玲子ちゃんと子猫たちもお会いしたいといっています』ですって」

誰かから晩ご飯に呼んでもらうなんて、いったいどれくらいぶりのことだろう。

人間であった頃、ひと付き合いのほとんどなかった律子なので、もとよりそういう機会は少ない。人間嫌いなわけではないけれど、内気だった上に、老いた祖父母の介護があったから、家を空けづらかった時期も長く、その時代に縁がずいぶん切れてしまった。けれど、そんな律子でも、子どもの頃や学生時代には、よそのお宅に招かれて、楽しい時間を過ごしたことはあったから、久しぶりのお招きが、嬉しく懐かしかった。

ましてや、神様からの夕食のお招きなんて、一体どんなご馳走なのだろうと胸がときめく。

民話や絵本の世界に入り込んだような出来事じゃないかと思う。

そして、「不思議の庭」——時が止まった、魔法の庭とは、どんなところなのだろう。

「雀さん、雀さん、喜んでお招きにあずかります、と神様に伝えてくれる?」

そう話しかけると、雀は首をちょいと傾《かし》げ、大きくうなずいて、空に舞い上がっていった。

「さてさて」

律子は腰に手を当てて、にこりと笑う。

「手土産《てみやげ》はどんなものがいいかしらね？」

お招きにあずかるのなら、提《さ》げていくものを何かしら用意するのも楽しみのひとつだ。——まだ祖父母が元気だった頃、律子がどこかにお呼ばれしたときには、お菓子に花に、と、楽しげに用意してくれたことを懐かしく思い出す。

「そして、何を着ていこうかしらね？」

そんなことも考えて、さらに楽しくなったりする。——神様からのお招きですもの、ここはひとつ、素敵な格好でうかがうべきじゃないかしら？

今宵《こよい》は満月になるというその日の昼下がり、律子は魔法の車のキッチンで、お菓子作りを始めた。

BGMはFMラジオ。この街のローカル局の番組で、かかる曲も、パーソナリティのお喋《しゃべ》りも、なかなかごきげんな感じだった。

「夏だものね、冷たくて甘い、水ようかんなんていいと思うの。それから——そうね、アイスクリームもいいかもね」

『アイスクリーム？』

キッチンの床に立ち上がって、流しに前足をかけ、メロディが律子を見上げる。

『あたしは大好きだけど、神様たちは昔のひとだから、冷えちゃってお腹《なか》壊したりしないかしら』

あ、でも神様だから、お腹は大丈夫なのかな、と、黒猫は自分のお腹を撫でる。

ずっと昔、メロディが普通の猫として生きていた頃、夏の暑い盛りには、スプーンの先にほんの少しのバニラアイスクリームをあげたこともあったっけ、と、律子は懐かしく思い出す。

メロディはアイスクリームが大好きだったけれど、たくさんあげるとお腹を壊すから、と、いつもほんの少しだけあげていた。いまの彼女なら、たくさん食べてもいいんだな、とふと思うと、切なさと幸福が混じり合ったような気持ちになった。

生きていると、元気でいるためにいくつもの制限があって、守らなければいけない約束があって、けれど律子もメロディも、もう制限からも約束からも解き放たれてしまった。

（自由になったっていうのかな）

帰るべき場所はなくしたけれど。

それは、あの若い女神やそのおつきの若者も、玲子ちゃんも子猫たちも同じなのだ。

（わたしたちは、幸福な想いと切なさを抱いて生きていく。この世界に、存在し続けていくのね。この先も、きっと――）

ずっと未来まで。遠い遠いところまで。

誰も知らない、時の彼方へ。

自由とは、心許《こころもと》ない、寂しいことなんだなあ、そんなことを考えながら、律子は黒猫に笑顔を向ける。

「ずっと昔の日本人も、牛乳からできるいろんなもの――ヨーグルトやチーズの親戚《しんせき》のようなものは食べていたらしいし、かき氷の先祖みたいなものも食べていたらしいのよね。だから、女神さまたちにはアイスクリームは美味しく召し上がっていただけると思うの。

でも、そうね、食べ付けない味でしょうから、バニラアイスをベースにして、少しだけ和風にしてみましょうか」

さて、どんなアイスにしようかと律子は思案する。

玲子ちゃんも同席するのだし、どうせなら、子どもにも喜ばれそうなアイスにしたい。

「――刻んだくるみと、甘い金色のくるみの餡《あん》を入れたバニラアイスクリームとかどうかしら。それに苺《いちご》のソースを細くかけるの。黒蜜でもいいかも。美味しくて綺麗だと思うわ」

話しているうちに、いつの間にか、キッチンカウンターの上に材料が揃《そろ》っている。魔法の車の不思議なキッチンの仕業だった。

袋に入った美味しそうな炒《い》りたてのくるみと、上等な砂糖に味醂《みりん》にお醤油に。そして、大きなガラスの瓶に入った、よく冷えた美味しそうな牛乳と、生クリームに艶々《つやつや》とした卵黄がいくつか。塩とバニラエッセンス。細い瓶に入った、綺麗な色の苺のソースに黒蜜。冷たい氷がたくさん入った、白い琺瑯《ほうろう》のボウルや、それから、夏のお菓子作りに使えそうな、あれこれの道具。のりのきいた、清潔そうな布巾。

まるで見えないお手伝いさんが、どこかで必要な物を揃えて、それをいい感じに、そっとカウンターに載せていってくれたようだった。

いつも思うことだけれど、魔法の車のキッチンがすることは、『小公女』に出てくる、謎の親切なインド人の不思議な技のようだ。セーラ・クルーの暮らす屋根裏部屋に、美味しいご馳走やときめくような品々をいつの間にか届けてくれていた、あの素敵なインド人。

あのインド人は、実は魔法使いではなく、隣の建物に住んでいる身軽な召使いで、優しい主《あるじ》の命に従って、こっそり素敵なものを届けてくれていたひとなのだけれど。

(でも、本を読みながら、わたし、ほんとうの魔法じゃないところが素敵だって思っていたのよね)

子どもの頃から律子は不思議なお話が好きだったけれど、『小公女』の、ひとの手と想いが作る素敵な魔法も大好きだった。あの屋根裏部屋に奇跡が訪れる場面を、子どもの頃から繰り返し繰り返し、何回読んだことだろう。貧しく辛そうな生活を送っているらしい子どもを、そっと喜ばせようと、優しいおとなたちが見せてくれた魔法。

もし、この世界に魔法が存在しないとしても、誰かを幸せにしたいという純粋な想いが、そこに魔法を作り出すことがあるのかも知れない、と律子は思う。

お話の中だけのことではなく、現実の世界でも。

いま、世界に魔法が存在することを知っていても、自分がこうして魔法使いらしき存在になっていても、変わらず、ひとには違う形の魔法の力があるのかも知れない、と律子は思い、憧れる。

世界にはひとの手によってもたらされる、悲しいことや辛いことがたくさんあるけれど、ひとの想いによって、救われるひとも幸せになるひともいるのだと、律子は知っている。無垢《むく》な心が、誰かを救い、それによって世界にほんとうの奇跡が生まれることもあるということだって、知っている。

たとえば、女神になった旅の姫君とおつきの若者の亡骸を優しく清め、弔ったひとびとがいたように。

その優しさは、怨霊になろうとしていたかも知れない不幸な姫君の心を救った。姫君は神として存在することを選び、長くこの街のひとびとの幸せを守っている。ひとびとの優しさが神様を生んだ。つまりは、優しさが、奇跡と魔法を生んだのだ。そのことを、いまこの地に暮らすひとびとは、おそらくは知らず、きっとこの先も気づかないだろうけれど。

世界にはこんな風に、魔法が生まれることもある。きっと、普通の人間は気づかないだけで、世界にはいくつもの魔法が存在しているのだ。そこここに。

（あ、そうか）

今更のように思う。律子は魔神が入ったランプを、近所に住んでいた占い師のおばあさんに手渡された。そのひとは魔法を律子に贈り、律子は魔法をプレゼントされていたのだ。

こんな風に、本物の魔法が、思いがけず、日常の中に潜んでいて、知らないうちに手渡されていくこともあるんだな、と思った。

世界はきっと、魔法で満たされているのだ。

見えないたくさんの優しい魔法に。

律子は流しで手を洗うと、まな板の上にくるみを出して、包丁で細かく刻み始めた。

「――冷たい甘酒も作っていこうかしら？」

夏の甘酒も美味しいものだ。――ええと、それから。

水ようかんに使う餡子は、アイスクリームにも入れようかと思う。バニラアイスと相性がいいのはわかっている。

考えるそばから、瓶に入った美味しそうな餡子が、カウンターの上に並んでゆく。

「――あ、白玉ぜんざいも素敵よね」

そこまで考えて、律子は苦笑して首を振った。あれもこれも美味しそうだし、神様や玲子ちゃんに食べて欲しいけれど、全部作ったら、持っていくのにいささか骨が折れそうだ。


夕方近くになる頃には、美味しそうなものがあれこれと出来上がっていた。ひとつひとつを美しい器に入れて（キッチンの作り付けの小さな戸棚の中に、いつの間にか並んでいた。それがまあ、どれもこれも美しい、律子の趣味に合う器やお皿ばかりなのだ）、それを白樺《しらかば》のバスケットに並べた。バスケットも、それをくるむ布も、魔法で宙からとりだした。

そして律子はスケッチブックに、色鉛筆で、今夜、自分が着たいスーツの絵を描いた。

「上品な薄緑色のベルギーリネンのスーツがいいわね。ちょっと昔風に、上着の丈は短めで、ウエストをきゅっと共布のベルトで締める感じ。スカートの丈は長くて、裾《すそ》が緩やかに広がるダ感じがいいな。靴は、ベージュのなめし革の夏物のハーフブーツで、同じ色の小さなショルダーバッグを合わせて、と……」

絵なのだから、いくらでも高級そうな布地を使った服にもできる。洗濯やアイロンがけが大変そうだ、着るたびにクリーニングに出さなきゃとか、そんなことも考えなくていい。どんなに高価そうなお洒落《しゃれ》な靴やバッグでも描けてしまう。

よーしできた、と、満面の笑みを浮かべると、素敵なスーツはたちまちスケッチブックから立ち上がり、妖精の羽の粉のようなきらめきを放ちながら、律子を美しく装った。

魔法の車の中で、これも魔法でその場に呼び出した姿見に映すと、

「わあ、素敵じゃない？」

我ながらよく似合っていた。少女のように目を輝かせ、頬を染めた自分が鏡の中にいた。善《よ》い魔法使いの魔法の力で素敵なドレス姿になったときのシンデレラの気持ちが百分の一くらいは、わかるような気がした。

「そうか、わたし、こんな感じの綺麗なスーツも似合うんだったのね」

ひとととして生きていた頃は、こんな高級そうなスーツを着て出かけたことなんてなかったなあ、とふと思う。そもそもよそゆきなんてほとんど持っていなかったし。綺麗な服があっても、着ていく場所がないと思っていたから。ショーウィンドウに飾られているのを見るだけでいいや、と思っていた。美しい物はそこにあるというだけで心が満たされるものだから。

だけど、惜しかったなあ、と思った。

「ここまで上等なお洋服でなくても、たまには少しだけお洒落をして、ホテルのコーヒーハウスや、遠い街のカフェに出かけて、優雅な時間を過ごしたりしても良かったのよね」

律子はけっしてお金持ちではなかった。けれど、ささやかな楽しいひとときを過ごせる程度のお金や時間ならあったのに、自分には贅沢《ぜいたく》だとか、もう若くないしとか、いつかそのうちに時間ができれば、と思ううちに、気づけば突然一生が終わってしまっていた。

鏡の中の自分を見つめて、ため息をつく。

少しだけ、想像した。——人間として、引き続き生まれた街で暮らしている自分を。けれどその律子は、本来の律子よりちょっと前向きで、おしゃべりで、お洒落な五十代だ。気が向けばひとりでどこにでも旅行に行く。運転免許だってとってしまうかも知れない。自分の車だって（中古車だろうけれど）買ったかも知れない。

そうして、知らない国の知らない街でいろんなひとと出会い、楽しく会話を交わし。話が弾めばお茶を入れたり美味しいものを作ってあげたりもして。

「そんな生き方もあったのよね……」

魔法の力を持っていなくても、ひとりのひととして暮らしていても、ほんとうはそんな生き方ができたのだ。

鏡の中の律子は、少しだけ寂しそうに笑っていた。

メロディには、スーツとお揃いの麻のリボンを魔法で出し、薔薇の花の形の銀の鈴に通して、細い首に可愛らしく結んであげた。

『似合う？』

黒猫は得意そうにつんと鼻を上げて、すましたポーズをとり、律子は似合う似合うと、小さな頭を撫でてあげた。

さて、ともにお招きを受けている猫の魔神は一緒に街を歩くには大きすぎるし、さりとて彼女が入っている真鍮《しんちゅう》の巨大なランプごと持ち歩くのは重すぎる。魔法の車で神社に乗り付ければ、とも考えたけれど、それは無作法な気がする。

ランプをこすり、呼び出して、どうしましょうと相談すると、翼ある猫の姿の魔神は青い目を細くして、ふふんと笑い、

『仮にも魔神を名乗るもの、ひとつ息をする間に小さくなるくらいのことができなくてどうします？』

言葉が終わるときには、みるみる縮んで、律子の肩の上に小鳥のように止まっていて、

『どうかしら？』

得意気にひげを上げて、笑った。

手土産を詰めた白樺のバスケットに、魔神にも一緒に入ってもらった。

大きな満月が川面を照らし、街を薄青い光が包む頃、律子はバスケットを提げ、メロディと一緒に、百合姫神社に向かった。

月光の下で見る神社には、今日もひとけがない。ただ、薄暗い中にも、静かな神様の気配が漂っているように思えた。吹きすぎる夜風に、地面に落ちる木々の影に、女神のまなざしや息づかいを感じるのだ。

神社を包む木々の中に、ぽつぽつと灯りが灯されていたけれど、辺りは、静かで神聖な、薄青い闇に包まれているように見えた。

軽く黙礼し、玉砂利を踏んで、律子はメロディと境内の中に入っていく。

数歩も歩かないうちに、不思議が起きた。

空に月が輝く夜だったはずなのに、律子とメロディが踏み込んだそこは、昼間の世界だったのだ。

薄青い空の、柔らかな日差しが降りそそぐ、優しい光に包まれた場所がそこにあった。

足下はいつの間にか色とりどりの小さな花が咲き乱れる、どこまでも続く、柔らかな緑色の草原になっていた。宝石を散らしたようにそこに咲く野の花は、野菊にほとときすに蒲公英《たんぽぽ》におおいぬのふぐりに、と、いろんな季節の花たちがいちどきに咲いている。あちらには山百合が咲き、こちらには白や黄色の水仙が咲き、そちらには曼珠沙華《まんじゅしゃげ》が咲いている。まるで見えない手が織り上げた、広い広い、花咲く野原の模様の魔法の絨毯《じゅうたん》のような景色なのだった。

その花の絨毯の上を、美しい小川が流れている。小川は空の青色を映していて、きよらかな流れの中には小魚が泳いでいた。

川の流れの先に、緑と花に飾られた、まるで絵本に出てくる竜宮城のようなかたちの、赤く美しい東屋《あずまや》があった。

そこから、楽しそうに転がり出るようにして、子猫たちとあの女の子、玲子ちゃんが、こちらへと走ってきた。

『いらっしゃいませ』

玲子ちゃんはおかっぱの髪を揺らして、はにかむように笑う。子猫たちはわらわらと駆け寄ると、メロディにじゃれかかり、メロディは優しく相手をしてやっていた。

白樺のバスケットの中にいた魔神が、ひょいと顔を出し、辺りを見回すと、

『まあ、これはこれは』

と興味深そうな顔をして、ふわりと草原の上に舞い降りた。足が地上に着く頃には、元通りの大きさの、翼を持ち王冠をいただいた、巨大なペルシャ猫に戻っていた。

白い毛並みを、吹き抜ける風になびかせながら、魔神は再びゆっくりと、辺りを見回した。

『綺麗な場所ねえ。——なるほどここが、「不思議の庭」。時のないところ……』

鳥の姿は見えないのに、どこかでうぐいすが鳴き、鳩がはばたく音がして、とびが鳴いた。

青い空の遥か彼方に、うっすらと美しい城の影が見えた。儚く揺らぐその姿は蜃気楼《しんきろう》のようで、たぶんそれは影だけの城、こうして見えてはいても、そこには誰も辿り着くことができないのだろうと律子は思った。

かつてひとの子の姫君だった女神の、思い出の中にある城の姿——この世界にはその影だけ

が、存在し続けているのかも知れなかった。ずっと昔に焼け落ちてしまっただろう城のその名残が、いまもこの場所にだけは。

野薔薇やジャスミンや、様々な美しい花を咲かせる蔓《つる》たちに覆われ、花々のかぐわしい香りが漂うその赤い東屋に、百合の花の柄の着物を着た、若い女神とそのおつきの若者がにこにこと笑って待っていた。

さあどうぞ、と勧められたのは、綺麗に塗られた赤い木の椅子で、同じ塗りの広くつややかなテーブルに、いままさに出来上がり、置いたばかりのように並べられていたのは、見た目も美しい上にとても美味しそうな、豪華な料理の数々だった。

まるで民話に出てくるご馳走のようだわ、と律子は思った。――不思議な隠れ里のご馳走そのもののような。

細かく砕いた氷の上に、山椒《さんしょう》の葉を添え載せられているのは、包丁が綺麗に入った鱧《はも》の湯引き。梅で作られた赤いたれが、色鮮やかに白い身にかかっている。葡萄《ぶどう》の蔓で飾られた丸い竹の籠に入っているのは、さまざまな夏野菜を揚げた天ぷら。そのそばには、焼きたての良い香りのする鮎《あゆ》の塩焼き。小さな愛らしい陶器の器に入っているのは、里芋と人参《にんじん》を煮て冷やしたものに、ゆずの風味のたれがかけられ、その皮が細く切ってあしらわれたもの。

切り子の小さなグラスには、琥珀《こはく》色の冷えた梅酒がついである。甘い香りがふわりと漂う。鯛のお吸い物は熱々で白く湯気がたち、炊立ての艶々したご飯は枝豆ご飯だった。

メロディや子猫たちには、山鳥のささみを軽くゆがいて、細く細く裂いたものに、鰹《かつお》出汁のたれが添えられたもの。海や川のいろんな魚たちのお刺身。それに鯛のお吸い物を薄めて、猫舌用に冷ましたものを、ほんの少し。

美味しいものをいただきながら、いろんな話をしたり、笑い合ったりした。

話題に事欠かない上に、美味しいご馳走が並んでいれば、どれほど時間がかかろうと、笑顔と会話が尽きることはない。それでもこの不思議の庭はずっと昼間のまま、女神の言葉の通りに時が流れることはないようで、律子たちはいつまでも宴《うたげ》の時間を楽しんだ。

そうそう、律子がバスケットに入れていったお菓子の数々が、珍しがられ、喜ばれたのはいうまでもないことだった。

笑い疲れ、お腹がくちくなってきた頃に、玲子ちゃんがその場に立ち上がった。

もじもじしながら、少しだけうつむいて、いった。

『――神様、そして律子さん、美味しいものをたくさん、ありがとうございました。楽しいお話も、たくさん聞かせていただけて嬉しかったです。わたしだけ何も用意してこなかったので、そのう、歌をうたいます』

わたしは何も持っていないですし、他に何もできることはありませんから、と小さな声で呟く。色白の頬が耳まで赤く染まっていた。

すう、と息を吸い込み、澄んだ声でうたいはじめたのは英語の歌。「虹の彼方に」だった。

ずっと昔のアメリカの映画、『オズの魔法使《まほうつかい》』の中でうたわれた歌だ。

Somewhere over the rainbow
Way up high
There's a land that I heard of
Once in a lullaby
Somewhere over the rainbow
Skies are blue
And the dreams that you dare to dream
Really do come true
……

虹の彼方にあるという、不思議な国のことをうたった歌だ。その国では、どんな夢も叶い、ほんとうになる、と、その歌はうたう。
透き通る声は、不思議の庭の果てしない空や、花が咲く野原へと、遠く遠く、柔らかな風に乗って流れていった。

やがて楽しい宴も終わり、律子が魔法の車へ帰るとき、玲子ちゃんと子猫たちが別れがたい様子で、送っていくとついてきた。

想いは律子も同じだった。

不思議議の庭を離れ、浮世の世界に戻ってくると、そこはまだ満月の青い光に照らされた、夏の夜の神社の境内だった。あんなに長く楽しい時間を過ごしたのに、こちらではわずかも時間が経《た》っていないようだった。

律子は、玲子ちゃんにメロディ、いまは小さな姿に戻った魔神、それに可愛い子猫たちと一緒に、明るい夜をそぞろ歩いた。

公園のそばを通りかかったとき、ふと見覚えのあるひとがそこにいるのに律子は気づいた。ベンチに腰をかけて、街灯の下にいる。誰かを待っているようでもあり、たまにあちこちに視線を投げる様子は、誰かを探しているようでもある。

律子の視線に気づいたのか、そのひともこちらを見て、小さく微笑んだ。

「あ、あのときの、迷子の――」

迷子の女の子を探していた、若いお母さんだと思った。

まさかまたあの子とはぐれて、なんてつい思ったとき、お母さんは笑いながら、いえいえ、と手を振った。

「先日はありがとうございました。今日はその、違うんです。――他の子を探していて」

「他の、お子さんですか？」

「他の子、というか。――幽霊でしょうか？」

お母さんが考え込むような顔をした。

「わたしあのとき、ちらっと、おかっぱの女の子を見たような気がするんですが、あのう、あなたにも見えませんでしたか？　ほら、子猫たちと一緒にいた女の子――」

少しだけすがるような目で、若いお母さんは律子を見つめる。

「ええと……」

その子でしたら、たぶんいまここにいますが、と、律子は玲子ちゃんを振り返る。遠い夏の日に死んだ、おかっぱの女の子は、律子の隣で、にこにこと笑っている。

ああ、このお母さんの目には、玲子ちゃんは見えないんだ、と、律子は気づいた。子猫たちのことも。きっとあのとき、ほんの一瞬見えただけで。奇跡のように。

若いお母さんは言葉を続けた。

「家に帰ってから、思い出したんです。ずっと昔、小さな子どもの頃に、わたしもこの公園で、あの幽霊の女の子に会ったことがあるってことを。――あの日、わたしが、迷子になってベンチで泣いていたら、あの子がやってきて、泣き止むまでそばにいてくれたんです。小さな可愛い子猫たちもいました。ええ、この間と同じに」

お母さんは懐かしそうなまなざしをした。

女の子がそばにいて、ベンチの横にそっと腰掛けて、子猫たちと一緒に自分を見上げていることには気づかないままで。

「子どもの頃、もう一度あの子に会いたくて、それから何度もここに探しに来たんです。でもどうしても会えなかった。そのうちに聞きました。この公園で昔戦争で亡くなった女の子がいて、その幽霊が出るんだって。二度と家に帰れなくなった、ひとりぼっちの幽霊の女の子がいるんだって。ずっと年をとらずに、子どものままの姿で。同じ時に死んだ子猫たちと一緒に。怖いなって少しだけ思いました。でもそれよりも、寂しくて可哀想なその子のお友達になりたいと思いました。お友達になってあげたいって。——でも何度探しても会えないままで。そのうちに忘れてしまって。あれは錯覚か夢だったかも知れないって成長するにつれ、思うようになってもいて——」

だけど、とお母さんは笑う。

「この間、あの子を見かけて、ええ、あのときここで再会して、わたし思ったんです。閃《ひらめ》きました。小さいときに見た、あれは錯覚でも夢でもなかった、この公園にたしかにあの女の子はいて、変わらない姿でいて、今日、わたしの娘もその子に会った。あの子はその姿と同じに、その心も変わらずに優しいんだって。だから今度こそ探して、友達にならなきゃって思ったんです」

お母さんは、力強くうなずいた。

子猫たちが、それを真似《まね》して、楽しそうにうんうん、と、うなずいてみせる。

「それは、その、女の子も喜ぶと思いますよ」

律子は自分も楽しくなって笑ってしまう。

つられたようにお母さんも笑って、そして、優しい声でいった。

「抱きしめてあげたいなって、思ったんです。その子のお母さんの代わりに。きっとそのひともそうしたかっただろうから。――自分も寂しいだろうに、他の寂しい子どもに優しくできる、そんな女の子は、ひとりぼっちの、時間の中の迷子のような女の子は、誰かが抱きしめてあげないといけないって思うから」

その子も子猫たちも、いっそわたしの家に来て、うちの子になってもいいのに、と若いお母さんは明るく笑う。目の端にぽっちりと涙を浮かべて。

玲子ちゃんは優しい笑みを浮かべていた。子猫たちはお母さんにそっとすり寄り、ひとの耳には聞こえない小さな声で鳴き、甘えるような仕草をした。

ありがとうございます、と玲子ちゃんの口が動いた。少しだけ、玲子ちゃんはそのひとに寄り添うようにした。お母さんはまばたきをして、不思議そうに自分の傍らを見た。

目に見えなくても、あたたかな優しい気配を感じたのかも知れなかった。

「きっとその子にも、想いは伝わったと思いますよ」

律子はそっといった。

「喜んでいると思います」

空には満月が、優しい色の光を地上に投げかけていた。

「玲子ちゃんは、英語の歌をとても上手にうたうのね」

月の光に照らされて、川原に向かう遊歩道を歩きながら、律子はしみじみといった。

英語は好きで昔から洋楽もよく聴くし、映画観賞が趣味のひとつでもあったので、不思議の庭で聴いた「虹の彼方に」の、歌の上手《うま》さはもちろん、英語の発音の綺麗さに、密《ひそ》かに驚いていたのだった。

実はあの曲は、律子の亡くなった父、海外の舞台に立つことを夢見ていたそのひとの好きな曲でもあった。子どもの頃の律子によくうたってくれていたので、懐かしさもあった。

一九三九年の曲なんだよとその頃に聞いた覚えがある。『オズの魔法使』は、太平洋戦争で、日本がアメリカと戦うようになる、その前に彼《か》の地で上映されていた映画だったのか、とびっくりしたことを覚えている。

ふふ、と恥ずかしそうに玲子ちゃんは笑い、ありがとうございます、と頭を下げた。

『わたしの亡くなった父は、若い頃から貿易の仕事をしていて、長くアメリカに住んでいたんだそうです。病気で体を壊して帰国して、母と出会い結婚して、やがてわたしや弟や妹たちが生まれて。父は子煩悩だったので、わたしたちはとても可愛がってもらいました。お洒落で何でも知っていて、歌が上手で、外国語に堪能《たんのう》な、大好きな素敵な父でした。

父は、体調を見てはアメリカに仕事に出かけていました。そうして、母やわたしやわたしの幼いきょうだいたちに、たくさんのお土産や土産話を持って帰ってくれていたんですけど、あるとき、向こうで「オズの魔法使」という映画を見た、とても素敵だったと、話してくれたんです。そのときに、あの歌を聴き、口伝えに教わりました』

「『虹の彼方に』を?」

『ええ。映画を見た後、父は歌を忘れないように、何回も何回もひとりでうたって、船旅の間もこっそりうたいつづけて、わたしたち家族のところまで、歌を届けてくれたんです。日本ではまだ上映されていない映画でしたから。とても綺麗な、良い映画だったから、日本に来たら家族みんなで行こうね、きっと行こう、と、父は何度もいっていました。——でも、映画が日本に来る前に、アメリカとの戦争が始まりました。戦争が長く続くうちに、病気がちのために徴兵を免れていた父も出征することになり、遠い国で亡くなってしまい——わたしも、死んでしまったので』

玲子ちゃんは、月の光の下で、子猫たちに取り巻かれて、静かな笑みを浮かべた。

『「オズの魔法使」を家族みんなで見る、という父の夢は叶いませんでした。——それから、海外旅行が好きで、いろんな国に友人や知人が多かった父は、戦争が終わり、平和になる日が来るのを夢見ていましたが、その夢も、叶いませんでした』

だけど、と玲子ちゃんは付け加えた。

『父はもういなくても、わたしの中に父に教えられた歌は残っています。そうして、平和になったいまの世界にわたしはいる。神様に助けていただいたことでひとりではなくなり、こんな姿になってしまったとしても、幸せだったって思ってます。父の代わりに、わたしは戦争が終わった未来の日本を見ることができたって、そう思ってますから。お化けにならなかったら、そんなことできなかったでしょう?』

笑顔がいたずらっぽいものに変わる。子猫たちも楽しげに、夜道を跳ねる。玲子ちゃんも子猫たちも、淡い光を放っていた。一歩歩くごとに、星くずを散らすような光を撒いていく。その様子は、まるで妖精のようだった。ティンカー・ベルのようだ。

おかっぱの髪が夜風に揺れる。玲子ちゃんは振り返り、笑顔でいう。

『もしかしたら、ずっと未来にほんとうに平和な時代が訪れるかも知れない。世界中のどこにも、争いがない、不幸のない世界が実現することがあるかも。そんな日を見ることができるかも知れないって、思うんです。素敵じゃありませんか？　わたし、見てみたいなあ。いいえ、きっと見るんです。それが夢かもしれない。一番の願いごとかも』

玲子ちゃんの言葉が、少しずつ胸に染みていくのを感じながら、律子は自分も微笑んで、月夜の道を歩いていた。

月の光は眠りにつきつつある街を照らす。優しいまなざしが世界を見守るように。


玲子ちゃんは魔法の車に寄って、生前のその年齢にふさわしい好奇心であれこれと車内を見学し、あれは何これは何ですか、と質問を繰り返した。魔神と一緒に紅茶を飲み、クッキーをつまんだ。律子のスケッチブックを開き、楽しそうに絵を眺めた。絵が大好きなのだといった。自分の家には絵がたくさんあった、律子の絵がとても好きだと。

律子はスケッチブックを日記代わりにも使っていたので、その日思ったことや、旅の途中で出会ったひとびとの似顔絵や、いろんな街のスケッチもそこに描いてあった。

「ここに、律子さんの旅の思い出があるんですね」

玲子ちゃんはため息交じりにいった。

「まるで不思議の庭みたい。絵の中で時が止まっていて、みんな笑顔で楽しそう。スケッチブックの中で、たくさんのひとの笑顔が律子さんと一緒に旅をしているみたい」

楽しい旅なんですね、と玲子ちゃんはにっこりと笑った。ひとり旅みたいだけど、そうじゃない旅なんですね、と。

月が真上に上がる頃、玲子ちゃんと子猫たちは帰っていった。

その姿が夜の闇と月の光に紛れるように消えていった後、街に静かに彼女がうたう声が響いたけれど、その声に気づいたひとはいたろうか、と律子は思った。

遠い昔に死んだ女の子の声は、普通のひとの耳には届かない。けれど、今夜は歌声のような優しい風が吹いたと、そう思ったひとはいたかも知れない。


彼女が帰った後、律子はスケッチブックを開いてみた。思い出の中の笑顔と、通り過ぎてきた街。律子のささやかな魔法や、食事や飲み物を喜んでくれたひとびと。

(ひとはいつか年老いていなくなる。五十年後、百年後には、みんなこの世界からいなくなってしまっているかも知れないけれど。街も姿を変え、地上から、消えてしまっているかも知れないけれど——)

律子だけをここに残して、みんな、時の彼方に去っていってしまうのかも知れないけれど。

スケッチブックの中にはみんな変わらずにいて、律子とともに旅をするのだと思った。

世界の果て、時の向こう、この先の、ずっと未来まで。

いつか時の彼方に、みんな消えてしまっても、律子はこの世界のどこかにいて、出会ったみんなのことを覚えている。

(ずっとずっと未来まで、わたしは旅していこう。たくさんの思い出を抱いて)

あの秋の夜の選択を自分は後悔しないだろう、と律子は思う。

空の色の車に乗り、長く不思議な旅に出たことを。

(わたしは、未来へと旅をする)

たくさんの思い出と、たくさんのひとたちの夢を抱いて。

この世界の、はるかな未来へと。


魔法の車に乗って旅をする魔法使いがいるらしい、という噂話《うわさばなし》がある。世界中のいろんな場所に、いつの間にか開いている、美味しい旅するカフェがあるらしい、なんて噂も。

なんでもそのカフェは、街の一角に、あるとき突如現れる。美しい緑の庭とともに。そこには幸せそうな山ほどの猫たちもいるらしい。可愛い黒猫と、お伽話に出てくるような、翼が生えた大きなペルシャ猫を見かけたひともいるとかいないとか。

店の主は、優しい素敵な女のひとで、不思議な魔法を使って、みんなを幸せにしてくれる。

彼女が出すカフェの料理も飲み物も、とっても美味しい。何よりもその美味しさが魔法かも知れないなどというひともいる。彼女はなにしろ魔法使い。作れないものはないし、行けない所もない。そのカフェが必要な誰かのもとへ訪れて美味しいものを作ってくれる。

その店の名前は、『不思議カフェＮＥＫＯＭＩＭＩ』——お洒落な白い看板にそう書いてあるらしい。

「あ、たぶんその店行ったことある」

徹夜で仕事中の人気漫画家が、パソコンのモニターの横に置いた古い雛《ひな》人形を見やりながら、友達とＳＮＳのやりとりをする。笑みを浮かべつつ、スマートフォンの画面に文字を打ち込む。

「優しい魔法って世界にはほんとうにあるんだな、って思っちゃった。ずっと昔、デビュー前の話だけどね。どれだけ時間が経っても忘れない。だってね、二度と食べられないって思っていたお料理を出してもらえたんだもの。会えないはずの大切なひとに、会うこともできた。そしてね、夢を追いかける勇気が復活したの」

またあるときは、放課後の廊下で、生徒から、不思議なカフェの噂を聞いた小学校の先生が、

「——実はね、先生もその魔法使いに会って、友達とお花見弁当を食べたことがあるんだよ」

と、少しだけ声を潜めて笑う。

「ほんとうに？」

訊き返す子どもの言葉にうなずくその先生は、いまではもうお腹回りも立派な、キャリアを積んだ小学校教師だ。じきに校長先生になる。

だけどあの春に桜咲く校庭で友達と一緒に美味しいお花見弁当を食べた、新人教師だった頃の想いを忘れてはいない。子どもの頃の自分が、いまもずっと心の中にいるように、あの春の

日の青年だった自分も一緒に生きているのだ。

放課後の学校は静かで薄暗く、子どもたちには怖く見える。彼に話しかけた子どもは、ちょっとだけ怯えた顔をする。しんとした校舎の中に、何か怖いものの気配を感じるのだ。

「大丈夫だよ」

彼は身を低くして、その子に語りかける。

「この学校にいるお化けたちは、ぼくら人間のことが大好きで、友達なんだからさ」

子どもたちは安心したように笑う。頭を下げ、先生さようなら、と急ぎ足で帰っていく。

自分のことをそっと見守っているあやかしたちの視線にはたぶん気づかないままに。

学校に潜む怪異たちは、帰っていくその子を楽しげに見守っている。廊下で転ばないように、階段から落ちないように。

かすかに音楽室のピアノが鳴ったことに、その子は気づいたろうか、と、教師は思い、若い頃のようにいたずらっぽい表情で笑う。

Somewhere over the rainbow
Way up high
There's a land that I heard of
Once in a lullaby
Somewhere over the rainbow

Skies are blue
And the dreams that you dare to dream
Really do come true
……

律子は今日も、魔法の車で空を行く。

懐かしい歌を口ずさみながら。

さっきまで雨が降っていた空は、いまはすっきりと晴れて、どこまでも青く透き通るようだった。

その空を律子は行く。最高な気分、なんて思いながら。

助手席にはスケッチブックを置いている。日差しの当たるその傍らには、寄りかかるようにして、黒猫のメロディがうたた寝をしている。

「次はどの街に行こうかしら。それとそろそろ、新しいメニューも考えたいところよね」

独り言をつぶやいたとき、ふと律子は行く手の空を見つめて、目を見張る。

青い空に虹が架かっていた。

「メロディ、起きて、ほら、虹よ」

目をこすりながら顔を上げた黒猫と一緒に、律子は虹を見た。

広く大きく伸びてゆく虹は、世界に架かる大きな橋のようで、何かとても幸せなことがこの先の未来に待っていると教えてくれているようでもあった。

「――あの向こうに、旅していきましょうね」

律子は、ハンドルを手に、微笑んだ。

あとがき

『不思議カフェNEKOMIMI』は、2021年の冬から翌2022年の夏にかけて、小学館の小説誌「STORY BOX」に連載されていた作品です。それを今回、一冊の本にまとめさせていただきました。

あらすじを簡単に紹介しますと、魔法のランプの魔神の力で魔法使いになった律子《りつこ》さん（五十代、独身）が、黒猫のメロディとともに、空飛ぶ車に乗って気ままに旅をしたり、いろんなひとや妖怪や神様と出会ったり、美味《おい》しいものを作って楽しんだり、お客様にふるまったりする、そんなお話です。

静かなゆったりしたテンポのお話ですので、それが可能でしたら、毎日少しずつページをめくって、律子さんとともにお茶やお菓子、お弁当を愛《め》でるような気持ちで楽しんでいただけたら、と思います。

連載中は、何月号でこの物語に出会っても楽しめるようにと、毎号、簡単な設定の説明やこれまでのあらすじを物語に織り交ぜるようにして書いていました。今回、一冊の本にするにあたって、そういう文章を削ってあります。本筋からやや逸《そ》れているので、逸話をまるまるはずした箇所もあります。

なので、もし連載中にこの作品と出会い、気に入っていただけて、だからとこの本を入手された方がいらしたら、どうぞお手元の雑誌もそのまま残して置いてくださいね。

もしかしたら、あなたの気に入ってくださった部分は、単行本では存在していないかも知れません。


この作品、タイトルだけ見ると、巷《ちまた》に良くある不思議なお店の物語（そこにたどりつくと幸せな奇跡が待っている、というパターンのお話の連作の。拙作だと『コンビニたそがれ堂』シリーズがそれにあたるかと思います）だと誤解されそうですが、実のところ、見かけは似ていても、ちょっとだけ違います。

この作品は、毎日こつこつと働き、余暇には本を読み、紅茶を淹《い》れ、音楽を聴いたりしつつ、優しく謙虚に生きてきたある平凡な女性のところに、その人生の終盤にして、彼女のための奇跡が訪れる、そういうお話です。

彼女は善《よ》い魔法使いとなり、出会ったひとびとを救い、幸福にするための力を手に入れるのですが、それは世界の片隅で起きるひそかな物語、ほんとうに小さな魔法です。地球を救ったり、闇の力と戦ったり、そういう壮大な物語ではありません。時の狭間の中で忘れられてゆくような、忘れられてきたような、小さな祈りや命をひとつひとつ大切に掬《すく》い上げてゆく、そんな物語です。

ささやかな、小さな魔法の物語。それを楽しんでいただけたら、と思って書きました。

いまの時代、思わぬ病が流行《はや》り、それがなかなか収束せず、海の向こうでは悲惨な侵略戦争が続いていて、毎日失われてゆく命が多いこと、その扱いが軽すぎることに苦悩し呻吟《しんぎん》することの多い日々です。

こんなときだからこそ、あなたの、わたしの、時としてささやかに思える生には意味があるのだと綴《つづ》りたかったのかも知れません。

最後になりましたが、連載中、そして今回の本の表紙に、美しい絵をいただけました、くらはしれいさん、ありがとうございました。お人形と猫がお好きだとうかがいましたので、そういったものたちの可愛《かわい》いシーンを書くたびに、この描写はくらはしさん喜んでくださるだろうなあ、などと想像しながら楽しんで書いていました。

装幀《そうてい》の岡本歌織（next door design）さん、今回もお世話になりました。気がつくとお付き合いが長くなり、一冊一冊美しく仕上げていただいた本がまたこうして一冊増えましたこと、感謝ばかりです。

そして、長年応援してくださっている、書店や図書館の皆様、ありがとうございます。拙著を楽しみにしてくださる読者の皆様も。この本をきっかけに出会ってくださった皆様も。

この本がわたしの、２０２３年、最初の本となります。１９９３年に最初の本が出てから、気がつけば30周年、31年目に刊行される本となります。来た道の思わぬ長さを振り返りつつ、これからもこつこつと、できる限りの想いを込めた物語を書き続けていけたら、と思います。

２０２２年10月21日
ハロウィンも間近の長崎にて

村山早紀

村山早紀　むらやまさき

1963年長崎県生まれ。『ちいさいえりちゃん』で第15回毎日童話新人賞最優秀賞、第4回椋鳩十児童文学賞を受賞。著書に『シェーラ姫の冒険』『アカネヒメ物語』『はるかな空の東』『百貨の魔法』『魔女たちは眠りを守る』『風の港』など。シリーズに「コンビニたそがれ堂」「花咲家の人々」「竜宮ホテル」「桜風堂ものがたり」など多数。共著に『トロイメライ』。エッセイに『心にいつも猫をかかえて』がある。

本作品は、「STORY BOX」の連載
（2021年12月号～2022年10月号）を
加筆改稿したものです。

不思議カフェNEKOMIMI

二〇二三年一月三〇日　初版第一刷発行

著者　村山早紀
発行者　石川和男
発行所　株式会社小学館
〒一〇一－八〇〇一　東京都千代田区一ツ橋二－三－一
編集〇三－三二三〇－五九五九　販売〇三－五二八一－三五五五
印刷所　凸版印刷株式会社
製本所　牧製本印刷株式会社

ISBN978-4-09-386668-2

JASRAC 出 2209642-201